沖縄への短い帰還

池澤夏樹

ボーダーインク

序　沖縄の十年とそこで得た作物のこと、それにこの先

池澤夏樹

ボーダーインクがぼくの本を出してくれることになった。

この沖縄の出版社とは長いつきあいだ。まずは読者としてここが刊行したたくさんの名著を読んで沖縄を深く知ったし、ぼく自身の『沖縄式風力発言』という本を出してもらったこともある。編集者・新城和博とは親しい友人、正に水魚の交わり……と言ってからさてどっちが魚でどっちが水かと考えた。たぶんきみが水だ。

今回の本はぼくがこれまでに書いてきたエッセーや書評、インタビューや講演の記録、さらにはショートショートなど、沖縄に関わるものを新城くんが博捜して一冊にまとめてくれたもの。単行本になったのを除いてもこんなにあったかと自分でも感心している。

これを機に、ぼくと沖縄の行き来を短い文にまとめてみた。これをもって序の代わりにしよう。

＊

ぼくは一九九四年の四月から二〇〇四年の八月まで沖縄で暮らした。そのほぼ半分のところで、具体的には一九九八年の十一月に、那覇から知念村（今の南城市知念）に移ったが、ともかく十年と少しの間、沖縄県の住民だった。

もともと腰の軽いたちで、生まれてから今まで一つの家に六年以上住んだことがない。借家ならばともかく家を建ててさえ長続きしないのだ。

沖縄に行ったのは単純に憧れたからだった。移住の前の年、一九九三年の暮れに振り返ってみたところ、その一年で計九回沖縄を訪れていたことに気付いた。歌や芝居などの文化、海や密林などの自然、料理、耳にする言葉、どれもおもしろくてすっかり夢中になった。年に九回も通うのだったら居を移して用事がある時だけ上京すればいい。飛行機代はかかるがたぶん家賃など物価の差額で補えるはず。

友人たちが手引きしてくれるのが心強かった。

同じようなことをぼくは三十歳になった時にギリシャで体験している。この時も一度の旅行であの国が好きになって半年後に引っ越した。その時もまた向こうの友だちが手を貸してくれた。見知らぬ土地に行って、言葉を覚え、食べるものの味を知り、いろいろな文化に身を浸す。それを繰り返すうちに一生が終わるとすれば、こんないい人生はないではないか。

しかし沖縄に家を借りて住民登録をしたところでぼくがナイチャー（内地人）であることに変わりはない。家を建ててもせいぜいシマナイチャー（沖縄に住んでいる内地人）に昇格するくらいだ。

そしてその半端な立ち位置が結果として好都合だったと思う。いわば境界線を跨いで立って右顧左眄という姿勢で、清と薩摩に両属したかつての琉球王国に似ていなくもない。文化は混ざる方がおもしろいし。

この島における自分の身分はまず「勝手に特派員」であり、「帰りそびれた観光客」だと思っていた。

前者はもっぱら政治的な姿勢で、沖縄が直面している（直面させられている）問題を内地のメディアにレポートする。発表の場は週刊朝日に連載していた「むくどり通信」というコラムが多かったが、時に応じて新聞にもしばしば書いた。『沖縄からはじまる』という大田昌秀さんとの対談集も作った。

後者は沖縄移住を促した力の延長線上にある。この地の文化と風俗、食べるものと芸能、言葉、歴史、その他もろもろであり、つまりは沖縄にいることの喜びだ。その成果は多くのエッセーになり、いくつかの短篇小説になり、『神々の食』や『アマバルの自然誌』などの本になった。

文化的なものへの関心を早い段階で具体化できたについては写真家・垂見健吾の力が大きかった。

そもそものはじまりは垂見がもっぱら雑誌取材の傍らで撮りためていた沖縄の事物の写真の束。これをなんとか活用できないかという話になって、そこから『沖縄いろいろ事典』という出版企画が持ち上がった。

事典というアイディアのもとになったのは、本書の編集者であるボーダーインクの新城和博が組長になって編纂した「まぶい組」の『おきなわキーワードコラムブック』。これに倣って沖縄文化についてたくさんの項目を立て、沖縄好きの内地の人たちに一項ずつエッセーを書いてもらって垂見の写真に添える。

その頃から本格的になった「沖縄ブーム」のおかげもあってこの本は評判がよく、CDブックなどを経たあげく、拡大されて『オキナワなんでも事典』にまでなった。

と書いて、さて「沖縄ブーム」とは何だったかと考え込む。

一九九〇年代のはじめに日本人は、いや正確に言えば沖縄人を除くメインランドの日本人（つまりナイチャーないしヤマトンチュたち）はようやく沖縄にちゃんと目を向けた。そして魅入られた。

まず音楽があった。ぼくの場合ならばりんけんバンドとネーネーズ、その後で嘉手苅林昌や大工哲弘、登川誠仁、新良幸人などに導かれて民謡に入っていった。

やがて九〇年代の後半になって観光が盛んになり、安室奈美恵が登場、二〇〇〇年代には、「ちゅらさん」が視聴率を上げ、美ら海水族館に行列ができた。ぼくもタコライスというメニューを内地に広めるのに一役買ったと思っている。一九九五年に週刊朝日に書いたのはけっこう早かったはずだ。

あっという間にホテルが林立、「いやしの島」などという気色の悪い言葉があふれ、年間の観光客は五百万を超えた。あれは内地に四十年遅れて到来した高度経済成長だったのか。

沖縄の人たちは経済の効果と同時にその限界も知ったはずだ。銭《じん》のないのは不幸の理由の一つであるが、それがあることが幸福を保証するわけではない。流れ込む銭は何かを奪ってまた本土に還流する。たしかに沖縄は変わったが、それはよいことばかりではなかった。この変化の受け止めかたはウチナーンチュ一人一人で違うだろう。

その一方、ヤマトの政権の圧政はまるで変わっていない。いちばん変わってほしいところは変わっていない。今もってアメリカ四軍は沖縄に君臨しているし、辺野古に見るとおり東京の政府はそれをさらに強化しようとしている。

経済と引き替えに負担を強いるという構図は昔のまま。その経済にしたって豊かになったのは補助金や予算配分ではなくウチナーンチュの努力の結果ではないか。

かつて島の人々が思い描いた未来はこんなものだったのかと考え込む。経済成長と圧政のトレード、今の中国を見ているとまるで沖縄の縮図のように見えてくる（サイズが違いすぎるが）。つまり沖縄は現代世界の症例の一つであるのだ。

さて、自分の十年に戻って考えてみると、子供を育てていたおかげで近隣の人たちとの行き来がぐんと増えて、それでたくさんのことを知ったと思う。一九九六年に那覇で生まれた子と一九九九年に知念で生まれた子、この二人の娘が親たちを沖縄の世間の方へ押し出した。毎朝、保育園の玄関先のお喋りでどれほど多くを教えられたか。育児をしていると得体の知れないナイチャーでも信用してもらえるのだ。

那覇を離れて知念に移ったことの成果も大きかった。一時は地区で十三戸をたばねる班長さんを務めて、文書の配布や少額の集金などをしていた。集落の外に家を建てることでも早かった。今ではかつてのぼくの家（曲がった道の途中にあったので自称の屋号が「カーブグヮー」）の周囲にびっしり民家が並んでいる。

それでも、沖縄に住んでいる間は沖縄を舞台にした長篇は書けなかった。これはまったくぼくの作家としての資質の問題で、近すぎるとうまく作品化できないのだ。私小説が書けないこととどこかで関係しているかもしれない。

そんなわけで、一九六八年のオキナワの話として『カデナ』を書いたのはフランスに移ってからだった。あれがぼくの沖縄体験の集大成、と言いながら考えてみると、あの長篇の登場人物もみんな境界線を跨ぐ者たちだった。つまりぼくの分身なのだ。

一つの土地とよそ者の関係というのはおおよそはこんなものなのかもしれない。その気になったらいつでも出ていける者と何世代もその地に生きてきた者の間を結ぶ絆の太さには自ずから限界がある。

それでも沖縄は懐かしいし、沖縄の人たちも イッペー ナチカサンドー。

グスーヨー、北の国から グブレーサビタン。

二〇一六年四月　札幌

と、ここまで書いて読み返して、何か書き足りない気がした。

たった今の辺野古を巡る状況はこれまでとは違う段階に入ったように思われる。

その火はずっとくすぶっていた。時おり炎を上げて、また鎮まったかに見えた。それでもそこに薪はあったし火はあったし煙は立っていた。

そこに安倍政権というとんでもない強風が吹いた。焔は高く燃え上がる。選挙を通じた沖縄人の意思表示は明快で読み誤りようもない。ヤマトとの対決姿勢だが、そのヤマトの方にだって沖縄に呼応する動きはたくさんある。ぼくは自説に固執して敢えて言うけれど、なぜ馬毛島ではいけないのだ？　あるいは他の地では？

十年後、ぼくらはどういう歴史を持っているだろう？

その十年を作るために、ぼくが過去の二十五年間に書いてきたものが役に立ってくれるといいと思う。

五月一五日「復帰の日」が近づく頃　札幌

目次

II

沖縄に関する本のこと　書評・解説など

自省

秋のこの時期になると
南の島でも海の色が変わる
海面で反射する光が減って
光は水の中深くまで潜り
明るい藍色に身を染めてから
また水面に上がってくる

風はひんやりとしてきたが
陽光はまだまだ熱く肌を焼く
海は静かに塩の模様をひろげ
空には少し雲も飾ってある

村に新しい鳥が到着したらしい
耳慣れない鳴き声が聞こえる

夜ともなれば満天の星
それで　おまえはこれ以上
何を望むというのだ？

収録『この世界のぜんぶ』中央公論社　二〇〇一年

Ⅰ

沖縄のくらし

エッセイなど

今なら間に合うヤンバル探検隊

去年から沖縄に入れあげている。

一つの土地にこんなに夢中になっていいのかと思いながら、あらゆる機会を捉えて南の明るい島々に渡る。那覇の空港に降り立つたびに、ああまた来てしまったと思う。それから、日射しの強い道を歩き、うまい料理を食べる。小さい飛行機で離島に渡る。気のいい友人たちの話を聞く。泡盛を飲む。海辺に坐って、沖の珊瑚礁に砕ける波をぼんやりと見る。時には潜る。

もともと好きなところだったが、こんな熱をあげるようになったきっかけは去年作った一冊の小さな本である。ぼくを含めて世に沖縄ファンは多い。そういう仲間を集めてあの島々の風物や文化について手軽で楽しい入門書を作ろうと思い立った。写真がたくさん入って、一応は事典形式。沖縄へ遊びに行って、ひきつけられ、もっと知りたいと思った人たちを対象にする。幸いこの企画はうまく実現した。『沖縄いろいろ事典』は今年（一九九二年）の二月に新潮社から無事刊行されて、評判もなかなかいい。そして、この事典の取材で沖縄に通っているうちにぼくの昔からの沖縄熱がいよいよひどくなって、ついに治療不能となった。それがずっと続いている。

その間、ずっと沖縄の一つの地名が気になっていた。ヤンバルというその名をいろいろなところで何度となく聞くのだが、どうも実体がわからない。細く長い沖縄本島の北の方がヤンバルだというが、行政区画としてそういう名はない。どこからがヤンバルなのか、それも明らかでない。

またも沖縄通いのある日、那覇へ向かっていたぼくの飛行機が沖縄本島北部のすぐ東を飛んだことがあった。客室右端の窓際に坐っていたぼくの目に、まるでブロッコリーを隙間なく並べたような緑濃い密林が見えた。隣の席にいた友人が首を伸ばして、「ああ、ヤンバルですね」と言った。そのひと言で、それまで抽象的だった名前が急に具体的なものになった。あの密林の中に行ってみようと思った。

沖縄本島の南の方はずいぶん都市化が進んでいる。那覇から名護まで高速道路を走ってみると、ちょうど東海道新幹線の車窓から見るように、なかなか人家がとだえない。低くなだらかな丘陵地帯が続いて、いかにも人が住みやすそうに見える。それに対して名護から北の方は山も険しく、人家があるのは海岸沿いの集落だけである。考えてみれば、ぼくがヤンバルという地名をはじめて耳にしたのは、八〇年代のはじめにヤンバルクイナとヤンバルテナガコガネがあいついで発見された時ではなかったか。クイナの時は、日本で新種の鳥が発見されたのは今世紀に入って初めてということでずいぶん騒がれたし、テナガコガネのように大きな甲虫の新発見も大ニュースだった。どちらも今まで見つからなかったのが不思議なくらいで、ヤンバルというのはずいぶん山深いところなのだろうと思った。

しかし、地図を見れば、実際にはそんな山が深いはずはないことがわかる。このあたりで一番高い山は与那覇岳で、これが標高五〇三メートル。内地の感覚で言えば町はずれの小山である。それに、このあたりで東海岸と西海岸の幅はせいぜい十五キロしかない。深山幽谷というところまではいかないのではないか。だが、クイナやテナガコガネはそこに隠れていた。実際の話どんな山なのか、謎が深まる。

行くしかないと決めて、車を調達、那覇から沖縄高速道路を北に走った。名護を越え、常緑の木々に覆われた山の近くまで行ってみる。山の形はなだらかで優しげに見える。それを見ているうちに、ここはクイナの他にもう一つ、ノグチゲラという珍しい鳥がいることを思い出した。十九世紀の末にみつかったキツツキの一種で、一属一種、つまり近縁種がいない。はるか昔、沖縄がまだ大陸とつながっていた頃にやって来て、そのままの姿で残った。

山に入って実際にこれら珍種が見られると期待したわけではない。テントを張って数週間山暮らしをする覚悟でもなければ見られるものではないだろう。でもひょっとしてという思いがないではなかった。それに、ヤンバルの森がどういうところか、なぜクイナやテナガコガネが近年まで見つからずにすんだか、それは自分の目で見ればわかるかもしれない。まずは本島の北の端に近いところを西海岸の辺野喜《べのき》から東の伊江《いえ》へと走っている伊江林道に行ってみた。

林道というのはどの程度の道か。場合によっては歩いて越えてもいいと思って行ったが、実際にはざっとアスファルトで舗装してある車の道で、幅は原則として一台分。ところどころですれちがえるようになっている。しかし、左右の草が高く繁って道をふさぎ、まるで洗車機の中を走るようだった。対向車はもちろん来ない。そして、開けたところで見ると、山を覆っているのは延々とイタジイの林である。スダジイという別名も持つこの木はブナの仲間だが、落葉はしない。山の斜面をびっしりと埋めたこの木を林の横から見ると、実にいい形をしている。上の方に傘のように繁る緑の樹冠を下から何本もの枝が支えていて、光を求めて行きたいという気持ちがそのまま形になっている。飛行機から見た時にブロッコリーのように見えたのはこの樹冠のつらなりだったのだ。これは好きになれる木だと思った。

車を停めて道に立ってみる。それでようやくここが本土の森林とはまるで違うところだとわかる。イタジイの間にはヘゴなどの羊歯の仲間があったり、竹がびっしりと生えていたり、蔓草が枝から垂れ下がっていたり、ガジュマルの類の気根が揺れていたり、実に不思議な林相をしている。植物の種類が多すぎる。正に亜熱帯の山であり、森なのだ。太陽の光が多く、雨もたっぷり降って、気温が高い。なによりも本当に寒い時期がない。一年は暑い時期と温かい時期に分かれるだけで、そういう気候がこの美しい森を作っている。

エンジンを止めると途端にあたりが静かになった。車なんかで来てしまってごめんという気持ちになる。闖入者だから少し居心地が悪い。その静けさの中で、ちょっと鳥と間違えるような声でうるさいほど鳴いているのはマツゼミだった。最後まで実物は見られなかったが、小さなかわいいセミだと後で教えてもらった。そして、歩いていると森全体がいい匂いがするのに気付く。針葉樹のようにきついのではなく、もっと柔らかいふわっとした匂い。

鳥は里近くではカラス、上の方に行くとハトが目立つ。頭上をぱたぱたと飛んでいったのがカラスバトだとすれば、これは日本で一番大きい種類で、国指定の天然記念物なのだが、色が黒くなかったからたぶんリュウキュウバトだろう。クイナはヤンバルクイナはもちろんシロハラクイナも出てこなかった。ヘビの類は緑色のきれいなの（おそらくリュウキュウアオヘビ）は見かけたが、ハブは姿を見せない。ここにはもう一つ、ケナガネズミとトゲネズミという珍しい動物たちがいるのだが、これも臆病な夜行性の生き物だから、まず見るのは無理。それでも、そんなに動物が多いのだと思ってみると、イタジイの森はいよいよ深く神秘的に見える。

ヤンバルは山原という漢字を当てる。山と原はずいぶん抽象的な地名だ。地名にはそこに住む人が誇りをもって名付けたものと、別のところに住む人々が勝手につけたものとがある。東京や首里は前者であり、極東や南西諸島は後者にあたる。たぶん、ヤンバルも那覇や首里から見ての命名なのだろう。細長い沖縄本島のずっと北の方、都の人々が行ったことないあたりを、ヤンバルと呼んだ。いわば一種の方位だから、かつては那覇からわずか三十キロの恩納村や金武町あたりがヤンバルと呼ばれた。それは次第に後退して今はほぼ東村と国頭村だけになってしまった。都市化がヤンバルを追い立てたのだ。那覇に住む者にとってヤンバルとは木材や薪や炭が船で運ばれてくる遠方の地でしかなかった。実際にどんな土地なのか、都人にはわからない。ヤンバルの豊かさを表す言葉がその頃はまだなかったとも言える。

この十一月に一部が公開される首里城の再建にあたって、正殿を支える大事な柱をヤンバルから首里まで運ぶというパレードが数年前に行われた。クンジャンサバクイという特別な歌をうたいながら、たくさんの人々が巨木を曳いた。しかし、残念ながらこの柱材はもうヤンバルの森から伐り出されたのではなく、台湾から運ばれたものだった。そんな木はヤンバルに残っていなかったのだ。

都会は背後に耕作地として山を持たない限り生きてはいけない。その意味で、首里と那覇は昔からヤンバルを必要としていた。尚王朝の若い王子が戦争で追われてヤンバル山中の鍛冶屋の小屋にかくまわれたという伝説もある。木挽きの儀式はそのような都と山地の絆を象徴するものだったけれども、その木がもはやこの地のものでなかったことはなかなか意味が深い。

与那覇岳に登ってみる。途中までは相当に荒れた林道を車で進み、そこからは徒歩に切り換える。歩きはじめたあたりで、綺麗な沼を見つけた。深さはそんなになくて水底から細い草がたくさん生えている。そして、その水の中に黒いかわいい水生のヤモリがいた。背の方は陸生のものよりずっと黒いが、腹の側は赤い。急いで泳ぐ時には両手両足を身体にぴたりとつけて尻尾だけで進む。そして、止まる時は手と足をひろげてブレーキをかける。そのブレーキのかけかたがおかしくて、ずいぶん長い間その沼の岸にしゃがみこんで見ていた。

ヤンバルの山は歳月を経てなだらかだから、登るのも楽だ。このあたりでは木々はあまり高くならず、樹冠にも隙間があって陽光が射し込む。だらだらとした道を登ってゆくと、やがてあっけなく頂上に出た。標高五〇三メートルは沖縄本島ではいちばん高いところだが、県内では二位（石垣島の於茂登《おもと》岳が五二六メートルで一位）。頂上は木が茂っていてあまり眺望もよくないけれど、ここに拝所があったのには感心した。沖縄の人たちは信仰心あつく、拝《うが》んという私的な礼拝の儀式で神々に幸福を願う（御願とも書く）。よくないことが起こると拝ん不足だと言う。そのために島々の至るところに拝所がある。米や泡盛や白紙、線香などの拝んキットを持って歩く人に海辺や遺跡や山の中で出会うことも少なくない。主役はたいてい中年以降の女性である。この与那覇岳の山頂まで、あるいは八十歳を超えたオバァが汗をふきふき登ってきて、心を込めて拝んをするということもあったかもしれない。その願いはきっとかなえられただろうと想像した。

ヤンバルのあちらこちらを車で走ったり、足で歩いたり、行けるだけ行ってみたが、何かものたりない気がする。安波ダムが造ったクイナ湖の上の方にはイタジイの純林がある。緑の樹冠と白い幹や枝の対比は実に美しい。西銘岳周辺の道でみたヒカゲヘゴは見事なものだった。

伊湯岳の頂上からは東村の山々が望めた。道端で緑色の美しいヘビにも会ったし、キノボリトカゲも見た。田港《たみなと》の御願の植物群はさすが国指定の天然記念物だけあって種類も繁りかたもすごい。

どこか一か所でも、もともとのヤンバルという地名がもっていた秘境性を残すところに行ってみたい。内地から来た者の勝手な願いだが、もう一つ何かという気持ちが抑えがたかった。ヤンバルと呼ばれる地域は沖縄全体が豊かになるにつれて次第に北上し、今まさに消えようとしている。山の中を縦横に林道が走る。スーパー林道の建設現場にもいたるところでぶつかった。その他にもダムはいくつも造られたし、伊湯岳の南はすっかり米軍の演習地になっている。沖縄本島の南が全体として都市化するのなら、北部は水源地として、またせいぜい公園として、生きてゆくほかない。その時、動物たちはどうするのか。

そういうことを考えながら、比地川《ひじ》に行ってみた。与那覇岳と伊湯岳の間から流れる大きな川で、比地大滝という有名な滝がある。滝まではずいぶん人が入っているから、今回その上流を探ってみることにした。比地の集落を過ぎて、大滝への道を横目で見ながら左へ分かれ、山を登る。標高二百メートルを超えたあたりで細い道を右に折れて川の岸に出る。目印はいずれはスーパー林道の橋を支えるという巨大な橋脚。

ここからは川の中に入って上流へ歩いてみた。川の中を歩くなんてことは考えていなかったが、岸辺に立って見ているうちにどうしても入りたくなった。そしてこれが予想をはるかに超えるいいコースだった。川幅はせいぜい数メートル。深さはだいたい二十センチくらいで、先日大滝の下で見た濁った水とはうって変わって透明な涼しい水である。その中をばしゃばしゃ歩くのが気持ちがいい。ところによって川が曲がっていて淀みの側が深くなっているけれども、反対側は充分に徒渉できる。一時間くらい歩いたが、水深五十センチを超えるところはなかった。

魚の姿はあまりない。だいたい南の川にはイワナやヤマメなどのサケ・マス科の魚がいないからせいぜいハゼの類しか期待できない（西表島の仲間川の上流にはツバサハゼという比較的大型で珍しいのがいる）。比地川で見かけたのは小さなヨシノボリだった。これもハゼの仲間である。数もずいぶん多く、水の中からすっと浮いてきて水面を行くミズスマシを巧みに捕らえたりする。その他には与那覇岳の中腹の沼で見たのと同じ水生のヤモリ。あとはトンボが多いし、チョウもよく飛んでいる。岸辺には高くジャンプするハナサキガエルがたくさんいる。ヘビではアカマタの子をよく見かけた。

仮に川に入ったところから一時間で二キロ歩いたとすると、地図の上ではもう源流からそう遠くないあたりまでは入ったはずだが、それでも水量が減るきざしはない。小さな支流もいくつか合流してくる。両岸は相当な傾斜で、そこが一面にシダで覆われているのは壮観だった。高く伸びたイタジイから、地面をおおうシダまで、さまざまな植物の葉に漉されてきた光の緑が実に美しい。聞こえるのはあいかわらずマツゼミの声ばかり。

川で遊ぶのはおもしろい。釣りとなると姿勢がどうしても攻撃的になりすぎる。そうではない川遊びの場としてここは最適だった。ほとんど子供の心境に帰っている。比地の集落から十五分で川に入れるのが不思議なくらいだ。急いでくれば那覇から二時間かからない。それなのに、誰もいない。日曜日には人が大滝までたくさん入っているのを見たが、こちらには来ないらしい。

普通ならばぼくはこんな楽しいポイントを発見したら決して雑誌などで天下に公表したりしない。それも川の名からアプローチのしかたまで書いたのにはわけがある。比地川にもいずれはダムが造られて、この渓流は湖の下に沈むと聞いたのだ。つまり、楽しく遊ぶのも今のうち、その後は水の底に消えてしまう幻の渓流なのである。たくさんの人が行けば川は少しは荒れるかもしれないが、それでもダム建設によって何が得られ何が失われるのか、それをみんなが知っておくのは悪いことではない。

さて、ぼくはヤンバルに行っただろうか。クイナにも会わず、テナガコガネも見ず、ノグチゲラの巣穴や食痕も発見しなかった。その意味では本当のヤンバルには会わずじまいだった。しかし、ぼくが一目でも見ることで何か影響が残るとしたら、ぼくは見なかったことを悔いはしない。車で入ったことを申し訳ないとは思っても、それ以上ではなかったことに少しだけ安心する。もともとヤンバルというのは首里と那覇の人々の想像の中にあった沖縄本島の辺境である。行ってしまえば辺境は消える。そう考え、ヤンバルクイナに会わなかったことをむしろ成果として、ぼくは那覇に引き上げた。

初出「翼の王国」十一号　一九九二年
収録『明るい旅情』新潮社　一九九七年

編集は楽しい

考えてみると、二十代の前半以来ずっと、文章を売ることで日々のパンを買ってきた。内容はいろいろで、最初の頃は翻訳だけだったが、やがて少しずつ自分で書くようになり、詩やら評論やらと手をひろげて、最近では生意気に小説まで書いている。長篇小説ならば何をテーマに書くか決めるのは自分だし、短篇でも似たようなものだが、エッセーの類は雑誌からの発注を待って書くことが多い。それも、今回はこういう特集なのでこのようなものをと内容を限定した注文。

これが実にくせものなのだ。世界は森羅万象さまざまからなるのに、その中でこちらが書けるテーマなどほんの一握りしかない。そこで、とても手におえないような見当ちがいな依頼が来て当惑してお断りするということが少なくない。忙しくて書けない時もある。書けるか否かを考えて返事をするのに費やす労力はなかなか馬鹿にならない。それでも、文章を注文するというのがどんな仕事か、深く考えたことはなかった。

ところが、先日たまたま注文する側に回ってみて、これが実におもしろいことに気づいた。

テーマを決めてから人選をし、お願いの手紙を出す。首尾よく御執筆を御快諾いただけば、原稿の到着を首を長くして待つ。書けないという返事の時はすぐに次の手を考える（書き手の側から言えば、お断りの返事は早く出さないと編集側が迷惑することがよくわかった）。やがて落掌した玉稿を拝読して、人選が間違っていなかったことに安心したり得意になったり。

作っているのは雑誌ではなくて写真の多い軽量級の本である。沖縄に熱を上げている仲間が集まって喋っているうちに、あの魅力的な島々の文化について一冊まとめようということになった。沖縄の写真をたくさん撮ってきたカメラマンのストックを生かすというのが話の始まりで、それに文章の方を足して二百項目ほどの事典という形式を考えついた。小さな本だから実際にはエッセー集であり、編集の感覚はずいぶん雑誌的。世に沖縄ファンは多いので、話がどんどん大きくなる。自分たちでも書くが、外部にも発注しようということになった。誰ならばその項目を書いてもらえるか、そこの見きわめがむずかしい。だからこそ、ヒットした時の喜びも大きいのだ。

文章を人に依頼するというのは、執筆者の傾向と能力についての一種の評価なのである。翻って文筆業者としての自分に戻ってみると、注文が手元に届くまでの過程があらためてわかるようになった。編集部内でどういう論議があって、担当が決まるか。企画の内容を説明して執筆を依頼する手紙をいかに説得的に書くか。相手について正確な知識がないとうまくいかない。まるで見当違いなことを頼まれてこちらが困惑するのはその辺が足りない時なのだろう。

それにしても、編集は楽しい。執筆者にとって原稿は完成品だが、編集サイドから見ればこれはまだ素材でしかない。一夜の正餐を構成する多くの料理のうちの一皿でしかない。さまざまの味を組み合わせ、質を維持しながら変化をつける。美食の果て、夜更けて満足げな顔で家路につく客の顔を想像しながら、皿を運ぶ。それが編集という仕事の本質なのだから、おもしろくないはずがない。

初出「遊覧飛行２」朝日ジャーナル　一九九二年一月
収録『読書癖３』みすず書房　一九九七年

与那国島は世界の中心

ここが日本の一番西の端。それを知らずにここを訪れる人はいないだろう。那覇から来れば、関西や東京から来れば、ここは西へ西へと飛行機を乗り継いでようやく到着し、それ以上西はないと納得するところである。空港からなおも西に向かって、久部良《くぶら》の町を過ぎ、西崎に登れば、その先は海。百キロほど向こうには台湾があると言われても、そうかと思うだけだ。日の光がきらきらと踊る青い海を見ていると、いよいよ西の端まで来たかという気がする。

しかし、それも錯覚かもしれない。那覇で乗換え、石垣で乗換え、次々に移動を重ねて来るからそういう気がするのであって、一度ここに着いて、地面に坐り込んでしばらく空でも見ていると、もうそんなことはどうでもよくなる。なんといっても人間、自分がいる場所が世界の中心と思っている方が正しい。ここにいても、太陽は東から昇って、まちがいなく自分たちの頭上を通り、西に沈む。そういうあたりまえのことがわかる。そのうちに、日本人はどうしてあんなに東に偏った土地に暮らしているのだろうとそっちが不思議になる。そうなってから島を回った方がいい。

ぼくは自転車を使ったが、島全体を見るには歩いてまわるのが一番だろうと思った。

仮にコースを設定するとすれば、一日目、島の中央北側の祖納《そない》から宇良部《うらぶ》岳や久部良岳を左手に見ながら西に向かい、空港の横を通り、砕石場の脇を通り、西の久部良へ出て、その先の西崎まで行く。そこで年に一度か二度は見えるという台湾が万一にも見えないか確かめる（ぼくの時はもちろん見えなかった）。そして南へ回って比川でゆっくりと一泊。翌日は早く起きて東に向かい、サンニヌ台などを見た後、東崎《あがりざき》まで行って、祖納へ戻る。この一周で三十キロほどだからちょうどよいハイキング・コースである。自転車ならば一日で回れる。いずれにしても観光で行くかぎり車はいらない。本当を言えば、どこの島でも車を使ったのでは一番いいところは見えないのだが、大きすぎる島ではしかたなく使うことになる。石垣島を歩いて一周しようとすると数日はかかるだろうし、道には自動車がたくさん走っているから、歩いていてもあまりいい気分ではない。与那国ではそういう心配はいらない。のんびりしたものだ。

徒歩や自転車の方がいいというのは、ここはなんといっても地形がおもしろくて、道々見るものが多いからだ。

南西側は山が並んでいるが、北東よりは窪地になっている。その窪地を海に沿って尾根が取り巻いている。道はその狭い尾根の上を走っているから、いつも一方に海が見え、もう一方には緑したたる平野が見える。ぼくが行った時には、海岸に沿った細長い草地には野生の馬が点々といた。内側の平野の方には牛がたくさんいて、地面は牛の糞を踏まずに歩くのがむずかしいぐらい。牛がいないところはサトウキビの畑で、スプリンクラーが並んでいるのがおもしろい。起伏に富んで景色が雄大、変化が多い。自動車では見落とすものが多いだろう。

沖縄本島からただ遠いだけでなく、周囲に他の島がないことや、昔は上陸もむずかしかったことから、与那国は八重山諸島でも特に孤島性が強いと言われてきた。風向きによっては祖納の港も久部良の港も使えなくなることがある。今は港が整備されたし、飛行機もあるから、それほど孤立という感じはないが、産業ということを考えると石垣から百三十キロ、那覇から五百キロという距離はやはりハンディキャップである。原料を入れるにも製品を搬出するにも余計なお金がかかるだろうと想像する。

しかし、もともとここが住みにくい場所だったわけではないだろう。他と比較する姿勢を捨てて、一つの土地として見るならば、ここは存外いい島だったのではないか。周囲の海にはカジキがいるしカツオがいる。特に地味が貧しいわけでもない。今は二千人を切ってしまったが、かつては六千人が住んでいたのだから、それだけを養う力があったというわけだ。

八重山の他の島でも事情は同じだが、離島苦の本当の理由は中央による収奪である。ある人口までなら養えるとしても、その人口が作りだす食べ物の何割かを他へ持っていってしまっては、計算が合わない。どうしても足りなくなる。まして人頭税など生きていることに税金がかかるようなものだ。クブラバリやトゥング田のような人為的な人口調整の陰惨な話がどこまで歴史的事実なのか、それはわからない。しかし、そういう話を用いなくては伝わらないほど税が重かったということはよくわかる。その上に役人の専横ということもあっただろう。まこと遠方の王朝は罪を作るものだ。

それに対して、ごく近い時代にはここが貿易によって大いに栄え、人口も一万五千人まで増えたことがあった。こういうことがあるから歴史はおもしろい。第二次大戦が終わった直後、すべてが混乱していた時代、ここは台湾との密貿易の中継基地になり、いわゆる景気時代を迎えたという。今の久部良を見ていてもそれほどの活気はわからないが、当時は次々に船が入ってきて、物資と分厚い札束が飛び交ったのだそうだ。なにかと島民にとっては不利に働いたこの島の位置が、この時ばかりは有利な条件となった。今でも台湾との間には何かと行き来があるし、台湾のテレビも見える。与那国町の姉妹都市は台湾の花蓮市である。

与那国は時間がいい。

祖納の町の中でもいつも静かで、なんとなく時間が過ぎてゆく。夕方になるのを待って、ナンタ浜へ出て水浴びをする。真っ昼間から泳ぐのは観光で来たおばかさんで、そんなことをすれば皮膚を焼きすぎるし、場合によっては日射病になってヘリコプターで石垣の病院へ運ばれるという不名誉なことになるから御用心。第一、夕方の斜めに射す日で見る方が風景だってずっと綺麗なのだ。その光に照らされて、ゆっくりと水をくぐる。

夜になれば、日本中ここだけという六〇度の泡盛が待っている。浜でこれを少しずつ飲んで時を過ごすと、やがて夜空と浜と自分が溶け合い、昔と今の区別もなくなる。

その時こそ、与那国が世界の中心になる。

初出『島々清しゃ』まぶい組編　ボーダーインク　一九九三年
収録『明るい旅情』新潮社　一九九七年

沖縄人のための越境のすすめ

越境について、その心構えをおさらいしよう。

地面の上に線を引いて、ここからこっちは俺のものと宣言する。境界とは要するにそういうことである。線は俺が、あるいは俺の祖先が、俺の親分が、勝手に引いたものであって、もともと地面に線はなかった。だからヒトの目にしか見えない。台風や寒冷前線は国境を無視してやってくるし、サシバも県境を無視して飛来する。彼らにとっては境界はないのだから、こういうふるまいを越境とは呼べない。

しかし、線を引くのはヒトだけというわけではない。クマにはそれぞれのテリトリーというものがあって、その中に別のクマが入ってくると喧嘩になる。身体の大きさや攻撃性の差によらず、だいたいの場合テリトリーの主が侵入者を追い出すことになる。既得権は強いのだ。このテリトリーの境界は尿によるマーキングで表示される。犬が同じことをするのはよく知られている。山の中に望遠鏡を持ち込んで天体観測をすることの多い某天文学者は、クマとの不運な遭遇を避けるため、望遠鏡を設置した場所の周辺に自分の尿でマーキングをしたという。頭のいい男だ。

ヒトが作った国では、境界は国境と呼ばれる。国民の尿ではなく、地図の上の線とか、鉄条網とか、一定の幅の非武装地帯などによってマーキングされる。無理に越えると捕まるし、場合によっては撃たれる。

国境ではさまざまなものが変わる。まずは法律が違うから、あっちでは合法のマリファナがこちら側では非合法になる。気をつけた方がいい。経済状況もちがって、最近ではこれが多くの越境の理由になる。同じ石を百個運んであちらでは百円の報酬なのにこちらでは五百円ならば、誰もがこちらの石を運びたいと思う。たくさん人が来ると誰かがあぶれることになるから、あっちの奴はこっちに来るなと拳をふりあげ、国境のマーキングは強化される。

アメリカとメキシコ（ちなみにどちらも合州国だ）の間をリオ・グランデという大きな川が流れている。メキシコの人たちはアメリカに行って石を運んでたくさんお金をもらいたいと思って、この川を泳いで渡る。背中が濡れたままですたすた歩いてゆくから、この連中をウェット・バック、つまり濡れた背中と呼ぶ。アメリカの南の方で知らない人に会ったら、握手する前に親しく抱き合って、背中が濡れていないかどうかそれとなく調べた方がいい。濡れた奴なら貧しい国から来たのだから、親切にしてあげよう。

日本国には陸上の国境がない。昔は樺太島の真ん中あたりに横一文字に線が引いてあって、それが日本と「ソ聯」との国境だった。一定の幅だけ森林が伐採されて、石の標識が並んでいた。もちろん銃を持った兵隊もいた。今はもうそういうところはない。だから森の中からおそるおそる出てきて、右を見て左を見て、いきなり走り出すという形の越境はできない。最近の流行は小さな船できて、人のいない海岸にそっと上陸し、田舎では目立つから都市に紛れ込み、前からずっといたような顔で暮らすこと。これがなかなかむずかしいことは誰でもわかるだろう。海から上陸しやすくて、人家が近くになくて、しかもすぐに紛れ込める都会が近いなんて、そんな便利な海岸はそうはない。

おもしろいのは、今の日本に陸の上を通る国境はないのに、陸の上を通らない県境もほとんどないことだ。だから神奈川県の人は意識することなく静岡県や山梨県や東京都に行くことができる。北海道は海を越えないと行けないという珍しいところだったが、どうしてそれを嫌がったのか、トンネルを掘ってつないでしまった。四国も海の境界を嫌って今はひたすら橋を架けている。静岡県と愛知県では人の性格も文化もまるで違うのに（静岡県にはエビフリャーも味噌カツもきしめんもない。静岡の嫁入り道具は比較的地味。静岡県では誰も喫茶店で朝飯を食べない、等々。ちなみにこれはみな偏見である）、その境界は目立たない方がいいらしい。同じニッポン人だもの、協調と友愛でいきましょうということなのだろう。

こうなると、絶対的な孤立県である沖縄の存在は貴重だ。沖縄は県内でこそ島に橋を架けることがはやっているけれども、内地との間に橋を架けようという話はまだない。トンネルを掘る話もない。与勝半島から平安座《へんざ》島に伸びているような海中道路を鹿児島まで造る話もない。

だから、ここはここだという意識が強い。大きな声では言わないが、沖縄の人も本土の人も、ここが百パーセント日本の一部ではないことを実は知っている。テレビや新聞や雑誌にでてくる日本地図にはしばしば沖縄がないのはそのためだし（ぼくの観察によれば、沖縄無視の地図が約半分）、こちらから関東地方に向かった台風についてテレビのキャスターが興奮して「台風は日本に上陸する模様です！」と叫ぶのもそのためだ。

だいたいヤマト人は足を踏まれてもアガーッと声を上げないし、素麺を炒めない。ゴーヤーを見ると怖がる。両方の眉毛がつながっていない。そういう土地に行く時は、それなりの覚悟がいる。別に、サバニを漕いでいって夜中にひそかに日南海岸に上陸せよ、と言っているわけではない。しかしそれぐらいの心の準備をしてからヤマトに向かいなさいとは言いたい。

すべてのウチナーンチュにとって、ヤマト旅はそのまま越境である。以上よく承知の上で元気で行ってきなさい。

初出「南風の宴 フェーヌカジヌアシビ 一九九六」パンフレット
収録『明るい旅情』新潮社 一九九七年

変わるとしたら沖縄から

四年半前の年の暮れ、ぼくは沖縄に引っ越すことを思いついた。ひらめきというか、天のお告げというか、我ながら名案だと思った。その年ぼくは九回沖縄に行っていた。そんなに通うくらいならば、攻守ところを変えて、沖縄から用事がある時に東京に行けばいい。

実際の話、作家という商売はどこに住んでもできる。家内制手工業だから出勤の必要はない。仕事は机が一つと紙と鉛筆、ないしペン、ないしワープロ、があればなんとかなる。書いた原稿を出版社に送るのはファックス、打合せは電話。必要な本は宅配便で日本全国どこにいても速やかに届くし、どうしてもという時は飛行機に乗れば二時間半で東京に出られる。それに沖縄は物価だって安いだろう。たとえ月に一回上京しなければならないとしても、家賃の差額がちょうど飛行機代になるはず。こんな名案、どうしてもっと早く気がつかなかったのか。

むかしぼくが訳して、他ならぬ集英社から出した『虫とけものと家族たち』という変な本の中に「なんにしても、ひっこしはお祭りみたいにいいものだわ」という台詞があった。それを思い出しながら、いそいそと荷物をまとめた。

年に九回も沖縄に通ったのは、要するに好きだったからだ。日本国内にありながら、日本本土と違うものをたくさん持っている。親密に付き合ってゆくと、その一つ一つがおもしろい。歌に感動し、食べ物を喜び、言葉の豊かさにそそられ、風景を楽しみ、人々の心遣いの優しさに驚く。三線《さんしん》、ゴーヤー、泡盛、琉歌、エイサー……文化的なアイテムの一つ一つに夢中になった。

それでも、引っ越すとなると熟慮と勇気がいった。年に何回にせよ通っているだけならば、いいとこ取りで済むのだ。旅行者は無責任が許される身分、飽きたら通う先を変えればいい。しかし、住んでしまったら、もう帰る場所はない。住めば通っていた時とは違う面も見えてくるだろう。嫌なことだってあるかもしれない。それも覚悟の上、えいやっと決断して、移住を実行した。

それから四年半、後悔したことは一度もない。ぼくの場合、まるで東京に住んでいることが一種の病気の状態であって、沖縄にくることでそれが快癒したかのようだった。自分に合った土地というのは人によってはそれほど大事だ。

状況が変わると、見えなかったものが見えてくる。東京にいる頃は、政治は遠いところの野暮ったいことだった。自民党という利権管理組織がこの国をすべて大きな企業に有利なように動かして献金を受け取る。補助金を田舎に持っていって公共工事という形で配り、その見返りとして票を取りこむ。他の政党は外の方でがやがや言っているだけ。国会は議論の場としてはまったく機能していない。具体的に言えば、あの会議場で誰が何を言っても、なるほどと思って考えを変える者など一人もいないのだ。議席を占めているのは政党の駒であって、思考力を備えた人ではない。そうとしか思えなかった。これでは政治に対する関心が薄いのも当然だろう。

沖縄に来ても政治というものに対するこの印象は基本的には変わらない。なんといっても沖縄は日本の一部なのだから。ただ、ここにいると、東京では見えないものが見えてくる。日本の政治のインチキなところがはっきりわかる。こんなことをやっていたのかと思うことが少なくない。そこまでやるかという感じで、逆に興味をそそられた。

学校で教える日本の歴史は、考古学的な時代をざっと記述した後、実質的には大和朝廷の成立あたりから始まる。まず近畿地方に国家というものが成立、そこに周辺地域が少しずつ取りこまれ統合されてできたのが今の日本国であるというわけで、すべて中央から見た形で話が進む。

しかし、統合された地方の側にすれば別の見かたもあるわけで、日本国に組み込まれた時期が遅いほど、つまり現在に近いほど、中央との立場の違いは大きい。しかし中央の政府は地方の言うことをなかなか聞かない。地理的・歴史的・文化的に遠いところほど無視される。

そして、沖縄は北海道と並んでもっとも中央から遠くにあって、しかも遅れて日本の領土となった土地である。最初は琉球という名の独立した王国であり、十七世紀のはじめに薩摩藩に武力で制圧されてその属領とされ、明治になってから一つの県として扱われるようになった。形の上ではそういうことだが、これだけの簡単な年表的な事実の裏にはもっと複雑なものがある。たとえば、ぼくは数行前でわざと「十七世紀のはじめに」と書いた。普通に言えばこれは「江戸時代のはじめに」となる。しかし、それは日本史の用語であって、その時まで日本ではなかった琉球のことを論じる時に使える言葉ではない。それぐらい用心してかからなければ、事態の複雑さは表現できない。しかも、この薩摩による占領以降も琉球国は形の上では王国の体裁を維持した。薩摩によってそれを強いられた。歴史の細部はかくも錯綜している。

その後の歴史を要約すれば、沖縄は近代日本によってその時々いいように使われてきたということになる。戦争で形勢が圧倒的に不利になると、天皇制護持のための時間稼ぎに軍部は沖縄を戦場にした。二十数万の死者の多くが民間人だった。第二次大戦で自分たちの住んでいる土地が地上戦の舞台となったのは日本では沖縄だけだ。沖縄ならば犠牲にしてもいいと日本は考えた。遅れて日本領になったところだし、文化も違うし、東京からも遠い。つまり二級の国土と見なされたのだ。

戦争が終わってもこの見かたは変わらない。アメリカの占領軍がどこかに勝手に使える土地が欲しいと言った時、日本はためらうことなく沖縄を差し出した。なんと言っても、沖縄は二級の国土だから、身代わりに出しても心は痛まない。それから二十数年、沖縄は異民族の軍隊による、もっとも民主主義から遠い専制政治のもとでひどい目にあった。

そして、大量の基地をかかえたまま日本に「復帰」した。それからまた二十数年が過ぎたが、沖縄が日本にあるアメリカ軍の基地の大半を背負っているという図式に変化はない。つまり、やはり沖縄は日本にとって嫌なものを押し付けておくのに便利な二級の国土なのだ。

谷底から見る風景と山のてっぺんから見る風景はまるで違う。ぼくは沖縄に来ることで今まで見ていたのとは別の日本像を得た。自分の国はこんなことをやっていたのかと思うことが少なくなかった。おもしろいというと高みの見物になりそうだが、いろいろと腹を立てることまで含めて、見えなかったものが見えてくるという事態はおもしろい。国というもののからくりがよくわかる。憲法第九条と日米安保のもたれ合い関係なんて東京にいたのではなかなか見えない。

ぼくが引っ越してきてからのこの数年は沖縄にとってなかなか激動の歳月だった（そうでなかった時があるかといいたいほど、ここの歴史は波瀾万丈なのだが）。軍用地としてアメリカに「銃剣とブルドーザー」で取られた土地をめぐって日本政府と沖縄は交渉を重ねてきた。沖縄側の指導者は大田昌秀知事だった。その経緯を沖縄に住みついたぼくは興味津々で見てきた。だから、大田さんに会って話を聞きませんかという誘いがきた時にはすぐに乗った。

事態の推移を横目で見つつ、ぼくは前後四回にわたって大田さんにインタビューの相手をしてもらった。こちらがたずねる一言に対して、大田さんは十言百言を返してきた。正面からの、理屈の通った言葉にたよる人だなと思った。これは日本の政治家には珍しい。一般に日本の政治家は裏の言葉で動く。だから日本の政治は素人（つまり、税金を納め、一票を投じている、ぼくやあなた）にはわかりにくい。しかしここではどうやら違う原理が政治を動かしている。裏と表のない政治がある。大田さんの言葉はよくわかる。これは大事なことだ。

知事という立場がはたして政治家に属するのか、あるいは行政マンなのか、よくわからない。選挙で選ばれるのだから政治家であり、職権上は行政の長なのだろう。どんな仕事でもそうだが、ある人物の真の能力は在職中はなかなかわからない。県知事大田昌秀の実力を正しく測定するのは後世だとぼくは思う。それでも、この人がなにか新しい政治をしようとしていることはわかった。言葉を額面のままに使う政治である。これがこの国ではなかなか通用しない。

たとえば、先日、沖縄の新聞に、大田知事が訪米で使ったお金が無駄使いではないかという議論が県議会であったという記事が載った。一九九一年から大田知事は七回にわたってアメリカを訪れている。他府県ではありえないことだ。訪米の目的は簡単明快、基地に使っている土地を返してくれと交渉に行っているのである。土地の使用は日米安保条約に基づいて東京の政府とアメリカ政府が行っているのだから、大田さんが行くべきはワシントンではなくて東京のはずだが、その東京はまったく何もしてくれない。むしろ沖縄の足を引っ張る。しかたなく知事はアメリカに直接交渉に行く。それと同時にアメリカの世界戦略の変化について情報を集める。基地返還の可能性を探る。アメリカは日本と違って政治が人の目に触れるところで進行する。オピニオン・リーダーたちに会って話を聞けば、今後の予想が立てられる。

問題はこのような国際政治の手法が日本では通用しないことだ。議員たちがぞろぞろと公費で「海外視察」に行って、ほとんど観光旅行に終始してもどったあげく報告書なるものを官僚に代筆させて平然としているなど、珍しいことではない。それを恥と思わない面々が議員になっている。そういう国で大田式のやりかたは評判が悪い。つまりは今の日本では大田さんは絶対少数派であり、うっかりすると沖縄でさえ少数派になりかねない。

いろいろ考えてみれば、今の日本の尺度で沖縄県知事大田昌秀に優れた政治家という評価が与えられるかどうか、実は相当に疑問なのだ。彼はもともとこの国では通用しない方法に頼っているのではないか。政治というのは結局のところ人々の合意を形成してゆく技術であり、そこから浮いてしまっては政治にはならない。実際、税金を配る権限を握っている中央と喧嘩をしてしまっては経済振興もおぼつかないという意見も聞かれる。尻尾を振ってでも貰うものは貰うべきなのに、大田県政はまるで尻尾のくせに犬を振ろうとしているみたいだ、等々。

そうかもしれないとぼくも思う。ただ、その一方、そういう国だから今のようなありさまになってしまったのだとも思うのだ。事前の根回しと、ボス同士の裏交渉と、ひそかに動く裏金と、公金を私物視する談合、万事を仕切る派閥と、それを動かす利権、バレた時の責任回避、対米ぺこぺこ外交、その他もろもろなさけないのが現代日本の政治だったから、こんなことになったのではないか。

それならば、別のやりかたとして表の言葉に頼る大田県政のような手法もありかもしれない。一つ社会が行き詰まったら、まるで違うものをどかどかと持ち込んでことを解決に運ぶという手がある。今、この国はそういう時期を迎えているのではないか。

大田式のやりかたは一見愚直かもしれない。裏で話をつけておいて一気にことを解決した方が、実力の証明という感じがするし見場もいい。だけど、民主主義というのはもともと愚直なものなのだ。賢い人たちに任せれば話は早いだろうが、賢い人たちは必ず裏切る。いざという時に責任を取らないで逃げる。それならば、愚民だけでぐずぐずとことを進めた方がいい。遅くても着実。裏のない言葉を土台にして、ゆっくり行った方がいい。そういう行き方の一つの例として、沖縄に大田昌秀という知事がいる。今までの日本にはなかった政治手法を示している。

その成果を保証できるほどの先見の明はぼくにはない。あるいは時期尚早かもしれない。ただ、こんな新しいやり方でも持ち込まないかぎり、この国の形はとても変わらないだろう、また同じような大きな戦争を仕掛けて敗れ、アメリカに追従し、アブク銭を狙ってスッテンテンになるような大失敗をまた繰り返すだろうという気はするのだ。


初出「青春と読書　9月号」集英社　一九九八年

敗軍の将に会う

この号の『むくどり通信』を書いた後で、大田さんに会うことになった。県内の大田支持者にとって落選はそうとうなショックだったから、当の大田さんも意気消沈しているのではないかと思った。たしかに最初の十分ほどは声が低かったが、たちまち普段の顔に戻って、むしろ意気軒昂ではないか。大田さんの政治は言葉と論理で動いている。今回も敗北の理由と今後の方針を明快に語る言葉によどみがなかったのはここに掲げたとおり。

選挙というのは、しかし、言葉と論理だけではない。心理的心情的な要素が大きく、権謀術数が働き、流れと勢いがものを言う。国が疲れたら王を替えるという文化人類学的な面さえある。沖縄の催しでいえば、大綱引きがもっとも似ている。

かくて沖縄県知事大田昌秀は去ったが、三十三万票を超えた支持層の中に、彼の言葉と論理は残っている。これを無視して今後の沖縄は動かせない。

初出「週刊朝日」一九九八年十二月

談話 ―辺野古レポート

久辺三区のこぢんまりとした家並みに対して、造られるという海上ヘリポートの巨大さが浜に立つとよくわかりました。つまりそれが国と民のサイズの差なのでしょう。

国家というのは本当に大きなもので、これはいわばゾウがアリの巣を踏んでもいいかと聞いているようなものです。しかしアリはその気になれば、釘を一本逆さに立てて、ゾウの足を待つこともできる。

軍用地料が地主の心をむしばむという宮城さんの話がよくわかりました。不労所得があれば人は働かなくなる。前から聞いていたことですが、沖縄ではそれでつまずく人が少なくない。大城立裕さんが小説『恋を売る家』で書いたことです。

国は言葉を持たない。だから説得の手段は金しかない。労働の対価ではなく、買収のために払われる金は心を損ないます。それはつまり心を金で買おうとすることだから。

自分も住んでいるからよくわかるけれど、沖縄の田舎では近所づきあいがとても密です。何世代も一緒に暮らしてきたのです。そういう土地に住む一人一人が基地に賛成か反対か、判断を迫られる。色分けされる。

その後、ここがぎくしゃくと住みづらいところになるのではないかと心配です。

のびのび野球と「悲願」　沖縄尚学高校野球部　春の甲子園優勝

われながら迂闊だった。

決勝戦の日に、那覇で人と会う約束をいれていたのだ。二対二の同点で膠着状態というところまでテレビで見て、そこで車を出した。我が家から那覇までは三十分かかる。ずっとラジオを聞きながら、ゆっくりゆっくり走った。道はがらがらだった。みんな家でテレビの前に坐っているのだろう。

沖縄尚学が点を入れはじめた。じりじりと優勢に立つ。突き放す。照屋投手の顔が目に浮かぶ。八回からは道の脇の空き地に車を停めて、じっくり聞いた（といっても、優勝決定まではあっという間だったが）。

会う約束の相手も家でテレビにかじりついていて、出てこなかった。携帯電話で連絡をとりながら、お互いに三十分の遅刻。よかったよかった。

その後から、町にぞくぞくと人が出はじめた。だれもが嬉しくてしかたがないという顔をしている。

さて、落ち着いて考えてみよう。なぜこんなに嬉しいのか。ぼくの場合は一般県民のみなさんとは少し事情が違うかもしれない。沖縄が好きで引っ越してきてから五年。熱烈な恋愛結婚のようなもので（もっと正確にいうと、熱烈な片思いだが）、どうも沖縄の運命には過剰に反応する癖がある。

では、一般県民のみなさんはどうか。なぜこんなに嬉しいか。仮に東京のチームが優勝することがあったとしても、都民はこんなには喜ばない。今回、準決勝でＰＬ学園が沖縄尚学に勝ち、そのまま決勝戦にも勝ったと仮定してみても、大阪府民はこれほどは喜ばなかっただろう。

沖縄代表の優勝にはもっともっと大きな意味があった。優勝を伝える新聞の見出しに「悲願」という言葉が踊っていた。ちょっと大袈裟？　沖縄尚学チームのあののびのびとした試合ぶりを伝えるのに、この言葉は少しズレている。実はこのズレが大事なのだ。

評論家風に分析すれば、沖縄という土地は日本に対して、本土に対して、内地に対して、いつも違和感を抱いてきた。向こう側はどこか違う奴と思っているし、こっちも何か変だなと思っている。気持ちがなかなか素直に伝わらない。

かつて西銘知事が言ったとおり、沖縄人は「日本人になりたくてなりきれない」のだ。この言葉の微妙なところを正確に言えば、沖縄人であることを捨てないまま日本人になりたいということだ。ヤマトにすりよって同化するのではなく、ウチナーのままで受け入れてほしい。いわば、日本人として認められるべき条件の幅を広げてほしい。

初出場以来、甲子園はその認定の場だった。沖縄の野球がヤマトの野球に勝つことができれば、沖縄は晴れて日本の一員になれる。だから「悲願」なのだ。狭い日本に割り込むのではなく、日本の精神的領土を、沖縄を含むところまで広げる。沖縄的なものの考えかた、ふるまいかた、生きかたが加わって、日本が豊かになる。

その意味では、今回、本当の対決相手は水戸商業ではなくＰＬ学園だったと思う。あの試合に勝った時点で、沖縄式の（沖水の栽監督をはじめとするここの野球人たちが培ってきた）野球が、いわゆる野球名門校のいかにもプロっぽい野球に勝った。あの場ではＰＬはヤマト代表だった。

その一方で、あの時、日本全体が沖縄を応援していたことも忘れてはならない。決勝戦当日の朝の全国紙のスポーツ面はどれも一様に沖縄尚学をトップに取り上げていた。水戸商業にとっては気の毒だったが、甲子園の観客席の風向きは決まっていた。この風を沖縄尚学チームは見事に捕らえた。彼らは実に強かったが、応援の声も高かった。

こういう形で日本は沖縄を受け入れようとしている。日本人の頭の中で、沖縄のイメージがどんどん変わってゆく。戦争中は天皇制の防波堤、戦後は基地を置いておくのに都合のいい南の島。それが、具志堅用高が出たころから変わりはじめて、今は喜納昌吉やりんけんやアムロやＫｉｒｏｒｏを輩出する芸能の地になり、最近は芥川賞作家を次々に出す文芸の地にもなった。

　つまり、沖縄の精神風土はヤマトに対してずいぶん多くを与えているのだ。日本にとって沖縄はお荷物ではなく、対等の相手、ひょっとしたらお手本なのだ。官僚主導、専門家主導のPL的な日本経営はもういい。沖縄尚学のような、楽しい、のびのびとした生きかたを提唱しよう。

　オオゲサに言えば、そういう意味のある優勝であり、その点を県民はあんなに喜んだのだったと思う。

初出　「琉球新報」一九九九年四月十日

おろかな魔物は直進する

マイケル・オンダーチェという作家がいる。生まれから言うとスリランカ人。ただしロンドンでパブリック・スクールを出て、大学からはカナダ。今もカナダに住んでいる。

特に現代の英語文学に関心があるでもない普通の日本人に彼のことを話すには、しばらく前にちょっと評判になった映画『イングリッシュ・ペイシェント』の原作者というのが早いだろう。主演ジュリエット・ビノシュ。この本は『イギリス人の患者』というタイトルで翻訳も出ている。

ぼくは彼の詩も小説も好きで、だから先日、ロサンジェルスの本屋で『ハンドライティング』という彼の新しい詩集を見つけた時は嬉しかった。帰りの飛行機の中でパラパラと読みながら、いい気分だった。太平洋を越えるような長いフライトでは、集中力が続かないから、長篇小説よりも詩集や短篇集の方がいい。

この詩集の中の一編に「シンハラ建築の規則第一条」というのがあって、これが笑えた。

決して　三枚の扉を
一直線上に配置してはならない

魔物がまっすぐに
そこを走り抜け
君の家の中に　人生の中に
入り込むから

これで笑ったのは、まったく同じ考えがぼくの住む沖縄にもあるからだ。沖縄に来て、すこしは自分の足で町を歩いた観光客は、民家の塀や壁に「石敢當」という文字が書いてあるのに気づくだろう。壁にじかに書いてあることもあるし、表札のように小さな板に書いたり彫ったりしてあるものもある。

これが目立つのは、いつも歩いてゆく道の正面に現れるからだ。沖縄では道はめったに直交しない。最近の都市計画の自動車道路はさすがにそんなこともないが、本来ここでは道は三叉路や変形十字路の形で交差するものであり、地図に見る街路はちょうどメロンの表皮の模様のようになる。島尾敏雄さんが何度歩いても迷ったというエピソードがある。

そして、沖縄人の考えでは魔物というのは曲がることが下手で、道をまっすぐ来るらしいのだ。だから正面に家があるとそのまま入ってきてしまう。それを防ぐために、「石敢當」の文字を記して撃退する。

この風習はもとは中国南部の福建省あたりのものである。沖縄＝琉球は半分までは中国文化圏なのだ。では福建の人たちとシンハラ人（つまりスリランカ人、セイロン人）が、魔物は直進すると信じていたのか。ここには、魔物は恐ろしいけれどもちょっとバカでもあるという考えがちらついている。曲がるべき時に曲がれるのが知恵の証拠。

映画でよく見る追っかけの場面を思い出してみよう。主人公が逃げ、悪者や警察が追う。角を曲がって追跡者の視線を振り切ったところで主人公はもう一度曲がって小道に入る。追う方は、なにしろバカだから、そこをまっすぐ行ってしまう。

狩猟民の生活誌などを読んでいると、賢いものだけが曲がれるというのは動物界全体に共通することらしい。ムースのような賢い動物を雪の中で追うと、彼らはまっすぐに突っ走って距離を稼いだところでぴたりと止まり、自分の足跡を踏みながらしばらく後退し、そこで一気に藪の向こうへジャンプして姿をくらますという。追っていった方は雪原の真ん中でいきなり足跡がとぎれているのでおろおろしているうちに獲物を逃すというわけ。やはり曲がるのは知恵である。この原理を日常生活にいかに応用するかは、各人の課題としよう。

初出　「日本近代文学館　館報170号」一九九九年七月

沖縄料理原論、の序説みたいなもの

日本には地方ごとに名物料理がある。国が縦に長くて、太平洋側と日本海側でも気候が違い、風土の変化が大きいから、食べるものもそれを反映する。食材が違い、味付けも違う。江戸時代からの社会の安定もそれぞれのお国ぶりを育てるのに役に立っただろう。

だから金沢には治部煮があり、熊本には馬刺があり、高知には鰹の叩きがある。讃岐に行けば人はうどんを食べ、甲州ではほうとうを食べる。名物というこの日本的な制度をあとから追うようにして、たとえばラーメンのような新しい食べ物にも地方性が添加される。サッポロ、喜多方、東京、博多、等々、地名ごとに違う味が生まれる。

沖縄はどうか。ここの名物料理は何か。そう考えてみると、ここだけはこの制度の範囲を大きく超えてしまっていることに気づく。最初からぜんぜん違うのだ。仮に名物としてラフテーを挙げれば、ではミミガー刺しはどうするか、と反論が出るだろう。ミヌダルは、ナカミの吸い物は、チーイリチーは、ソーキ汁は、スーチキは、チムシンジは……と豚料理だけでもたちまち卓の上はいっぱいになってしまう。食べきれない。なんでこんなことになるの？

ラーメンはどうだろう。沖縄ラーメンというものはない。なぜならば本土との違いはその範囲には収まらず、まったく異なる麺として「スバ」があるからだ。最初からラーメンでさえないという、カテゴリーの逸脱！

だから、この島々を訪れる日本人（ヤマトンチュ、ナイチャー、カンコーキャク）は、みごとに足をすくわれる。どうせ観光地、なにか名物を一品食べればあとは似たようなものだろうという先入観をもって来ると、次々に出てくるまったく未体験の美味の数々に圧倒されて、ぶちくん状態。これはいったいどういうところなのだという大きな疑問に取り憑かれる。

そこでようやく、ここが元は日本とはちがう琉球という国であったという事実を舌で納得するのだ。なぜ豚料理が豊富かという説明の中に、冊封使以来の歴史がぞろぞろ登場する。ポーク玉子やタコライスとなると今度は戦後アメリカ軍政時代の話にならざるを得ない。

こうして今日もまた一人、明日もまた百人、熱烈な沖縄ファンが生まれる。大丈夫、だいたい五百万人までは接待する用意が整ってますから。

地元の食材

感覚に関することはすべて主観的である。

つまり、おいしいということに関して世間の誰もが納得する物差しはないということだ。自分自身の中でだって尺度は揺れている。子供のころにあんなにおいしいと思った餡ドーナツは今のぼくを惹きつけない。目の前に出されれば懐かしいと思うだろうし、かつての幸福の余韻で嬉しくなるかもしれないが、それは味覚の喜びそのものではない。

過去は過去。今は都会の高級なレストランや、料亭、名高いラーメン屋、格式のある蕎麦屋、最近評判のビストロなどへの関心もすっかり薄れてしまった。

六年前に東京を出て沖縄に移り住んだのは、東京という大都会が提供してくれるさまざまな魅力が色あせて見えるようになったからだった。もうあの喧噪はいらない。すべてがアレグロで動いている町はいい。この先はアンダンテで生きよう。山海の珍味を目の前に積み上げてくれなくてもいい。感動的においしいものはなくても、まずくないものが手に入ればいい。沖縄ならばそういう食生活になりそう。

今、用事があって東京に行けばホテルに泊まる。夜はたいてい人と会って話をしながら食事をする。そのたびに、なるほど東京にはおいしいものがあるなと感心する。腕のいい料理人が、遠方からいい素材を取り寄せて、工夫を凝らして作る。給仕のしかたも上品で、気が利いていて、気持ちがいい。しかし、それは年に数回だからだ。こんなものだったなと思うばかりで、毎晩これを食べたいとは思わない。

では、沖縄では何を食べているか。六年間あちこち走り回って、何軒かおいしい店を見つけた。気の置けない居酒屋、沖縄そば（これを論じはじめると大変）、郷土料理いろいろ、琉球王国の宮廷料理（余談ながら、琉球国だけでなく、ヨーロッパでもアジアでもその国を代表するのは宮廷料理なのに、なぜ日本にはそれがないのか。なぜ宮内庁の晩餐会でフランス料理が出るのか。ひょっとして江戸時代まで天皇家はとても貧しかったのかもしれない）、昔の遊郭に伝わった洗練された料理、移民の行き来で縁の深い南米の料理、似たような風土から来たタイの料理。基地がらみのアメリカ料理。漁港の魚料理屋。泡盛と地元のビール。離島に行っても島ごとの味。

しかし、毎日食べるのは自分の家で作るものだ。これがまずくならないようにするのが大事。だいたいぼくの家は田舎にあるから、毎晩外食のために一時間も走って町まで行ってはいられない。

ここで、親しい友人が東京から来ると仮定する。我が家で食べるとしたら何を供するか。せっかく遠方から来るのだから、なるべく地のもの。ただし、正統沖縄料理ではちゃんとした店に負ける。移住者として、それなりの工夫を凝らさなくては。

ご馳走という言葉、「馳」も「走」も「はしる」である。お客が来るとなって、包丁を手にしたり火の前に立ったりする前に、まず素材を求めて近隣を走り回る。そこからはじめよう。

まずは魚。煮物もいいが今回は刺身にする。この海沿いの村でうまいのはマグロ。店舗を持っていない刺身屋のおばさんがいる。漁師から仕入れて小売りしているらしいのだが、どういうルートによるのか、店に並ぶものよりも一段とうまくてずっと安い。電話で頼むと用意しておいてくれるから、それを取りに行く。大人が六人とよく食べる子供が二人、それならば一斤で充分だろう。

ここのマグロはキハダ。沖のパヤオで獲れる。ここでまた説明が必要になるが、パヤオというのはフィリピンで始まった漁法で、遠洋にブイを浮かべてそこに集まる魚を捕るものだ。

広い海の真ん中というのはなんとも所在ないもので、魚たちだってそう思っている。ブイがあるとなんとなく安心な気がして寄ってくる。流木やジンベイザメに小魚が寄るのと同じで、小魚が来れば大きな魚も来る。それを釣り上げるわけだ。深い海にブイを固定しておくには長いロープがいるからお金がかかる。漁協が出資して設置するのだが、なにしろ広い海の真ん中だから監視のしようがない。よそ者が荒らしたとしても鷹揚に構えているしかないという代物。

ここで一本釣りで獲ってきたマグロはうまい。キハダだからトロの部分はなくて赤身ばかりだが、ぼくはトロが嫌いだからぜんぜん平気。その代わり、刺身に一工夫する。ワサビは産地が遠すぎるから使わない。醤油にはコーレーグース、すなわち地元の唐辛子を泡盛に漬けた辛味調味料を垂らし、これも地元のシークヮーサーという柑橘類を加える。

このアイディアの元は南洋諸島。三十年近い昔、トラック島で地元の日系の方に夕食をご馳走になった時、赤身のマグロの刺身をライムとタバスコを加えた醤油で食べた。「ワサビがないので島ではこんなことをします」とその方は遠慮がちに言われたが、これがうまい。皿に山盛りの刺身をあっという間に食べてしまった。

一斤のマグロの半分をこれにして、残る半分はカルパッチョにする。刺身より薄く切り、塩をして、シークヮーサーを滴らせ、ケイパーを刻んでのせた上でオリーブ油をかける。

ここでいくつか言い訳が入る。なるべく近くのものをというのが基本方針だが、時々これを逸脱する。原則を立てた上でそれに縛られないというのがぼくの人生の基本方針だからこういうことになる。ただのいい加減とどこが違うのかと問われれば返事のしようがない。

ケイパーはなくてもかまわないが、地中海産のエクストラ・ヴァージン（すなわち別格処女）のオリーブ油がないとぼくの食生活は相当に貧しいものになる。若い頃の三年間のギリシャ暮らしが残した悪癖。我が家では醤油と同じくらいの必需品。

塩は胸を張って自慢できる。今、塩を巡る事情は明るくない。旧専売公社のイオン交換樹脂を使った食塩は論外。天然塩と称して売っているものも岩塩を再結晶したしろものが多い。

として、ぼくは「粟国の塩」という由緒ただしき海塩を使っている。ミネラル分の含有率で他を圧倒していて、実際これは大変にうまい。粟国島は県内だから、近くのものをという原則にもかなっている（この塩の話をはじめるとまたきりがないのだ）。

次はサラダ。村の農家で有機無農薬でトマトを作っている家がある。これを分けてもらって、ざっと洗って、皮を剥いて、切って、塩を振っただけで出す。食べる客の顔を見ながら「どうだ、まいったか」と心の中でつぶやく。我ながらよくない性格である。

このくらい食べ物を並べたところでどっかと坐って、遠来の客と愉快に話す。次の料理はオーブンの中で完成に近づきつつあるのだから心配はいらない。オーブン料理がありがたいのは、いったん仕込んだらあとは一切手間がかからないこと。火加減を見る必要もない。

この時作っていたのはソーキのローストだった。沖縄の食生活の中心にあるのは豚である。本土の日本人が明治になっておそるおそる獣肉を食べたのと違って、琉球人は中国と仲がよかったからずっと昔から豚を食べてきた。豚のあらゆる部分をおいしく食べる工夫をしてきた。

ソーキはここの言葉で、豚の骨付きのあばら、スペアリブである。本土だとなかなかないこの食材がここでは村のスーパーでも売っている。凝ったことは考えず、ケチャップと醤油とタバスコで二時間ばかり味を付けておいたソーキをオーブンで焼く。匂いがいい。食卓へ運ぶ時、料理人の胸の中ではファンファーレが鳴っている。

最後はもう一度オーブンを使って、パエリヤ。家庭で魚介類のパエリヤを作ると無駄が多くて高くつくが、ローカルな豚の塩漬け（スーチキという）を使った肉系のパエリヤという手がある。ガーリックと赤いピーマンは県内で作っているし、宮古島のシメジも使える。「高価なサフランの使用量は客の格で加減するんだ。今日はたっぷり使ったよ」という冗談と共にテーブルに運ぶ。

味の話、ご馳走の話というのはどう書いても自慢にしか聞こえないから困る。最初に言ったとおり、感覚にまつわる話はすべて主観的だから、勝手なことを言うしかないのだ。

初出「ご馳走の手帖　２０００度版」暮らしの手帖社　一九九九年一一月

泡盛にあって他にないもの

世に蒸留酒はさまざまある。

それぞれに魅力があり、特徴がある。

その中で泡盛だけにあって他にないもの、これだけは他の酒には見つからないという絶対の特徴は何か、それを考えてみたい。

多くの蒸留酒の中で、泡盛はどちらかというとおとなしい酒だ。原材料である米がおとなしいのではないか。だから、内地に持っていって、何も知らない者に九州の芋や麦の焼酎と並べて飲ませれば、ああ、米の焼酎だね、と片づけられてしまいかねない（このあたり、暴論かなと思いながらも、とりあえずこのまま話を進めることにする）。

酔うために飲んで、気持ちよく喉を通り、素直な酩酊に入れる、翌日はすっきり目が覚める、という意味では、泡盛はよい酒である。だから、夜になって飲みはじめるのを楽しみに昼間はしっかり働ける。日用の酒としてはそれで充分。

たくさんの醸造元から取り寄せて、それぞれを飲み比べるという遊びもできるだろう。その中から地域性を抽出して、八重山の酒はこんなで、宮古はやはりこう、本島では首里はこうだが、北に行くにつれてこう変わってくる、などという議論も成り立つかもしれない。

地域の話ならば、最も個性的なものとして、与那国の六三度の泡盛、具体的には「どなん」「与那国」「舞富名」がある。酒税法のリミットを超える特例として、ここだけで製造できる強い酒。

水で割っては何もならないから、そのまま、ごく小さな杯で少しずつ口に含む。一口ごとに舌の上で揮発して、香炉から立ちのぼる煙が大聖堂の中に満ちるように、頭蓋の中に満ちて恍惚を誘う。そう、頭蓋の中なんて実は空っぽなのだ、それでいいのだ、と納得させるような強さ。

昔、「どなん」の取材で、蒸留したてのいわゆる花酒を味わったことがあった。朝の九時ごろ(!)、その日の分の蒸留がはじまる時に行って、蒸留器から伸びた細い管の小さなコックから滴る酒をグラスに受ける。七〇度まで目盛りのある酒精計が振り切れるほどの強さ。まことと至福の午前であった。

しかし、泡盛一般の魅力は強さではない。

他の蒸留酒と比較して、これは泡盛にしかない魅力というものを探すとすれば、それはクースになるという一点に尽きる。

ある種の酒では古い方がうまいということが知られている。ぼくは辻鎮雄さんのお宅で開かれた夕食会で百年たったコニャックを頂いたことがあったが、それはそれはそれは芳醇にして絶佳、よろしいものであった。（しばしば誤解されることだが、ワインは古ければいいわけではない。ワインに年号がついているのは、年によって葡萄の出来不出来があって、よい年のワインはそれだけおいしく、また値が張るということにすぎない。）

一般に蒸留酒は時間がたつとうまくなるが、泡盛がありがたいのは、自分でクースが作れるという点である。

毎年買って、注意深く寝かせる。まず酒を選び、保存の場所を考え、封のしかたを工夫し、しばらくしたら仕継ぎを始める。僅かずつ味わいながら、全体を育てること三十年、五十年、百年。

世の中にこれほど気の長い優雅な遊びはない。

酒は買って、飲んで、酔って、覚めて、終わりとしか考えていない世の俗物を後目《しりめ》に見て、悠然と百年先を夢見ながら仕継ぎをする。味の向上を自分で確かめる。

若くて元気で暴れるばかりの酒が、三十年もすると丸く優雅に、しとやかになる。

往古の琉球人はすごい酒を作ったものだと、口に含むたびにぼくは感動するのだ。

初出　「カラカラ vol.02」プロジェクト・シュリ　二〇〇一年一二月

村の暮らし

人と土地の関係を男女の仲に置き換えて考えるというのはぼくの悪い癖だが、こうするとたしかにわかりやすくなるのだ。

恋愛論をおさらいしてみよう。まず恋以前がある。出会って、姿かたちや、顔、声、話しかたなどを意識に留める。次の機会にもう少しよく観察する。いよいよ魅力的に見えてくる。会うチャンスを増やし、なんとか仲よくなろうとさまざまに策をめぐらす。

ここで土地と異性の違いを確認しておく。恋愛は二人の人間が関わる現象であるから、思惑が外れることも少なくない。ある段階まで進んだところでいきなりすべてがリセットされてゼロに戻るという手痛い体験は誰にもあって、一般には失恋と呼ばれている。なかなか辛いことである。

個人的な恨みごとはともかく、土地への恋がありがたいのは、関係を一方的に遮断されるという意味でのリセットがないことだ。関わる人格は一人、つまりあなた自身だけだから、あなたが飽きるとか落胆するとか、あるいは最初から錯覚であったことに気づくとか、そういうことがないかぎり、土地はあなたを裏切らない。

（ただし、仲を裂かれるということはある。昔、スーダンの南部のジュバという町に行って、とても気に入って、また行きたいと今も思っているのだが、その後あそこは内乱で極端に治安が悪くなり、今は外国人は一切入れない。）

仲よくなった男女は頻繁に会う。それ以外に生きている目的はないかのごとく、会って、話して、お互いを知り合い、触りあい、相性を確かめ合うことに専念する。合わない部分があれば合わせる。趣味などは必死で勉強して追いつく。けなげなものだ。

人と土地の間にもほぼ同じことが起こる。ただしこれもまた一方的で、土地はあなたに合わせてはくれない。あなたの方がひたすら相手に合わせ、学び、入れあげるばかり。それで無上の幸福が味わえるのだから、相手の方がいささか冷ややかだとしても文句は言えない。

この場合、セックスという理不尽なものが絡まないのもよろしい。あれは人を狂わせるから、そこから独占欲とか嫉妬とか、よくない感情が発生する。土地にはセックスがない。忠誠を証明する必要もないし、嫉妬もない！　同時に三か所に恋をして、どこと最も親しくなろうかと天秤に掛けていたとしても、彼女たち（彼たち）は決して怒らない。こんなに寛大な、度量の広い相手は人間界にはいない。

その先で、好きになった土地はまた恋人に似てくる。長く一緒に暮らすことになり、生活のすべての面で好みが合うようになる。地理を身に付け、言葉を覚え、食習慣を習い、年中行事を一つずつ体験してゆく。これもまた一歩ずつが幸福な過程だ。

その後でしみじみとした静かな日々が訪れる。お互いわかりあって、たいていのことは意識することなく過ぎる。思うところは口にしなくても伝わるから、夕食のおかずに特に注文をつけなくても満足できる。これを倦怠期と言うか安定期とするかは本人次第。

このプログラムに自分の場合を重ねてみると、いちいち納得できるのだ。沖縄的なるものとの最初の出会いは中学生の時の同級生だった。沖縄そのものに初めて会いに行ったのが二十八歳。これは手強い相手だと思って、いちど引き下がり、ミクロネシアやギリシャで修業を積んで再会したのが四十三歳。また夢中になって、通いつめて、六年後に移住（これがいわば入籍ということになるか）。

それからもう七年の歳月が流れた。内地に戻ろうと思ったことは一度もない。ここがいちばんという思いは揺らいだことがない。ただし、その後もう一度大きな変化があった。都会である那覇から、純然たる田舎の村に引っ越したのだ。沖縄さんの家の現代的な妹娘と一緒に暮らしていたのに、もっと古風でしとやかで地味な姉の方に鞍替えしたというか。これが人間相手ならばとんでもないことだけれど、土地はぜったいに嫉妬しないから大丈夫。

村の暮らしも三年目に入った。ここは沖縄本島南部の太平洋側にあって、農が七割、漁が三割といった典型的な村。人口は六千弱で、那覇圏に通勤する者はまだ多くはいない。

農作物は、サトウキビ、インゲン、オクラ、ゴーヤー、クレソンなどで（これは見かけたりもらったりしているものであって、統計的に調べたわけではない）、最近は薬草類や月桃、バジルなども話題になる。漁業の方はモズクの養殖が盛んで、魚も豊富。特に近海もののキハダマグロは大変にうまい。

しかし、正直な話、うまいもののことなら、食べる物の多様ということなら、もちろん都会にはかなわない。村に一軒の農協系スーパーの品揃えはやはり限られている。だが、ぼくは世界中からあらゆるものを取り寄せて食べるという文明の贅沢に飽きたから、それと引き替えの都会暮らしの喧噪と疲労感がいやになったから、それで田舎に来たのだ。不便について文句を言うつもりは最初からない。

我が家の場合は昔からの集落の外に家を建てたので、唯一の隣家は百メートル以上離れている。反対側はだらだら坂を下って海に至るまでもう家はない。かつて人々は集落の中にかたまって住んだが、今はコンクリートで家も強くなったし（台風対策）、少し遠くても水道や電気も引いてもらえるから、見晴らしのよいところに孤立した家を建てる人も増えた。つまり村は全体として散開的になりつつある。

その一方、隣近所とのつきあいは都会のマンション暮らしよりずっと濃厚である。都会では隣人の顔を知らないまま数年が過ぎることも珍しくないようだが、田舎ではそうはいかない。ある程度の交際は喜びであると同時に義務でもある。

ぼくはこの四月から地域の班長をしている。十三戸をたばねて、村役場からの文書を配ったり、赤十字などの募金を徴収したり、なかなか忙しい。配りものは留守でも置いてくれれば済むけれど、集金の方は顔を見ないことには話にならない。なにしろ散開的だから、いちばん遠い家まで行くと相当な距離で、大雨の時など道々難儀する。その代わり、いいところへ来たとモズクの天ぷらをもらって食べたり、世間話をしたり、余禄も少なくない。

年に二度の村人総出の草刈り、夏の運動会（学校とは無関係な字《あざ》の行事）、夜の字会、区長選挙、などなど田舎も忙しい。それとは別に飲み会にも誘われる。うまく融け込んだと思っている。

この解放性が沖縄特有の現象か、日本全体の田舎に共通のことなのか、他の土地を知らないぼくにはわからない。ただ、移住者に対して沖縄はずいぶん優しいという気はする。一般に田舎は保守的で、排他的で、外来の者には警戒の姿勢で応じるものとされている。田舎は、という論の立てかたがたぶん逆なのであって、世の中全体が田舎だったところへ、しばらくするうちに都会という例外的な場所ができて、そこでは人は無名のまま素性を問われることなく生きていけるということになった。今はそちらが主流だが、もともとはお互い素性の知れた者どうしが寄り添って生きる方が基本形。

ぼくの場合はなんとかその顔見知り社会に入れてもらうことができた。それはたいへんに運のいいことだったと思っている。沖縄の田舎にだって排他の原理がないわけではない。

同じ字に住む陶芸家のIさんは、最初に移住を志して役場に相談に行った時、ここは農と漁で暮らしている村だから窯を造って陶器を焼くような人は別に来なくてもいいと言われた。彼はそれを嬉しそうに話す。こんなことを言ってくれるしっかりした村があるかと俺は嬉しかったよ、と今になって言う。もちろん彼は万難を排して引っ越してきたし、今はコミュニティーの主要なメンバーになっている。

田舎暮らしは貰い物が多い。玄関をどんどんと叩いて、ほらゴーヤー、と言いながら立派なゴーヤーを二十本ばかりどさっと渡される。あるいは、スヌイ採ってきた、いるだけ取れ、と大量の天然モズクをいただく。あるいは、これ、食べてください、と島らっきょうを置いてゆく人もいる。時には誰がくれたのかもわからないまま玄関先に大きなシブイ（冬瓜）がごろりとしている。

問題はお返しがむずかしいことだ。村の人はあまり本など読まないから、自分の本を配ってもしかたがない。本など読まなくても満足して生きていける方がよほど正しいはずとこちらが引け目を感じてしまう。だから、何かで声を掛けられるとすぐに飛んでゆく。いささか外の世界を知っているのが強みだから講演会の類はすべて受ける。こんな話が何かの参考になるというのなら、いくらでも話す。

自然について言えば、「まだこれだけ残っている」と「もうこれだけしかない」の間でうろうろしている。鳥ならば家の軒でイソヒヨドリが巣をかまえて雛を育てたことがあるし、ツバメは毎年まちがいなく巣を作り、自分の方が主だと思って人間を追い払おうとする。セッカは多いし、メジロもたくさんいる。最近は嫌われ者のシロガシラも増えてきた。セキレイはよく目にするし、ウグイスとサンコウチョウは姿は見なくても鳴き声をよく聞く。冬になればサシバが住み着いている。海岸ではクロサギはじめ多くの水鳥を見る。

土地改良事業や無意味な護岸工事で海は荒れている。潜っても生きたサンゴなどかけらもない。村人の何割かは土建で食べているというのが現実だが、それでも、上から見ているかぎり群青から淡緑までのすべての色をたたえたラグーンはやはり美しい。ぼくの班の人たちは、下の浜だけは自然のままに残そうと言っている。年寄りが多くて、あとは農家と漁師。たまたま土木建築関係の人がいないからこういう意見が出るのかもしれない。

自然はまた脅威でもある。台風はなかなかすごいし、ハブも見かける。家の中に少しでも糖分を放置しておくと床一面がアリだらけになる。去年からはヤスデが大量発生して、掃いて捨ててガレージをきれいにするだけでも毎朝時間を取られる。ぼくは平気だが、人によっては群れたヤスデほど気持ちの悪いものはないだろう。

こうやって書いてくると、まるで配偶者の美点と欠点を正直に並べているような気持ちになる。

ぼくにとってはこれが沖縄、普通のオバアとオジイ、アンマーとワラバーター、ウミンチュとハルサーの沖縄である。誰にでも魅力をふりまく相手ではないが、相性がよければこれほど楽しい伴侶もいない。

I　沖縄のくらし

四軍調整官による講演の計画に抗議する

知念村関係者各位

来る2月27日に予定されているアメリカ軍ウォレス・グレグソン四軍調整官による講演の計画に強く抗議します。

沖縄県は、広大なアメリカ軍基地を抱えながらも、戦後一貫して平和主義を旨としてきました。その沖縄にあって、「おもろさうし」にも幾度となく詠まれ、世界遺産「斎場御嶽」を擁する由緒ある地である知念にアメリカ軍を統括する立場にある軍人を招くというのは、まことに見識を欠く行為であり、村民の一人としてとうてい認めることができません。

今はアメリカがイラクに対する武力攻撃を行うべく着々と準備を進め、世界中からこれに反対する声が挙がっているという重大な時期であり、日本でも国民の78％が開戦に反対しています。その時にアメリカ軍との親交を深める催しを開くのは県民ならびに国民の大多数の考えと正面から対立するものです。

しかもそれが判断力を欠く子供あいての講演というのは、意図的なものならば卑劣であり、意図せざるものであれば非常識きわまると言わざるを得ません。

英語教育の一環というのならば、英語が話せる人は四軍調整官以外にも県内にいくらでもいます。ここで敢えて軍人を選んだ意図はなんとしても理解できるものではない。「国際社会で生きる視点」から話を聞くという理由が挙げられていますが、国際社会の論調とアメリカ軍の行動の間には大きなへだたりがあります。

更に今は、アメリカ軍が名護市のキャンプ・シュワブで重機関銃による危険きわまる実弾射撃訓練を強引に再開し、名護市と沖縄県が訓練廃止を申し入れている時期です。ここで四軍調整官を招くのは安全な生活を求める名護市と県の願いに水を差し、平和を求める県民の思いを裏切るものではないでしょうか。

以上の理由により、この講演計画の撤回を強く求めます。

２００３年2月26日

池澤夏樹

初出　村役場に持参

島影を追う

島というものが好きだ。

最初の詩集も最初の小説も島がテーマだった。それから今までに書いた作品の大半がどこかで島に関わっている。

十年前に沖縄に移住した理由も、結局のところ、ここが島だからということだったと今にして思う。周囲がすっかり海という場所にいると元気になる性格らしい。

沖縄で最もあこがれたのが久高島だった。本島南部の太平洋側にあって、琉球文化圏ぜんたいの精神的な原郷である聖なる島。

首里の王府から真東に当たり、太陽はこの島から昇った。王家の祭祀の基準点がこの島であった。イザイホーという複雑で崇高な儀式が十二年ごと午の年に行なわれていた。

沖縄に移り住んで三年の後、ぼくは家を建てようと思い立った。場所は久高島が見えるところにしたい。こういうことは縁だから、こちらの一方的な思いだけでは実現しないものだが、たまたま土地が見つかった。

かくして、久高島を東に見る家に住んで五年になる。家を建てる際、一世一代の贅沢のつもりで、島を見るための部屋を造った。電気も引かず、家具を置かず、ただ島を眺めてものを思う。春分と秋分の頃には島から日が昇る。月の出もまた美しい。

しかし五年にして島影は失われることになった。野中の一軒家だったのが、目の前に家が建って島への視線は遮られた。これはもう諦めるしかない。

そろそろ島を出なさいと神々が言っているのかとも思う。

初出　「こころの風景」朝日新聞　二〇〇四年四月一日
収録　『風神帖』みすず書房　二〇〇八年

II

沖縄に関する本のこと

書評・解説など

『おきなわことわざ豆絵本』（うすく村出版）——貧乏について

旅先でものを買うということがなかなかできない。面倒くさいのだ。食べる方は身に入って荷物にならないからいいが、ものを買うと持って歩かなくてはならない。家に戻れば収納にも困る。手ぶらが一番ということになる。

それでも少しは買うのが本。旅をしていると、見るもの聞くもの珍しくて、その地方への関心が高まる。疑問も生じる。そういう時に、地元の本屋さんでこちらの知りたいことを教えてくれるような本に会うと、つい手がのびる。それに、最近は地方出版物の中に良書が多い。

先日、宮古島から那覇に戻った時に買った数点の本の中に『おきなわことわざ豆絵本』というのがあった（うすく村出版）。煙草の箱くらいの小さな本で、右ページにことわざが一つ、左ページには木版の挿絵という構成である。

ことわざというのは本来は地方性の強いものなのに、今は標準化したものしか耳に入らない。その意味で、沖縄のことわざはまだ鋭い切れ味を残しているが、しかし沖縄の言葉はむずかしい。「馬の耳に念仏」と同じことを「たーうむがぁーしゃにみじ」という。漢字を当てれば「田芋葉に水」、サトイモ類の葉が水滴をはじくように、言うことが通じないということ。「くそをーあららてぃん、ひんすぅーむんやあららん」というのがある。糞は洗えるが、貧乏は洗えないの意。これはなかなかすごいと考えこんだ。われわれはさまざまな意味で貧しいが、こういう背筋がひやっとするような貧乏はさすがに縁遠くなった。米びつに米がなく、たんすに質草がなく、借りる相手がなくて、向こう半年は入金の当てもないというような境遇は珍しい。まして自分の作った米がすべて税にとられて自分の口には一粒も入らないという貧乏は忘れられただろう。

松前藩がアイヌの人々を徹底的に収奪したように、薩摩藩の沖縄支配も過酷きわまるものだった。だから沖縄は貧しかったが、人頭税というとんでもない税制を課せられていた先島諸島の貧困はそれに輪をかけてすごかった。これは別の本で見つけたのだが、「四十八ぬ御用物、船具は納め、穀上納ぬ、七、八俵ん、御用布ん調整げ、納めてん、命ばあそう、我が力あらぬ、天神ぬ御助けどやる」という言葉が残っている。さまざまな税を全部納めて、それでもまだ生きていられるのは自分の力ではなく、天の神さまの助けだというのだ。この人頭税が廃止されたのは、明治も三十六年になってからのことである。

初出　「北海道新聞」　一九八九年
収録　『読書癖1』みすず書房　一九九一年

『南島文学発生論』谷川健一 （思潮社）

現代の日本で野山を歩いていて、周囲の自然に対して畏敬の念を覚えるなどということは絶えてない。どんなに壮大な景色を見たところで、テレビで見たのと同じだという感想しか湧かないのだ。奥深い山にわけいっても、渓流をいくら遡行しても、その場所はただにその場所としての意味しか持たない。たとえ尾根を越えたとたんに目の前に熊がいたところで、その熊は動物学に言うところのツキノワグマでしかないだろう。それが神や、精霊や、熊に化けた先祖であるということがあるはずがない。かつてはそういうことがあったかもしれない。今となってそういう体験が皆無となったのは、もちろん熊が変わったのではなく、われわれの方が変わったのだ。正確に言うならばわれわれにとっての自然というものの意味が変わってしまったのである。

しかし、本土を離れ、沖縄まで行って少し人里から離れたところを歩いていると、いや里のすぐ近くでもいい、南方系の葉の厚い木々が濃い影を含んでうずくまっている前に立っただけで、自分の周辺にまるで違う空気が立ち込めるような奇妙な感じを覚えることがある。自分と周囲の間にある種の不連続感が感じられる。周囲であるところの自然は一人の人間としての自分を異物として無視するか、あるいは自らに繋がるものとして受け入れるか、そういう判断が闇の奥で行なわれているような気がする。沖縄本島ではさすがに少ないが離島にゆけばそれは強いし、特に先島諸島（宮古・八重山）をふらふら歩いている時にはこのような思いを抱いて立ちすくんだ記憶が何度かある。

池間島。集落から灯台の方へ伸びた白昼の路上で、むらがってひらひらと飛ぶスジグロカバマダラをただ黙って見ているだけで、まるで違う時代の中へ踏みいってしまったという居心地の悪さを覚える。精神が宙に浮いているような感覚、自分を包んでいる陽光と微風に対する畏怖の念が心の底でゆらゆらと揺れているようななつかしい気分。

これを錯覚と呼んでいいかどうか、そういうものを感知する能力がもっと強く備わっていれば、より明確なことが言えるのだろうが、ぼくにはおぼろにしかわからない。それについてこの本の著者はこう言う——「圧倒的な自然にとりまかれていた時代にあっては、人間は周囲の生物・無生物が自分に対して悪意を抱いているか、それとも善意を抱いているかがつねに気になった。夜には怪しい螢火のようなものが燃えさかり、昼にはウンカのようなものが湧き立ち、川の淵にうずまく水沫《みなわ》さえ物を言っていた。大自然の織りなすざわめきの中にかこまれていた人間にとって、森羅万象は他者を害する力をもつ霊魂《アニマ》であった。モノが物体であってしかも霊魂であるという両義的な存在であるのはここに源を発する。草木石にいたるまでよくおしゃべりをし、そのおしゃべりが相手を侵害する力をもっていた。おしゃべりをもって、こちらに挑みかけ、負けたら、相手の害する力をまともに自分に受け入れなければならない。隙あらばとうかがう相手は、眼に見えるもの、眼に見えないものすべてであった。周囲の『事問ふ』存在に対して気を許すことができない。そこに狩猟時代の生き生きと緊張に満ちた社会があった。」

そのような「言問ふ」自然に対しては同じく言葉で返す。それが呪詞であり、呪謡である。その発展の先に古代から今にも届く韻文の文学というものがある。これくらいは単なる常識として気楽に言っておいてもいいだろう。問題はその先、呪詞の類の具体的な分析である。すべての呪詞は効果を切実に期待して発される。ある事態に対してある詞をもって応ずるについては、その事態の構造ひいては世界のありようの全体についての認識がなければならない。ゆるぎなき宇宙観の用意なくしてはいかなる呪詞も口に上すことはできないだろう。

そういう詞と思いと世界観の間に一致のあった幸福な時期がかつてあったとしよう。しかしながら時代が移るにつれて、宇宙観は変化し、古代のように人の精神に対して強烈な影響力をふるった時代は遠くなる。アニミズムの世界像は薄くなり、曖昧な伝承の奥に残るおぼろな像にすぎなくなる。儀式は形ばかり受け継がれても、その意味は次第に淡いものになってゆく。しかし、それでも呪詞そのものは、なんといっても言葉なのだから、そのまま残る。これを正しい原理に従って解釈すれば、それが発生した当時の人々の宇宙観が復元されるはずである。ずいぶん単純化してしまったが、要はそういうことである。

本土の方ではすっかり古代史に属する記紀万葉の精神性が沖縄という土地に生きて残っていることに最初に気付いたのは折口信夫であった。同じ沖縄の旅はそれと同時に、詩の起源は生活の平穏や豊穣を祈願する呪詞にあると見定める機会を彼に与えた。単に形式論理で追っていったのでは決して超えることのできない詩的な飛躍によって、折口は呪術と文学がいまだ不分明だった渾沌の中から形あるものが生まれ出る光景、言ってみれば詩の国生みの光景を見てとったのである。

しかしながら、折口の理論に対しては「ただ論理として見るならばかなり粗雑であり、展開のないくりかえしが多すぎる」（西郷信綱『詩の発生』）というような批判がしばしばなされてきた。「だからもし学問の問題として考えようとするのであれば、強烈な資質の力に支えられつつ同居している科学的なものと詩的なものを分離し、暗示に客観的な中味のある述語をあたえねばならない。末世では予言者のことばは解釈が必要なのだ」。沖縄の詩的な呪詞群に対するこの西郷の言う「解釈」の仕事として今までで最も大胆で細心で、しかも言葉と世界との関係を解くことがいかに苦しい戦いであるかをも知らしめた名著として、藤井貞和の『古日本文学発生論』という本があった。今回の谷川健一の新著はこの藤井の仕事を受け継ぐものである。

ずいぶん前置きが長くなったが、これくらい足元を固めておかないとこの『南島文学発生論』の内容に立ちいたることはできない。これは教養書ではなく、入門書でもなく、藤井の場合と同じように知的な苦闘の記録である。この十年に世に出た新資料を駆使して、藤井の仕事の先を開く。しばしばそれは未整理で、まだ混乱の跡を残している。学説形成途上の沸騰とも言うべきものがある。決して読みやすい本とは言えない。筆者の論法を身につけるまで、読者は相当な苦労を覚悟した方がいいかもしれない。

しかし、それでもこれは精読に値する本であり、読みおわった時には頭の中がすっかり先史時代の沖縄や記紀以前の日本の空気に満たされるという珍しい書物である。現実に復帰するのにしばらく時間がかかる。つまりは、これ自身すぐれた詩集のような効果を持つ書物なのだ。そして、おそらくこの効果はなんといってもこれが祖型にせよ、詩というものを正しい手法で扱っていることに由来するのだろう。

記紀万葉の語法や表現が沖縄歌謡の中にもそのまま発見されるということは何を意味するのか。沖縄が先史時代を抜け出したのは十二、三世紀のことであると言われる。具体的な指標は鉄器と製鉄技術の伝播。鉄を入手した社会はそれ以前とはまったく異なる性格を帯びるようになる。戦い一つを取ってみても、石器や弓矢だけを武器とする時代には呪術の力が趨勢を決める場面が少なくなかったし、実際巫女たちを先頭に立てての進軍が沖縄では行われていた。「女は《いなぐや》戦の《いくさぬ》魁《さちばい》」という言葉はそのまま真実だった。しかし、鉄の武器を用いる戦闘に巫女の出番はない。それをもって詩の時代の終わり、散文の時代の始まりとするならば、本土ではそれは弥生時代からであり、沖縄では十二世紀というのだから、千年の差がそこにはあった。記紀歌謡の成立は記紀そのものの成立に先立つはずで、その時点で比較したとしても沖縄と本土の間には六、七百年を隔てて文化史的に同じ時期があったことになる。

しかし、驚くべきは記紀歌謡と沖縄歌謡の間のあまりの類似であり、それを生み出した精神や風俗の共通性である。一つの例として著者は古事記の雄略帝の条にある次の歌を掲げる――

水《みな》そそく　臣《おみ》の嬢子《をとめ》　秀罇取《ほだりと》らすも
秀罇取《ほだりと》　堅《かた》く取《と》らせ
下堅《しもかた》く　弥堅《やかた》く取《と》らせ　秀罇取《ほだりと》らす子

これは酒宴の席での歌であり、宇岐歌《うきうた》あるいは盞歌《うきうた》と呼ばれると記されている。あるいは同じく古事記の上巻、須勢理毗売《すせりひめ》が夫の八千矛に酒を勧め、なかなかエロチックな浮気諌めの歌をうたった上で「うきゆひ」をしたとの記述がある。盞結《うきゆひ》は杯による契約、あるいはちぎりの杯ということである。この文学的事実に対して谷川は、明治の頃まで与論島には「ウキユ歌遊び」があったと報告する。酒宴での歌の役割についても詳しくわかっていて、それはそのまま古事記の中での酒の飲まれかた、特に男女が同席する場合の勧めかたや受けかた、その後で歌垣に移行する仕組みまで、ほとんど合致するのだ。これを谷川は「南島に限らず本土でも民間にひろくおこなわれていた歌舞が古代宮廷にとり入れられた。そののち、宮廷では平安末期まではつづいて消滅した。南島では与論島にだけながく残った」と説明する。鉄器が伝わらず、仏教が土地本来の文化を消滅に導かなかったことが、つまりは南島が中央から遠かったことが、この結果につながったのだろう。文化というものは外乱がないかぎりそれほど長く残りうるものかとまず感心する。

そこまで風俗習慣に密着せずとも、ただ歌の調子を聞いているだけでいかにも似ているという印象のものも少なくない——

ぐじやわんさばぬ
あさとぅらむ
ゆぐるのむ　かもぬぐとぅ
ふーしゆむ
やはしゆむ
ばたばたとぅ　ただち
あびゆんな　あびりば……

鯨や鱶が

朝凪も
夕暮れもかまわぬごとく
大潮も
夕潮も
バタバタと叩いて
叫ぶ程に叫べば……

というシバナシンゴの畳み掛けるような語法を眼のあたりにしてぼくはついつい「天下四方《あめのしたよも》の國《くに》には罪《つみ》と云《い》ふ罪《つみ》は在《あ》らじと、科戸《しなど》の風《かぜ》の、天《あま》の八重雲《やへぐも》を吹放《ふきはな》つ事《こと》の如《ごと》く、朝《あした》のみ霧夕《きりゆふべ》のみ霧《きり》を、朝風夕風《あさかぜゆうかぜ》の吹掃《ふきはら》ふ事《こと》の如《ごと》く、大《おほ》つ邊《べ》に居《を》る大船《おほぶね》を、舳《へ》解《と》き放《はな》ち艫《とも》解《と》き放《はな》ちて、大海原《おおうみのはら》に押放《おしはな》つ事《こと》の如《ごと》く、……落沸《おちたぎ》つ速川《はやかわ》の瀬《せ》に坐《ざ》す、瀬織津姫《せおりつひめ》と云《い》ふ神《かみ》、大海原《おおうみのはら》に持出《もちい》でなむ」という『六月晦大祓《みなつきこもりのおほはらへ》』の祝詞を思い出したものだ。対句畳句の巧みな使いかたはそのまま同じである。

こういう類似をまず前提として認め、幸いにも言葉として、またある時には具体的な神事そのものとして今に伝わる沖縄歌謡を、その起源にまで遡る。それを生み出し、今まで継承してきた精神の姿を見ようと試みる。それが本書の基本的姿勢である。多く外来の要素を入れて混乱の中になんとなく栄えてきた日本雑種文化のその最も基層にあるものを発掘する。これはずいぶんおもしろい知的挑戦なのだろうと想像する。

混乱はテクストそのものの中にもある。浅い知恵で整理してしまわないモノの原初の形がそのままあると言った方がいいかもしれない。折口信夫があの優れて詩的な論文『妣が國へ・常世へ』の中で「開化の光りは、わたつみの胸を、一擧にあさましい干潟とした。併し見よ。そこりに揺るゝなごりには、既に業《スデ》に、波の穂うつ明日《アス》の兆しを浮べて居るではないか。われ〳〵の考へは、竟《ツヒ》に我々の考へである。誠に、人やりならぬ我が心である」と憧れのうちに語った、その精神と世界が未分化の状態をそのまま受けての混乱。言葉の一つ一つの重みが違い深みが違う。今の言葉がプラスチックならば、この神謡の中で使われているのは青銅であり、その表面におぼろに神の姿が浮彫りになっている。しかし、その図柄は摩耗し混乱しているのだ。

宮古島の狩俣という、民俗学の方では有名な村に伝わる夏祭りの神謡の一つに「狩俣・祖神《うやがん》のニーリ」と呼ばれるものがある。藤井貞和が、いずれは『日本文学史』ではなく『日本語文学史』こそが書かれるべきだとした上で、その第一ページを飾るのはこれだと明言したものである。谷川は三章を費やしてこの神謡の分析を試みている。無理と非力を承知で要約してみようか。

これは男性三十人ほどで歌われるものである。全体は五部からなる。第一部は村の創世神たちへの語りかけである……

てぃんぬ　あかぶしやよ
てぃだなうわ　まぬすよ
……………
天の赤星よ
太陽の子真主よ
……………

に始まる二十二行ほどの詩句において呼びかけられるのは、「てぃんぬ　あかぶし」なる母神であり、その娘の「やまぬ　ふしらず／あうすばぬ　まぬす」すなわち「山のフシラズ／青しばの真主」であり、またしばらく時代は下るのだろうか、「まやぬ　まつめが」すなわち「真屋のマツメガ」と呼ばれる女性の支配者である。そして、この「てぃんぬ　あかぶし」が娘の「やまぬ　ふしらず／あうすばぬ　まぬす」を生んだ事情の背後には一般に三輪山伝説とか蛇婿とか呼ばれる異類婚姻譚が隠されている。

「狩俣・祖神《うやがん》のニーリ」の第二部は創世神の出現からずっと後の時代を扱う。「大城《ウフグスク》の真《マ》玉《ダマ》」という女性が二男五女を次々に生んだことがそのまま語られる。単純には違いないが、系譜は神話の基礎であり、次から次へと子供の名が連呼されるリズム感の心地よさは、“……who begat……”でつなぎながら次々に名前を呼びあげる旧約聖書の表現にも繫がる。もちろん古事記のはじめの方で神々が生まれ出ては消えてゆくところにも呼応する。

第三部は二部で次々に子を生んだ「大城の真玉」の五女である「マーズマリヤー」のことから始まる。彼女が布を織るのに巧みで、それが宮古中に評判になり沖縄の王にまで聞こえた一件。ところがこの歌は後半一転して、下地や洲鎌の百姓たち、また平良の士族たちが狩俣に攻めてきた戦いの話になってしまう。ここにある地名はすべて宮古に今もあるもの。この戦いの条は何か史実がまぎれこんだらしい。おそらく宮古島が一人の豪族、すなわち「平良殿」の支配下に入った事情なのだろう。

第四部は大城殿《ウプグスクトゥヌ》という男性の井戸掘りを主人公にする。井戸は沖縄ではカーと呼ばれ、社会的にも人の精神にとっても重要な位置を占めるものである。大城殿が朝起きて、髪と手を洗い、人を集めて井戸を掘る相談をし、実際に掘ってみてとてもよい井戸であることがわかり、それを祝って三夜も四日もお祝いをした。狩俣は宮古島から北に伸びる細く長い土地でもともとは水が悪かった。そこに良い井戸ができたのだから、人々の喜びも一入というところだろう。おもしろいのは、この歌の中で「クスヌカー」と呼ばれるこの井戸が実際に今も「クスカー」という名で呼ばれて実在することだ。場所は「狩俣の遠見台の真下の海辺にある」という。

「狩俣・祖神のニーリ」の最後の章は先の「大城の真玉」の次男の「ユマサス」という男を主人公とする。彼は宮古の最初の統一者である仲宗根豊見親《なかそねとうみうや》に命じられて船を調達に八重山に行く。宮古はもともと木が少なくて造船にはむかないが八重山は木が多いのである。彼はここで手土産と交換に立派な船を造ってもらい、順風に乗って宮古に戻る。そして今度はその年の貢物を積んで沖縄本島に朝貢して好評を得る、という百十節からなる長い詩。

こうして見ると、このニーリの中には創世から歴史時代のずいぶん後の話までがそのまま同居していることがわかる。井戸掘りの話には鉄器が出てくるし、沖縄への朝貢は十四世紀の末に始まっている。本土の方で言えば古事記から御朱印貿易までの時の流れが一つの叙事詩の中に入っているようなものだ。アメリカのグランド・キャニオンは二十億年分の地層が一目で見える場所で、それだけの歳月を目のあたりに見ることで人は卑近なる自己を忘れることができる。同じように、一つの神謡を読み解くことで人は日本語を使う人々の原初からの歴史を一目で見てとることができる。それは眩暈を誘うような感覚である。

学問というものが完成された一枚の図に最後には収束するのか、あるいは転変をくりかえして次々に新しい学説が無限に生まれでるものなのか、小説などという大雑把な文芸に従事しているぼくにはわからない。しかし、ここには少なくともその転変の一つの相があり、これを読む者は探究者たちの興奮のなにがしかを共有したような心地よい錯覚に陥ることができる。何度も書いたようにこの書物はいささかの整理を必要としている。しかし、それはいわば宝の山にたまたま分け入ってしまった男の興奮と混乱、お菓子の家をみつけたヘンゼルとグレーテルのとまどいに似たものではないか。話題はあちらこちらへ飛び、仮説にすぎないはずのものが力説され、時として章は充分な論考を終えることなく唐突に閉じられ、当然この種の本には必須と思われる索引も文献目録も脚注もない。目次は抽象的で各章の内容を具体的には語っていない。素人の読者として言えば、用語の解説が少しでもあれば、つまり、ミセセリやウブツカサやアーグシャーやニライやカンナーギやピャーシやユングトゥやウンジャミやスクなどという言葉の意味を厳密にではなく最小限の範囲ででも教えてくれる配慮があればと思わずにはいられない。

しかし、それもこれも全体の価値とはまた別の話だろう。苦心しながらこれをなんとか読みとおしたおかげで、ぼくは沖縄という土地に対して今までとはずいぶん違う深い理解を得たように思う。この次に宮古島を訪れる時、狩俣へ足を伸ばして遠見台の真下の海辺にあるクスカーを見たとすれば、その一つのカーのたたずまいと周囲の風景は、以前とは比較にならない重みをもってこちらの精神に迫るはずなのだ。

初出「文學界図書館」一九九一年十月
収録『読書癖3』みすず書房　一九九七年

『八重山生活誌』宮城文（沖縄タイムス社）――生活文化の記録

自分たちの日々の生活のことを、まったく違う国、違う時代の人に説明しろと言われたら、いったいどれくらい詳しく話ができるだろうか。あなたが現代に生きる日本人だとして、米の炊き方、味噌汁の作り方にはじまって、着るものの種類と形、標準的な家の間取り、種々の道具の使い方、結納の席での挨拶や赤ん坊の育て方までを、どう説明するか。生活文化は膨大で、複雑で、多岐にわたっている。ぼくたちは一応それを掌握したつもりで暮らしているけれども、最近では自分で作るべきものを商品で済ませたり、面倒なことは簡略化することが多い。年中行事の筆頭たる正月のおせち料理さえ自分では作らない。

一人の女性が自分が経てきた時代の生活文化をすべて書き記そうと決意した。九年あまりかけて知るところを書き、不明な点は調査を重ね、ついにＡ５判で六百ページの大著を完成した。索引項目だけで二千を超える綿密な生活誌である。しかも、この本が出来上がった時、この人はかぞえで八十一歳になっていた。今、ぼくはその本を前にしてつくづく感心しているのだ。

『八重山生活誌』。著者の宮城文さんは明治二十四年石垣島に生まれて、沖縄県立第一高女を卒業、教師として子供たちの教育や、生活改善や、地域振興に力を注いだ方である。近代沖縄で最も開明な女性の一人と言ってもいい。それでも、七十歳を過ぎてから、これだけの大仕事を思い立つというのは容易なことではない。

本書は、住居・衣・食・人の一生・年中行事の五編からなり、それぞれについて微に入り細にわたって具体的な記述が並んでいる。結婚の儀礼の細部を書くだけで六十ページ以上を費やしている。写真や図版も多く、原稿の総量は千枚を大幅に超えるだろう。小説の千枚は珍しくないが、こういう厳密な文章でこれだけの量を調べて書くのは大変なことだ。

八重山は明治三十五年まで定額人頭税というとんでもない悪税に苦しめられた。歴史の本で読むと遠い昔のことのように思えるが、この人の姉はその人頭税の苦役を一年間体験している。女たちは八重山上布という、おそろしく細い糸で手間をかけて織る織物を作らされた。それについて、「織女が布織る手を休めて、乳児に乳を与えていると係の役人に大声でどなりつけられたり、乳児まで鞭で打たれたりするので母親は心を鬼にして乳児を帯で柱に縛りつけて、布を織ったという」というような証言がある。

しかし、こういう歴史的な部分は僅かで、この本の大半を占めるのは日々の生活の具体的な姿や、祝いの席の献立の説明、そこで唱えるべき祝詞（八重山方言はむずかしいから、訳なしには一語も理解できない）、わらべうたの歌詞とメロディーなどである。かつて生活や行事はゆるぎないものであった。個人のわがままでそれをはしょったり改修したりすることは許されなかった。それをきちんと間違いのないように記述しようという意欲がこの本に重みを与えている。『八重山生活誌』が刊行されたのは一九七二年、つまり沖縄復帰の年だが、この本は今でも手に入れることができる。（沖縄タイムス社、現在は品切れ）

初出「遊覧飛行６」朝日ジャーナル　一九九二年二月
収録『読書癖３』みすず書房　一九九七年

沖縄移住後の「読書日記」抄

×月×日

九三年のはじめから「待ちかんてぃー」の、つまり待ちかねていた、書き下ろしまんががようやく本になった。大城ゆかの『山原《やんばら》バンバン』(ボーダーインク)。

今、地方の出版文化というのがどうなっているのか、東京の尺度をあててどのレベルなのか、その土地に住まないかぎりわからないが、少なくとも北海道と沖縄が相当なものを出しているのは知っている。中央から遠いほど元気だということだ。北海道は自然関係に強く、沖縄は歴史と文化が盛況というのもうなずける。

『山原バンバン』は沖縄本島の北部、山原《やんばる》と呼ばれる地方に育つ普通の女子高生の一夏の話である。奇をてらった面はまるでない。派手にしなければ紙面がもらえない東京メディアとは事情が違う。夏が来て、強い日射しの下で日焼けを防ぐ努力にはじまって、甲子園からの中継があり(ご存じのとおり高校野球では沖縄は強いのだ)、九十歳になるおばあの誕生日の祝いがあり、祭りがあり、宿題追い込みの日の闘牛見物がある。キジムナーという架空の生き物との出会いもいい。

具志堅《ぐしけん》夏美というこの少女の生活の細部を実にいきいきと、微妙な感覚の陰影をそのままに、作者は描いてゆく。日々の小さな感動が何の誇張もなく、ちょうどいい量のユーモアと共に、語られる。そういう生活が山原には今もあることに感心する一方で、それをそのまま描いて読者に伝える等身大のメディアが沖縄にあることを改めて知った。

「中国の妖怪、沖縄の少女」（週刊文春94・5・26）

×月×日

教科書というもの、一応は本の体裁をしているけれども、楽しんで読むものではないということになっている。どんな話でも強制的に読まされておもしろいはずがない。その理由の一つは、授業で読むのでは速度が遅すぎること。普通の速さで読んでみると意外に楽しい。もう一つはもちろん試験があること。つまらないところを読みとばす自由がないのが嫌なのだ。

『高等学校　琉球・沖縄史』（沖縄県歴史教育研究会　新城俊昭著作発行）という教科書がおもしろかった。本土の地方史であればいわゆる「日本史」の範囲にだいたい収まるが、琉球・沖縄の場合はなにしろ別の国だったのだからまるで話が違う。これをひととおり知りたいと思う者にとって、この教科書の簡潔にしてしかも周到な記述はすぐにも役に立つ。

教科書として用いられているのだから（第一刷は一九九四年三月、手元のは九五年の三月発行の第三刷)、これが今の沖縄である程度まで標準的な史観なのだろう。とはいうものの、はたして標準的な史観というものが、教室の中にせよいわゆる論壇にせよ、実在するのかどうか。むしろこの一冊を議論の出発点と見る方がいいのかもしれない。歴史が単なる暗記科目ではなく、授業が毎回大論争になったら、これは本当にいい授業ではないか。

そういう仮定に立って一つ意見を述べれば、この教科書では琉球・沖縄史の負の面に力点が寄っているように見える。たしかに南西諸島は国土として小さく、北に位置する日本本土の勢力からの圧力でずいぶんひどい目にあっている。遠い過去の話ではない。生徒たちの祖父母の代で戦場にされたし、日本最悪の基地問題には今も解決の緒《いとぐち》もないのだ。この島々の歴史はそのまま受難の歴史だということにもなるだろう。

しかし、この土地に人々がはるか昔から住んで、営々と生活を築き、世代を重ね、土地の広さと経済の規模から予想される限界を超える豊かな文化を作ってきたことも事実である。政治史は受難かもしれないが文化史は誇るべきものに満ちている。あるいは琉球人は政治と戦いが下手で、その代わりに建築(例えば中城《なかぐすく》遺跡)と、文学(例えば『おもろさうし』)、歌作り(例えば『月ぬかいしゃ』)、舞踊、工芸、料理などが上手だったと言おうか。

結局のところ歴史とは政治史のことなのだという反論もあるだろう。幸福な時間の記憶は速やかに消えて、辛い思いばかりを残すのが人間というものではないか。あるいは、幸福は心の中にあるからフィクションによってしか表現されず、不幸の原因は社会の側にあるから歴史の本はついつい愚痴に満ちるという論法。教科書一冊、ずいぶんいろいろなことを考えさせる。

「フィクションと現実の間」（週刊文春95・5・4／11）

×月×日

北海道に生まれ、「内地」に渡って育ったぼくが、今は沖縄に暮らしている。好きで移住してきたというところから既に偏見が混じっている。この欄でよく沖縄の地方出版物を紹介する時、ぼくとしては（日本人の起源が多様であるのと同じように）日本の文化はかくも多様であると言おうとしている。東京文化に対する異議申し立てという気持ちがある。東京と沖縄の間に立ちながら、顔は東京の方を向いている。だから、時には沖縄を讃殺することにもなりかねない。

『沖縄のいまガイドブック』（岩波ジュニア新書）という本を読んでいて、そういう自分の姿勢への忸怩《じくじ》たる思いを新たにした。これは照屋林賢・名嘉睦稔・村上有慶の三人のおしゃべりからなる気楽の本で、さらりと読めるように見えて実は言葉ががんがんぶつかってくる。この三人のうち睦稔は友人、林賢は顔見知り、村上さんは噂に聞く人。だから、自分もその場に陪席しているような気分になる。そして、一言も言葉を挟む余地がない。

愚直なほどのタイトルのとおり、これは今の沖縄について、言葉、歌、料理、海、戦争の記憶、等々のありようをそのまま伝える本である。しかし、この三人の沖縄に対する姿勢のしなやかさはどうだ。ぼくなどが硬い言葉に託して東京へ送ろうとしているメッセージの類を笑って、崩して、受け流す。変わってゆく時代に身を任せて、それでいて芯のところは決してゆるがない。こうして比べてみると、我ながらまだまだ肩の力を抜く修業が足りないぞ。

「夏休みらしい読書」（週刊文春95・9・7）

×月×日

予言というほどではないにしても、事態を前もって言い当てるということがある。『筑紫哲也の「世《ゆー》・世《ゆー》・世《ゆー》」』（沖縄タイムス社）が刊行されたのは数カ月前だが、今になってもう一度読み返し、改めて感心している。

ジャーナリストにして「ニュース23」のキャスターである筑紫哲也は、番組の中でしばしば沖縄を取り上げてきた。もちろん単なる好みではない。一九六〇年代の後半に朝日新聞の特派員として沖縄に三年暮らしたおかげで、筑紫は日本という国を客観的に見る最適の視点を手に入れた。当時はまだ米軍の統治下にあり、復帰後も中央に対して何かと異議申し立てを続けてきた島々。ここに立つと、自惚れや錯覚なき日本の実像がよく見えるのだ。

この本はその筑紫が地元紙である沖縄タイムスに月に二回連載してきたエッセーをまとめた一冊。全国的な販路を得たのかどうか、沖縄に住むぼくにはわからないが、今や必読と推薦して憚《はばか》らない。アメリカ兵の犯罪をきっかけにあれよあれよという間に大きくなった今の沖縄問題が、実は日本問題に他ならないことがよくわかる。官僚政治家諸氏はこれを読んで沖縄人の思いを理解し、覚悟を決めた方がいい。

基地や日米安保についてのこの本の指摘が正確であることは言うまでもない。しかし内地の人が読み取るべきはたとえば県民一人当たりの所得の話だ。鹿児島に行っても島根に行っても、下から二番目三番目という愚痴を聞かされて、筑紫哲也はこう答える——「みなさん、そんな話ばかりするけど、では県民所得最下位の県で何が起きているか忘れてませんか。私の見るところ、そこに住む人たちは最下位をそんなに気にしているように思えないし、あの社会には本当の意味での豊かさがあると思う」。

最下位は沖縄。しかし沖縄は自分の物差しを持っている。自分が豊かであることを知っている。それが沖縄の強みであり、日本批判の原点である。ぼくはここに住んでそれを日々実感している。豊かだからこそ着々と基地反対闘争を展開するだけの底力も生じる。守るものがある時に人は強くなるのだ。

「日本問題と仮想現実」（週刊文春　95・11・16）

沖縄を知るための六冊

いわゆる沖縄問題の報道が鎮静化してしまった。代理署名をしないという大田知事の固い意志が明らかになったあたりで一段落。振り返ってみれば、全体に全国紙の姿勢はどこか義務的だったと思う。つまり、文化勲章が誰に決まったかを報道するのに似て、無視はしないけれども熱も入っていないというところ（ちなみにぼくは移住による沖縄県民である）。

東京の官僚や政治家の視点から見るから沖縄問題なのであって、地元から言えば、これは基地問題であり、それ以上に日本問題である（この場合の日本はヤマトと読む）。たまたま両者の間にいるぼくの目にはそれぞれの考えていることの違いがよくわかる。沖縄人にとって事態は日常的であり、切実であり、しかも歴史的に根が深い。短く見ても五十年、根源を辿れば三百年近いのだ。そして、ウチナーンチュがどういう人々であるのか、彼らが何を考えているのか、首都の人々はまるでわかっていないらしいのだ。

ぼくはここ十年近く沖縄に通いつづけて、遂に引っ越してしまった。そこまで踏み込む以上、ずいぶんウチナーンチュのものの考えかたを勉強した。いや、順序は逆だったかもしれない。知るほどに共感するところが多くなり、どんどん引き寄せられて、気がついたら住むことになっていた。こちらの方がずっと人間らしく、ヌルントゥルン（のんびり）して、ゆったり暮らせるのだ。

この際だから今回は沖縄人が書いた本を集中的に紹介することにしよう。沖縄は日本の中でも特に地方出版の盛んな土地である。いい本が多い。入手については各自努力してみていただきたい。

まずは職分を全うしているうちに時代の人になってしまった大田知事の著書。今、学者を長とする地方自治体がどれだけあるか寡聞にして知らないが、沖縄人は知識・見識・学識のある人を代表に選んだ。大田昌秀《おおたまさひで》は歴史学者である。少年期、沖縄戦に動員されて、惨状を目のあたりにしながら生き延びた。その体験の意味を解くべく歴史を学び、その学業の導くままに知事になった。ぼくにはそう見える。

彼の主著といえばどうしても『総史沖縄戦』（岩波書店）になるのだが、ここでは子供向けに書かれた『戦争と子ども』（那覇出版社）の方を推薦しよう。話は明治政府の琉球処分からはじまる。強権を背景にした多くの改革を受け入れた旧琉球王府が最後まで拒んだのが日本軍の派遣だったという。外交と貿易による平和を長らく実現してきた国の誇り。この島々では平和主義は最も現実主義的政策だった。

軍が来て沖縄はどうなったか。ずるずると戦争に引きずり込まれ、住んでいる土地を戦場に仕立てられ、消耗戦を強いられたあげく、捨てられた。県民の四人に一人が死んだ。こういう体験を経た沖縄人の平和哲学は強い。この本は、写真を巧みに使って、戦争の実態と平和の意義をうまく伝えている。「子供にもわかるように」というのは間違いで、「子供だからこそわかるように」書いているところが値打ち。この本のメッセージが理解できたら、あなたはまだ（よい意味で）子供である。

戦争が終わって沖縄はどうなったか。アメリカ軍政下の沖縄の雰囲気を見事に伝える小説がちょうど発売された。大城立裕《おおしろたつひろ》著『かがやける荒野』（新潮社）は一九四七年のコザを舞台に、混乱の中でいろいろと迷いながらもしっかり生きる人々を描いている。中心にいるのは仮にヨシ子と呼ばれている若い女性。記憶を喪失して自分の名も忘れてしまった彼女は、赤の他人ながら心温かい夫婦に養女のような形で引き取られ、一緒に暮らしている。自分は本当は誰なのか知りたいという彼女の願いが他の人々の運命と絡み合い、それがまた誰かにつながるという風に、物語は十数人を巻き込んで拡大し、最後にはまた彼女の身の上に収束する。こういう時代を描くのにはうまい方法だと思った。

ヨシ子が本名の節子に戻る過程はそのまま、徹底的に粉砕された沖縄社会の秩序がゆっくりと再建される過程でもある。ぼくは読んでいて、ほぼ同じ時期の東京の雰囲気を扱った結城昌治の傑作『終着駅』（中公文庫）を思い出したが、どうも大城の描く沖縄人の方が元気があるように見える。日射しが強い分だけ沖縄の方が人の心も明るいのかもしれない。人間への信頼と言おうか。今、ぼくたちが知るべきなのは、そういう日本本土と沖縄の間の微妙にして決定的な違いなのだ。

戦後の混乱の時代が終わっても、アメリカ軍は残った。沖縄人は民主主義には程遠い軍政下に生きることになった。銃剣とブルドーザーで土地が取り上げられ、基地になった。日本に復帰しても基地はそのまま残った。今の日本人は民主主義という言葉を空気のように思っている。それがない事態を想像することもない。

巨大な基地を抱える金武町の町長は決して結婚式の仲人を引き受けない。式の最中に軍用機の墜落事故が起こったら、その場を中座しても駆けつけなければならない。一生に一度の結婚式にそんなことになってはもうしわけないから、最初から断るのだ。自分の農地を他人が勝手に使って五十年たっても返してくれないというのがどういうことか、授業もできないほど頭上を飛行機が飛ぶというのはどんな現実か。県道を正規軍装の部隊が移動するのがどれほど異常なことか、想像して頂きたい。

雰囲気を知るには写真がいい。國吉和夫の『写真集　基地沖縄』（ニライ社）は雄弁な一冊である。軍隊という制度化された暴力と隣り合って暮らすのは楽ではない。兵士の犯罪というといつもいつも海兵隊が問題になる。空軍や海軍はまだ機械が介在して、悪趣味を承知で言うならば「ソフィスティケートされた」暴力だが、海兵隊ではそれが若くて裸のまま出てくる。そういうことがこの写真を見ているとよくわかる。彼らが自分の隣人であるという事態を想像せよ。

しかし、本当に大事なのは、沖縄人とはそも何者であるか。どんな風にものを考えているか、それを伝える一冊だ。かぎりなく日常的でありながらいきなり遠方に飛躍し、したたかであると同時にしなやか、頑固に見えて実はいいかげん（こちらの言葉ではテーゲーという）。そういう沖縄人の心理構造を知るには宮里千里の『アコークロー』（ボーダーインク）というエッセー集を読むのがいい。

もともとは個人誌として手書きで刊行していた小冊子を纏めた特異な本で、こういうものを発信しつづける姿勢にまず感動する。考察は広く、深く、あくまでも軽く、今の沖縄の精神的な地層の見事な断面を見せている。文体はぜったい誰にも真似できないものだ。ちなみに「アコークロー」とは明るいと暗いの間、すなわち黄昏のことである。このどちらでもない状態を宮里は自分たちの世代を表わすキーワードだという。

ずっと育ってきた沖縄の数十年の変遷をきわめて個人的かつ経験的に語る一方で、この本はアジア全体に向かって開いている。本土のことはほとんど出てこないが、韓国やボルネオやバリのことは頻繁に出てくる。気持ちとしてそちらの方にずっと近いらしい。沖縄というのは東南アジアの北限なのである。

歴史をきちんと知ろうと思ったら、高良倉吉の『琉球王国』(岩波新書) は必読。教科書風の通史ではなく、戦後世代の歴史学者が琉球史とは何かをまさぐりながら、一国の歴史像を描いてゆく。琉球史の障害は史料が不足していることだ。王府の公文書は明治政府によって無理に東京へ運ばれたあげく、関東大震災で焼けてしまった。辞令書はじめ地方に残る公文書を探し出して王府の官僚組織を再現したのは高良の大きな功績である。

琉球史の基本は、ここがかつて偉大な王国だったという事実だ。それも軍事的にはまったく無力なまま、貿易によって大いに栄えた国。地の利を占め、巧みな航海術で海を渡って、取引先の人々に敬愛されながら、明からジャワ、スマトラに至る交易路を展開した。少なくともこの時代には琉球は日本とは別の国だった。

そういう歴史を踏まえた上で、高良はこう言う――「琉球史は新しい日本史像のあり方について積極的な問題提起を行なうべきだ。日本社会は太古の昔から一枚岩的にあったものなのではなく、さまざまな要素を吸収しながら歴史的に形成されてきたものであり、いまなお形成されつつある社会だ、とする基本認識を沖縄の側から提示すべきである」。

デザートにおいしい本を一冊紹介しておこう。古波蔵保好《こはぐらほこう》の『料理沖縄物語』（朝日文庫）は味の深い沖縄料理を縦横に語って楽しいだけでなく、昔の沖縄の暮らしについてもいいことをいろいろ教えてくれる。この文章の品のよさは古きよき沖縄そのものだ。

（週刊文春 95・12・21）

×月×日

今もっとも注目すべき政治家は橋本龍太郎でも小沢一郎でもなく、沖縄県知事大田昌秀である。厳密に言えば県知事は行政の長であって政治家ではないけれど、選挙によってその任に就いて、県民の意思を県政の上に実現してゆくという仕事ぶりは正に政治家のもの。

この人は、日本のいわゆる政治家とまるで違う原理に立って動いている。一般に県レベルの政治は中央とむすびついて補助金を導入し、それを専ら公共工事を通じて大ボスが中ボスに配り、中ボスは小ボスに配り、その見返りとして選挙による体制維持が図られる、という図式になっている。しかし沖縄は戦後二十七年もたってから遅れて日本に復帰したために、このおいしい制度に参入できなかった。ここでは公共事業の形で投入される金の多くは本土の大手ゼネコンを通じてそのまま本土に還流される。つまり、ＯＤＡと同じ仕掛けになっているわけで、県の政治家がそこに利権を求めることはできない。大雑把にいえばそういうことだ。

この事態が幸いして、沖縄県民は利権と票ではなく、言葉による政治に頼らざるを得なくなった。しかもその言葉には裏取引の余地がない。表の正々堂々たる議論の場でしか使いようがない。思えば当然のこんなことが、日本の政治環境の中では実に新鮮に見える。政治とはまずもって正しいと信じることを言葉で主張することなのだ、という忘れていた基本を思い出す。これは県民の一人であるぼくにとって、なかなかの知的快楽である。

なぜ大田昌秀のような政治家が生まれたか、どういう風土と経緯が彼を作ったか、それを知るためにはやはり本人が書いたものを読むのがいい。例えば、論集『見える昭和と「見えない昭和」』（那覇出版社）の中の「なぜ沖縄人のアイデンティティなのか」という講演の記録は必読。一九八一年だから、まだ知事になるはるか前、琉球大学教授時代の発言であるが、知事となってからのこの人の政策の原理がここに明快に示されている。

沖縄戦の時、大田昌秀は鉄血勤皇隊の一員として力を尽くして軍務に励んだ。千早隊に属した彼は銃は持たず、東京の大本営から司令部に届く戦果の情報を各地の住民に伝えるという情報宣伝の仕事を担った。何の疑念もなくこの任務に専念している時に、日本軍の一将校にスパイと見なされる。通行証を持っていてあやうく難を逃れたが、まかりまちがえば銃殺！

「そんなこともあって、敗戦直前に摩文仁の海岸で山積する死体の間をさまよいながら、私は、一体自分は何者なのか、これまで自分が必死になって闘ってきたのは何のためだったのか、と真剣に考え込まざるを得ませんでした。敗戦の過程で既成の価値観が崩壊し去っていくのを目のあたりに見ていたわけですが、友軍兵士から全く思いもかけず疑惑視されたとき、私は否応なしに沖縄人としての自らの出自を問い返さねばならなかったのです」

×月×日

大事なのは、このような日本に対する大田昌秀の姿勢の変化は彼一人の身に起こった現象ではなく、そのまま沖縄人全体のものだったということだ。戦争が終わってアメリカの支配下に入るまで、沖縄人は実は熱烈に日本への同化に努力した。ジャーナリズム研究を専門とする歴史家である大田昌秀が、明治二十六年に創刊された琉球新報はじめ明治時代の主要な新聞を丁寧に読んで、沖縄人の日本への同化の精神史を明らかにしたのが『新版　沖縄の民衆意識』（新泉社）である。新聞記事や論説の引用を大量に含んで二段組五百ページ近い大著だが、これは精読に値する。初版の刊行はほぼ三十年前の一九六七年だが、沖縄近代史の基本としての価値は今もって変わっていない。

実際、沖縄人は、特に支配階級は、実に熱烈に日本との同化を心掛けた。中央から派遣される強権的な官僚の指示を着々実行して制度を整え、言葉を変え、日清日露両戦争に兵を送り、本土人がエキゾチスムの視点で書いた沖縄像に反発し、民意を抑えてまで日本の一部になろうとする。本書が扱っているのはほぼ明治期の終わりまでだが、この傾向はその後も続いて、その果てに沖縄戦が来た。それがよいことかどうかはともかく、近代史の中の沖縄はまつろわぬ民ではなかった。手招きしておいて最後に踏みつけたのは日本の側だった。

本土復帰について、大田は前掲「なぜ沖縄人のアイデンティティなのか」の中で、「私が復帰に賛成したのは、沖縄にとって日本国憲法の保障が必要不可欠だと考えたからです」と言っている。外から見た時、日本国の一番の魅力は経済でも文化でもなく憲法だった！ これは今も日本人が心に銘記しておいてよいことである。

日本の政治が変わるとすれば、霞が関や永田町からではなく、沖縄から変わる。そういう流れを大田昌秀は作った。

「言葉にたよる政治」（週刊文春 95・5・2／9）

×月×日

いきなり現実に戻る。沖縄の軍用地主の土地を国が事実上無期限に使用できるとする駐留軍用地特別措置法の改正案があれよあれよという間に成立してしまった。「お国のためだ、我慢しろ」という論法ではどうしても沖縄側に不満が残るだろう。そこで沖縄経済の振興に努力するというつもどおりの約束が乱発される。具体的な裏付けは何もない。実際、県民平均所得は全国で最低、失業率は全国平均の二倍という実情をどうすればいいのか。

牧野浩隆の『再考　沖縄経済』（沖縄タイムス社）は現地のエコノミストの視点からの幻想なき沖縄経済論である。

軍政下には産業はまったく育たなかった。日本が一ドル三百六十円のレートでどんどん製品をアメリカに輸出していた頃、沖縄は一ドル百二十円というB円レートですべてを輸入させられていた。これでは製造業の成り立つ余地はない。復帰の直前に石油精製、アルミ精錬、ＩＣ製造などの外資系工業を導入する計画を琉球政府は立てたが、自由化前だった日本の政府はこの計画をつぶした。復帰後の海洋博もロクな結果は残さなかった。その後も公共事業の予算はたっぷりつくけれども、地元の産業を興すことにはつながらない。今もって基地依存の面があることも否定できない。

そこで、沖縄の経済振興案の一つとして、たとえば「南の国際交流拠点の形成」というようなプランが出てくる。沖縄が東南アジア、中国、台湾、韓国それに日本という大きな経済圏の中央に位置することを利用して、モノとヒトと資金の中継点にしようという考え。一国二制度を認めさせて、いわゆる制度資源を作りだす。フリーポート構想や、ハブ空港の建設、香港の金融業務の肩代わりなどなどの実現を目指す。

しかしこの本の著者は、精緻な分析を展開した上で、そこには他力本願的な依存の姿勢しかないと言う。現代日本の地域振興策の中身が単なる企業誘致でしかなかったために国全体の不況に対する抵抗力がなかったと指摘する。県が進めている「国際都市構想」にしても実態を見てゆけば中身不明の福袋でしかないと言う。

そして、この批判と対になる積極的提言として、理工科系の人材を多く育成し、新しい技術の創成によって産業を興すという、まことに遠大にして健全な方法を示す。「通商国家」の命運は周囲の状況に左右されやすい。地域は地域自身の力をもって栄えなければならない。重厚長大産業の時代が終わった今、教育と研究の製品、いわば頭脳の製品を作るという姿勢は真摯な検討に値する。

「ヒマラヤ　ヘミングウェイ　沖縄経済」(週刊文春97・5・1／8)

×月×日

歴史小説はおもしろいが、歴史そのものはもっとおもしろい。下嶋哲朗の『豚と沖縄独立』(未來社)は戦後沖縄の秘められた歴史の一面を調べあげた労作で、なによりも先を追って読ませる力に満ちている。沖縄の食文化の中で豚は大きな位置を占める。本土の人々がおそるおそる豚に手を出すようになる何百年も前から、沖縄人は豚を飼って食べていた。だから今も沖縄の豚料理では正肉だけでなく皮や臓物や血や足までを上手に食べる。

沖縄戦で焦土と化した島々からは豚も消えた。一九四〇年に十万頭以上いた豚が、沖縄戦終結の直後には二千頭以下になっていた。この窮状に手をさしのべたのがハワイに移民していた沖縄系の人々である。救援の方法はいろいろあったが、その中で彼らが豚を送るというのを選んだのは、同胞として豚の価値がわかっているからだけでなく、豚ならば増えるからだ。五百頭の雌豚と五十頭の種豚を送るとする。豚は二年に三回、四頭の子を生む。この「豚の鼠算」でゆくと四年後には二百万頭の豚がいる勘定になる。

勝組（日本は本当に戦争に勝ったのだと狂言的に主張した一派）の妨害などもあったが、基金は着々と集まった。一人で五百ドルを寄付する人もいる一方、「一頭の代金六十$、半分三十$、片足十五$等応分の寄付もドシドシ集まって」きた。昔から正月には金持ちなら一頭、貧しい家は半頭とか四分の一とかを共同でつぶして食べてきた習慣がこんなところにも出ている。トータルでは目標の五万ドルが達成できた。豚はアメリカ本土で買いつけられ、機雷の浮く海を越えて船で沖縄に運ばれた。予定の鼠算のようにはいかなかったが、それでも沖縄の養豚は六年で戦前の水準に達した。

それと同時期に、ハワイと沖縄の双方の地で沖縄独立論が出てくる。それが消えていった過程を読みながら、このところ沖縄でよく耳にするようになった新しい独立論のことを考える。奥の深い好著である。

「飛行士たち　長安　豚と鉱物」（週刊文春97・6・5）

×月×日

一九九七年の八月まで朝日新聞のアメリカ総局長だった船橋洋一の『同盟漂流』（岩波書店）に読みふけった。二段組五百ページを食事も忘れて読みつづけ、ほぼ一気に読みおわった。

日本とアメリカの関係はここ数年で大きく変わった。今も変わりつつある。その変化を船橋は、同盟関係が漂いはじめたと表現する。そして、その過程を、日米双方の中枢に位置する人々の具体的な発言や行動を詳細にたどる形で、再現してゆく。それはもう彼が透明人間となって首相官邸や、防衛庁や、東京のアメリカ大使館や、ペンタゴンや、沖縄県庁や、ホワイトハウスの奥の方の部屋で首脳たちの会話をこっそり聞いていたかの如くだ。

つまり事実の線を忠実にたどりながら、フィクション的な表現方法でふくらます。橋本首相とペリー前国防長官（主人公とまでは言わないが、この二人が最も出番が多い）をはじめとする数多くの人物の性格や言動もおもしろいが、それ以上にさまざまな構想が関係者の間を行き交ううちに育ったり萎れたりするさまが読む者を引きつける。このフィクション的な手法がうまくいっているために、最近のエンターテイメント系のやたら長い小説よりもずっとおもしろい。

ただし、この本をぼくが熱中して読んだ理由は他にある。この数年間の日米関係を変える最も大きな要素の一つが沖縄だったからだ。沖縄をめぐって日米の官僚は多くの決断をした。その結果は新聞で読めるけれども、そこに至る過程は見えない。こちら側の事情は知っているが、政策決定者たちがどう考えていたかはなかなかわからない。断片だけを与えられていらいらしていたパズルに対して、この本はある程度明快な全体図を与えてくれた。少女暴行事件、象の檻、普天間基地返還と海上ヘリポート、こういう問題が為政者の側でどう扱われたのか、それが具体的にわかる。

沖縄は全体として基地の整理・縮小を望んでいる。この目標のために戦っていると言ってもいい。そして、戦う姿勢を維持するにはどうしても敵の像が必要になる。つまり、自分たちを苦しめている悪の象徴として、日本政府や、外務省や、防衛庁や、保守系の議員たちや、アメリカ政府や、国防総省や、海兵隊を想定する。これだけ苦しいのは誰かのせいだと思いたがるのは当然と言えるだろう。

専門家はこれを冷やかに見る。彼らの頭には失敗という言葉はあるし、不利な選択もあるし、戦略や戦術もある。しかし悪という概念はない。沖縄の今の不幸は全体図の中の一つの齣にすぎない。その齣が意外な威力を持っていたから、ことが起きてからおろおろしたのだ。失態である。

両方の考えかたの間を言葉が行き交うことはないのだろう。さまざまな力が前後左右から働く水面に沖縄というコルク栓が浮いている。水の流れと風の向きによって、漂う。考えてみれば日米関係も日中関係も米中関係も同じように漂っている。その中から日米関係を取り出せば「同盟漂流」ということになる。中枢に位置する人々はあっちを見てこっちを見て、いろいろ考えて櫂《かい》を操るが、そのとおりには舟は進まない。舟ではなくてコルク栓だから。

今の日本が置かれた立場について非常に広く深く教えてくれる好著である。日本の将来に関心がある者の必読書と言ってもいい。しかしこれが全てではない、霞が関とペンタゴンと中南海が全てではない。人々は政治家と官僚の抽象的な構想の中にではなく、日が照って風が吹く現実の中に生活しているのだ。こう書いている最中も頭上を戦闘機が四機編隊で轟々と飛んでゆく土地に住んでいれば、そういうことはよくわかる。

「外交と戦争、崩れる社会」（週刊文春 97・12・11）

収録『室内旅行　池澤夏樹の読書日記』文藝春秋　一九九八年

『よみがえれ黄金の島』小山重郎（筑摩書房）

ハワイにスティーヴという昆虫学者の友人がいる。彼とハワイの自然について話している時、沖縄は柑橘類につく害虫を実にうまく退治したと教えられた。島の自然は閉ざされている分だけ脆いもので、外敵の進入に対しては特に弱い。それでなくても農作物につく害虫を退治するのはなかなかむずかしい。アメリカとヨーロッパの間ではミバエを理由にした貿易摩擦がまだ続いている。彼の話は不妊性の雄を放すという原理のことだけで、具体的にどうやったかはわからなかった。もっと詳しく知りたいものだと思いながら沖縄に戻った時、たまたま著者の小山さんからこの本を贈っていただいた。こういう偶然は本当にうれしい。さっそく読んでみると、スティーブの話とはだいぶ違っていた。

小さいミバエ類の駆除法は大きく分けて三種類ある。ミバエが好きな匂いをつけた毒で殺す毒餌誘殺法、もっと強力にハエの雄を引きつけるフェロモンのような化合物を使って雄だけを集めて殺す雄除去法、それに雌と交尾はしても受精させられない不妊の雄をたくさん育てて放す不妊虫放飼法。沖縄でミカンコミバエの駆除に使われたのは二番目の雄除去法だった。小山さんは沖縄県農業試験場でこの計画の実行を陣頭指揮した人だから話が具体的で、詳しくて、おもしろい。

ミカンコミバエの場合、第一の方法は大量の毒物を撒かなければならないのが難点。第三の方法は毒は一切使わないが、億単位の虫を育てて、放射線処理して、放すために、厖大な費用がかかる（久米島のウリミバエ退治にはこの方法が使われ、根絶に成功したという）。そこで、第二の方法が採られることになった。小山さんの本はこういう話を実にわかりやすくおもしろく書いている。もともと「ちくま少年図書館」という中学生ぐらいを対象にしたシリーズの一冊だから、難解になってしまっては困るのだが、しかし文筆業者として言えば、子供向けの本を書くのはむずかしいのだ。正確で、わかりやすくして、しかもおもしろい本を書くには、知識や経験だけでなく、言葉のセンスがいる。小山さんの本にはそれがあふれている。しかも、この根絶作戦の経過を語る一方で、沖縄という土地のこと、文化のこと、人柄のことも書いてある。これがなかなかいい。

ミバエ駆除には誘因物質と毒物を含ませたテックス板を使う。これを適切に配置すること以上に大事なのが、ミバエの数を数えることだ。根絶を宣言するためにはトラップを山の中に吊り下げて、やはり誘因剤で虫を集めて数え、一定期間一匹もいないことを確認しなければならない。駆除そのものも常に数をかぞえて効率を考えながら進める。ハブのいる山野に分け入っての作業だから、現場はやはり大変だと思う。

ぼくは普段から行政に対して比較的きつい見かたをしているのだが、こういう仕事に対しては本当に頭が下がる。予算の範囲内で最大限の努力をして、まちがいなく人の役に立つことをする。

一九八二年の八月二十四日、農林省は官報で沖縄諸島のミカンコミバエの根絶を宣言した。これで沖縄の柑橘類を内地に出荷できることになった。ぼくも毎冬タンカンを内地の友人たちに送っている。ありがたいことだと思う。あまり知られていない本かもしれない。ウチナーの若者《ニーセーター》たちもみんなこの本を読んで、科学と行政の力を知るといいと思う。世の中にやりがいのあるいい仕事はたくさんあるのだ。ついでながら、一度沖縄を出た小山さんは定年退職の後、沖縄に戻って悠然と暮らしておられるとのこと。

『シマサバはいて』宮里千里　（ボーダーインク）

本を読むというのは面倒なことだからなるべく避けたい。そんな暇があったら酒を飲んで友だちとゆんたくするか、民謡を聞くか、島を歩いた方がいい。海をながめるのもいい。それでも時には本も読まなければならなくなる。たとえば沖縄についてもっと深く知りたいという思いが切実に迫る時に。

最小限の努力で最大にものを教えてくれるのがいい本だ。今の沖縄について、表面的なことを一通り知った後でもっと奥へ踏み込みたいと思った時に読む一冊。沖縄人のものの考えかた、感じかた、生きかた、楽しみかたに共感をおぼえながら、もう一つ自分の中で整理が足りないと思う時に読むべき本。沖縄精神史の決定版！　ぼくの場合はそれが宮里千里の『アコークロー』であり、『シマサバはいて』だった。

実際、この二冊を読んでいると、自分の心が共鳴してびーんびーんと音をたてているのが聞こえる。読むうちに「そうか、そうだったんだ、たしかにそうだよな」とうちあたいの三段活用が何度となく襲来する。しかし、実をいうとシマナイチャーであるぼくにはわからないことの方が多い。『シマサバはいて』について言えば、ぼくは四月からミーニシまでの間は国際通りにもシマサバで行くし、「雨に濡れる沖縄の少女」を何十回も見かけているし、旧真和志村である寄宮に住んでいるし、バリ島にも通ったし、奄美島うた紀行は年内の予定になっているし、シマジクがある久高島には当の宮里千里と今年の正月に行ったし、政治的姿勢についてはは「小国之大勢」と完全に一致する。ザ・ビーチパーリーも体験した。「出羽」と「入羽」に引用された平敷屋のエイサーのナカワチも知っている。それでも、これは知らないわからないと口惜しく思うことが少なくない。

どんな本だって全部わかるわけではない。早い話が、教科書がぜんぶわかったら誰でも先生になれるはずだ。だが、普通の本はわからないことがそんなに気にならない。読み流して、あるいは捨てて、次に行けばいい。そういう常識が通用しないのが千里本の特徴である。一言でいえば挑発されるのだ。わからないことがあると、走りまわるとか、食べてみるとか、わかるまで待つとか、そういう意味をかきたてられるのだ。

見た目には普通のエッセー、随筆、身辺雑記、日々の観察に触発された考察、である。『アコークロー』は同じ名の個人誌をまとめる形で成立した本だし、文体と視点は『シマサバはいて』でもまったく変わっていない。しかし、これが実に正しく沖縄を語っている。沖縄を知ろうとする者には導きになるし、知っている者には再確認の喜びを与える。それ以上に、沖縄を知的に理解しようという姿勢が大事。千里は真和志生まれだから、感覚的にはすべてわかっている。それをもう一度温かく分析して、言葉にする。だから広がりが出る。内にこもらず、バリに飛び、奄美に走り、離島をめぐり、周辺圏の中の沖縄を見る視点が出る。ウチナーンチュだけでなく、ぼくのようなシマナイチャーにとっても一行一行を目で楽しんで読める本になる。

先日、何度目かに読んでいて、「島からシマに渡った人は、そこが南米だろうと那覇だろうと一世である」という一行にガンと頭を殴られた。そうか、北海道で生まれて、東京で育って、五十近くなってから沖縄に来たぼくは、つまり移民一世なのだ。こういう言い当てのスルドサ、これこそ宮里本の魅力というものである。

『西表島自然誌』安間繁樹（晶文社）

夜中の妙な時間に目が覚めてしまって、しかたがないから起きだして、安間繁樹を読み返す。四部に分かれた構成の最初の部分、彼が二十歳で初めて西表に渡って、まだ大原と上原をつなぐ道もないあの大きな島を徒歩で一周する話。海岸に沿って反時計回りに行くのだが、山の側はほとんどジャングルだから、浜がないところは海の中を歩く。いくつもある河口では、流れる水が砂をえぐって底がぐっと深くなっている。重いリュックを頭の上に乗せた不安定な姿勢で胸までの水の中を歩く。

この話は何度読んでも引き込まれる。今回は、夜中だったたせいだろうか、もう一度踏み込んで、五万分の一の地図を横に置いて読みすすめることにした。ところが、国土地理院のりっぱな地図の方が、『西表島自然誌』の目次裏にある簡単な地図よりも、地名の記載が少ないのだ。大原周辺で言えば、仲間川南岸のヤッサもないし、ナハーブという山の名もない。南風見はあっても、南風見田がない。ナイヌ浜もボーラ浜もスタダレーもない。仲間川の支流はセイゾーガーラもターツジもない。いや、それよりもなによりも、先日ぼくが一人乗りのカヤックを漕いで行けるところまで上った仲良川の支流に、安間繁樹の本ではちゃんと二番川という名がついているのに、五万図は何も書いてないというのが決定的だった。地名採録は住んでいる人に聞かなければできることではない。そういう意味で安間は踏み込みかたが深い。万事につけてそんな生きかたをしてきた男なのだろう。

いつの時代にも、探検家・冒険家になるべき人材がわずかながら生まれてくる。かつて植村直己の人生をたどりながらそう思った。彼にはあのような生きかたしかなかった。自分で勝手に目標を据えて、それに至るべく勝手に努力する。安間繁樹はもう少し落ち着いている。植村とちがって、一か所に長く滞在してじっくりと観察を続ける力がある。彼は探検家である前に動物学者、哺乳類学の専門家である。西表島に住んで、イリオモテヤマネコの生態を最初にきちんと観察したのは彼だし、その成果をわれわれは今も、たとえば上原の民宿カンピラ荘の食堂に掲げられた写真にはっきり見ることができる。ネコたちは二十年以上を経て褪せた写真の中でも実に溌剌として見える。本書でいえば、第四部の「幻のオオヤマネコを求めて」に緻密に事実を追う学者の姿を見るのはむずかしいことではない。その観察の姿勢はしかし実に柔軟である。ヒトもケモノも生きている。観察といいながらも両者の間には交渉がある。その機微を伝える文章術を安間はもっている。かくて島の人々との付き合いを描いた「島に暮らす」という第三部ができあがる。

しかし、圧巻は第二部「カマン捕りカミジュー」の生涯の聞き取りの部分。イノシシ狩りの伎倆に長じて、一時期は島内のイノシシの半分を一人で捕っていた男の話である。ぼくはこの文章にずいぶん多くを教えられ、自著の中に引用までした。ここには人間と自然のつきあい方の一番大事な知恵がぜんぶ書いてある。

西表島の自然が彼を育てた。彼は不屈の動物学者になって、ここ数年はボルネオ島のカリマンタンで研究と自然保護活動を続け、今年からは同じボルネオ島のブルネイに渡ってまた同じことをしている。ぼくは来年あたり遊びに行ってみようかと思っている。

初出『島立まぶい図書館からの眺め』まぶい組編　ボーダーインク　一九九七年

「水滴」　目取真俊

今回の九州芸術祭文学賞を受賞した目取真俊《めどるましゅん》の「水滴」（「文學界」四月号）はすぐれた短編である。テーマと、手法、趣向、それに文体がうまく一致して、いい効果を上げている。さらさらと気持ちよく最後まで読んで、それから、待てよと思ってところどころ読み返し、結局はまた最初から読みなおした。

徳正《とくしょう》という、たぶん七十歳前後の沖縄の男がおかしな病気になる。片足が冬瓜《すぶい》のようにふくらんで、親指の先から水が滴る。本人は横になったままうつらうつらしているだけで、さして苦痛はない。

夜中になると沖縄戦で死んだ兵士たちの亡霊がその水を飲みにくる。沖縄本島南部の壕の中で、傷ついて、水も飲めずに死んでいった内地の兵士や地元の鉄血勤皇隊の若者が、負傷して血にまみれた軍服姿で現れ、列をつくって行儀よく、徳正の足から滴る水をすする。わずかな水をもらって、感謝して、消えてゆく。

若い日の徳正自身がその壕を知っていた。幸運にも負傷せずに済んだ彼はそこを脱し、アメリカ軍の捕虜になり、戦後を生き延びて今に至っている。夜毎現れるのは壕で看取った仲間、正確にいえば結局は見捨てることになった仲間である。

阪神大震災の後で何度か言われたように、戦争や自然災害で多くの人が死んだ後、生き延びた者は自分が生きていることを喜ぶと同時に、死者たちに対して負い目を感じる。この短編は徳正の負い目とその解消の物語である。戦争体験を抽象的な平和論の部品としてではなく、個人の記憶の上に立った小説のテーマとして用いて成功している。非現実的なできごとを中心に据えた民話風の展開は、細部のリアリズムでしっかりと支えられ、短い話の密度を充分に高めている。

九州芸術祭文学賞の選評で五木寛之が書いているように、沖縄の文学をヤマト（本土）の人々は「本土と沖縄の歴史的関係と現実の構造を心情的な思い入れとして」読んではならないし、「異文化へのエキゾチシズムに魅せられることへの過度の抑制」にも警戒しなければならない。この第二の自制が二重否定の形をとっていることからもわかるとおり、沖縄とヤマトの関係は単純ではない。それでも、この作品の普通的価値は否定しようがない。

実は「文學界」の同じ号に、去年の十二月に那覇で開かれた「沖縄文学フォーラム」という催しの記録が「沖縄――文学の鉱脈」というタイトルで載っている。ぼく自身も末席に連なったこの催しについてここで改めて書くつもりはないが、そこで論議された問題のいくつかについて、『水滴』がすぐれた解を出していることは指摘しておこう。戦争の記憶というテーマ、それを語る器としての民話的手法、方言の使いかた、等々の点で、これは優等生の答案と言っていい（優等生ゆえの限界もまた見えるから、この人が次作でその限界をどう破るか、期待したいと思う。ちなみにガルシア＝マルケスはヒトの足から水が滴るようなエピソードを百本たばねて、複雑に立体化して、『百年の孤独』を書いた）。

フォーラムで出た問題の一つに方言のことがあった。この作品の地の文は標準語とか共通語と呼ばれる言葉で書かれている。さて、徳正はしばらく前から子供たちや研究者や新聞記者の前で戦争体験を語るようになっていた。そのたびに少額ながら謝礼を受け取る。それについて彼の妻であり、生涯にわたるよき批判者であるウシおばあの意見を作者はこう表記する――「嘘《ゆくし》物《む》言《ぬ》いして戦場の哀れ事語てぃ銭儲《じんもう》けしよって、今に罰被《ばちかぶ》るよ」。

沖縄の方言であり、この歳のおばあの話法を表わす文字づかいである一方、漢字とルビという仕掛けをうまく使って、沖縄の言葉を知らない読者にも意味は伝わるようになっている。意味とひびきの両方がこの短いセンテンスに集まっている。妥協の産物ではあるが、遠方の他人にむかって土着のひびきを伝えようとする時、妥協は回避できない。作者はそれをよく心得ている。

向井豊昭の『まむし半島のピジン語』（「早稲田文学」二月号）はもっと正面から方言の問題にぶつかっている。一年前の『下北半島における青年期の社会化過程に関する研究』（同誌、一九九六年四月号）は、同じように方言をテーマの一つにしながら実にふくよかな小説だった。今回の作は一貫して下北弁による語りの形を用いて、いくつかの言語同士のくんずほぐれつの勢力争いの場としての人生を振り返る。言葉と社会が絡み合って変化してゆく過程を体験談的・論文的・感慨的に書いている。小説としてはずいぶん破格だが、その意図は的を射ている。

語り手の若い頃からの言語体験は、下北弁と、標準語・津軽弁・朝鮮語・アイヌ語・英語などの間に生まれたピジン語に彩られていた。違う言葉を話す人間が出会う場から必要に応じて生まれるピジンを、まぜこぜの間に合わせの言語として排除するわけにはいかない。ピジンは異文化の間で言語が使われる際にいつも現れる。その現れに強者と弱者の関係が反映するさまを、作者はいくつもの事例を重ねて書いてゆく。

その具体的な表記が実に魅力的で雄弁だから、それをうまく生かす構成だから、これは評論でも回想でもなく、小説になっているのだ。たとえば、教師として赴任した先の北海道で出会ったアイヌの婆《ば》さまが話す言葉が、自分の下北弁によく似ているというくだり――「どこァ似てるって、音コ、音コ――丸こくて、コロコロって転がらさってにし、蕗の葉っぱさ溜まった露の玉コだ様《よん》た音コば出すんだえのう」という表記は、目と頭よりも耳と心に訴える。北海道生まれのぼくは、まことに「気持良《あずまし》く」読んだことだった。

先の「沖縄文学フォーラム」の場で、会場から「沖縄の言葉には散文がなかった」という発言があって、参加者一同なるほどと思った。これは沖縄の言葉にかぎらない。小説の地の文を支えるべき散文の文体を方言は持っていない。会話と、祈りと、詩歌、芝居までに用いられるのが近代以前の民間の言葉であって、そこには客観的記述の文体、つまり散文は含まれないのだ。

では逆に、文学の言葉の韻文的側面においてならば、方言は積極的に活用できるのではないか。たとえピジン化した方言であっても、強い効果が期待できるのではないだろうか。

初出「文芸時評」朝日新聞　一九九七年三月
収録『読書癖4』みすず書房　一九九九年

『基地の島から平和のバラを』 島袋善祐：述、宮里千里：録／補記（高文研）

東京の方では沖縄問題は終わったと思われているようだ。この二年間、沖縄はなにかと話題になったが、今年四月の駐留軍用地特別措置法改正以降、中央の官僚やマスコミは、沖縄の言い分を聞く耳は持たないという姿勢に戻った。

沖縄は終わっていない。苦しまぎれにどんな法を作ろうと、奪われた土地は実在し、返還を求める人々はいる。沖縄問題は実は日本問題である。日本はいつまでもこの歪みをひきずっていかなければならない。見ぬふり聞かぬふりをしても、沖縄問題は、靴の中の小石のようにそこにある。足で小石を踏みつぶすことはできない。

どうしてこのようなことになったのか。こういうことは当事者に聞くのがいちばん早い。「反戦地主」さんに話を聞いてみようというわけで、反戦地主・島袋善祐《しまぶくろぜんゆう》の半生記を戦後生まれの宮里千里という沖縄人（自治体職員、エッセイスト）が聞くことになった。聞くだけでなく、しばしば口もはさむ。

この本がおもしろい理由は三つある。第一に、無理を権力で押し通すというアメリカ軍ならびに日本政府のやりかたがよくわかる。第二に、沖縄語の混じる生き生きとした語り口に乗って、戦後沖縄の生活感が伝わる。第三に、島袋と宮里という二人を通じて、しなやかでしたたかな沖縄人の性格がよくわかる。笑って読めて勉強になるのはよい本である。

島袋善祐は一九三六年七月、沖縄島中部に生まれた。アメリカ軍が上陸した時には八歳。沖縄戦に際して日本軍は最初から中部を放棄していたから、善祐の一家はすぐにアメリカの収容所に入ることになった。二年間、十二カ所の収容所を転々として、ようやく家に戻った。この時期の話で強烈なのはアメリカ兵がやたらに女を襲うこと。危なくて畑仕事もできない。本土の方ではこの種の話は松本清張が少し書いただけだが、一昨年の「少女暴行事件」に見るとおり沖縄では今も現実である。

とはいえ、この本全体が暗い告発調に終始しているわけではない。逆境の沖縄人は逆に明るいのだ。アメリカ軍の豊富な物資をかっぱらってくる「戦果」が生活を活気づけた。食料や毛布の調達はもちろん、車一台を盗んできて、解体して、部品として売る市場まであった。

「銃剣とブルドーザー」による土地の強制収用が行われたのは、戦後すぐではなく一九五一年の講和の後である。本土にあった米軍基地を沖縄に移すことを前提の講和だったのだ。近代史において日本は何度となく沖縄を捨て石にしてきたが、これもその一つの例と言える。

父は戦後まもなく苦労の果てに死んだので、善祐は農民として、また地域の農業指導者として一家を支えた。そして筋を通してものを考えた上で、軍用地の提供を拒否した。それ以来、行政側の嫌がらせが延々と今まで続いている。反戦地主の数が少ないことを言う者がいるが、今もあれだけ残っているのが不思議なくらいの圧力のかけかたである。アメリカ統治時代は銃剣とブルドーザー、本土復帰の後は、目先の利で釣り、税でゆすり、一族のもっとも弱い者を脅し、地域に内紛を起こす。

彼の抵抗の方法もおもしろい。パブリシティーの効果をよく知っていて、一九六八年にベトナムへの出撃から戻ったB－52が嘉手納基地に墜落した時には、出荷するパパイヤに「B－52撤去」とマジックで書いて出したという――「パパイヤは皮に油分を含んでいて、だんだんインクが出なくなってきて書きにくかった。ほかにすぶい（冬瓜）にも書いて出荷したけれど、冬瓜は書きやすかった」。こういう視点から野菜を見た人は他にいない。

このような話の合間に、聞き手の宮里千里は自分の思い出を挟む。若い彼は同じ社会相を別の視点から見ている。友人の一人がアメリカに渡り、ベトナム戦争に従軍、戦死したことをワシントンの「ベトナム戦争戦没者記念碑」で知る。戦後沖縄に戦争の影は濃い。そういう歴史を背負って今の沖縄がある。

島袋善祐は本土復帰運動に加わった。アメリカの施政はひどかったし、日本国憲法と「核抜き本土並み」という言葉は美しく見えた。そして期待の分だけ復帰の現実に対する失望も深かった（復帰三年目の「海洋博」が沖縄人にとって何だったか、宮里は見事に要約している）。

土地の強制収用が前と同じように続くうち、一九七七年、法改正の隙間が四日間できた。島袋は大きな自分のトラクターで出かけて、基地内の自分の土地に家族と共に入り、「防衛施設庁とアメリカ軍に告ぐ　ここは私の土地です」という看板を立て、芝生を耕してニンニクを植えた。連れてきた子供たちはアヒルを放して遊んだ。

今、島袋善祐の本業は花作りである。近くの幼稚園小学校中学校の卒業式にはバラを贈る。子供たちみんなの分を一家徹夜でラッピングして届ける。こういう男を相手にして、国に勝ち目はないだろう。

初出「今週の本棚」毎日新聞　一九九七年六月二九日
収録『読書癖4』みすず書房　一九九九年

「恋を売る家」　大城立裕

大城立裕の「恋を売る家」（「新潮」九月号）は戦後沖縄のある一家を舞台に、この時期の沖縄社会における聖性の喪失を語る長編小説である。

主人公の朝子という女性は、沖縄でも最も霊位の高い久高島の出身で、その嫁いだ先は本島中部のノロ（神女）の家。しかしノロである姑のミトが拝むべき御嶽（ウタキ）は戦中と戦後の混乱で機能を停止している。ミトは再興を期しているけれども、その機会はなかなか訪れない。嫁の朝子に期待を掛けても、具体的な目処《めど》は立たない。

朝子の夫の英男は初めは軍作業で生活費を稼いでいたが、本土復帰と共に軍用地の借地料が六倍に上がると遊んで暮らすようになり、やがてその不労所得をヤクザにむしられる。つまり、彼は軍用地料のゆえに労働の聖性から切り離されている。その金を使って彼はラブ・ホテルの経営を始め、しかもそこを自分の情事の場としても使う。御嶽復興はいよいよ遠くなる。

英男には闘牛という趣味があり、いい牛を買うためにずいぶん金も使うが、牛の持ち主でありながらヤクザに誘われて自ら金を賭けるようになった結果、闘牛の聖性までも喪失する。結局のところ、彼は没落者以外の何者でもない。その結果この夫婦は最後には……。

今、沖縄は本土とは違ってまだしも聖性を残す社会としばしば言われるけれども、実態においてその大半はすでに失われている。その理由は激烈な沖縄戦であり、米軍による占領であり、今も残る広大な基地であり、復帰先の日本社会の変化である。不健全な社会ではまず聖なるものが失われる。

大城はこの作品で沖縄戦後庶民史三部作を完成させた。彼にあって本土の同世代の作家たちにないのはこの半世紀を貫く強烈な歴史感覚だが、それなしで済む本土ははたして幸福なのだろうか。

初出「文芸時評」（抜粋）　朝日新聞　一九九七年八月
収録『読書癖4』みすず書房　一九九九年

『てるりん自伝』照屋林助　（みすず書房）

今、日本の地方に偉人は存在するか。全国区で通用するのに敢えて地方にとどまっている人ではなく、その名が外に知られることはないにもかかわらず、その地方ではこの人の名を知らずには済まないというぐらいの地方の偉人はいるか。

もちろん土地による。中央の方ばかり見ていて、全国区の予備軍を育てることに汲々としている浮足立った地方ではこの類の偉人は生まれない。

「てるりん」こと照屋林助は沖縄のコメディアンである。こういう表現が可能なことの意味を改めて考えてみよう。人口百三十万弱という、都道府県として下から数えて十五番目ぐらいの県で、コメディアンという職業がなぜ成立するのか（これは大阪文化圏の話ではないのだ）。ポリカインという水虫の薬のコマーシャルで全国区に一瞬だけ登場したことはあるが、しかし彼の魅力はおそらく沖縄でしか通用しないし、そのかわり沖縄では彼の名は絶大な威力がある。それだけ沖縄は一つの文化圏として独立性が高いのだ。

沖縄料理の一つにチャンプルーというものがある。手近な野菜と豆腐と肉などを混ぜて炒めて味をつける。それだけ。いろいろな素材を混ぜるところから味が生まれる。てるりんはこのチャンプルーが沖縄文化の基本だという。「チャンプラリズムとはなんじゃいな／遥かな海のかなたより／波の間に間に漂いながら／流れついたる寄り物を／神の恵みと拾い上げ／暮らしの中に取り入れて／ごたまぜにして楽しんだ／『あそびの文化』のことじゃいな」と彼は三味線（さんしん）を手にして歌う。実にいいかげんで、実に楽しい。外に向って開かれているという点が、江戸時代以来の琉球・沖縄とヤマトの違いだ。

照屋林助はコメディアン精神を師匠の小那覇ブーテンから教えられた。歯医者という立派な職業を持ちながら勝手にコメディアン活動をしていたこの人物は、弟子の林助を連れていきなり知り合いの家に上がり込む。「命のスージ（お祝い）にやってまいりました」と言われた相手が驚く。時は沖縄戦終結後間もない頃、沖縄人の四人に一人が死んだのだから、誰もが身内の死者を悼んでいる時だ。しかしブーテンは「生き残った者がお祝いをして元気を出さないと、亡くなった人たちの魂も浮かばれません」と言って、強引に祝いを敢行する。四人に三人が生き残ったのは喜ばしいと言い切る。それを脇で見てみて、林助は「生き残った者には、明るく生きていく義務があるのだ」と悟る。これが基本姿勢である。

そして何でも取り込むチャンプルー主義。沖縄には何百年も前からの芸能の蓄積がある。歌舞伎に範をとった組踊があり、もっとくだけた沖縄芝居があり、民謡が山ほどあり、民俗芸能も数かぎりなく、そのどれにも歌と踊りが付いている。琉歌はすべて歌にできるし、踊れば踊れる。そういう芸能の資産をそのまま舞台に乗せたのでは継承にしかならない。てるりんはアレンジする。ひっくり返して、ひっかき混ぜる。歌詞を即興で作り、節を変え、もともとは弦が三本の三味線に四本の弦を張り、果てはピックアップを付けてエレキ三味線を作る。

そこにヤマトの漫才を取り入れる。「あきれたぼういず」ないし「ダイナブラザーズ」風のショーを結成して映画館を巡業してまわる。ジャズを取り込み、ラテンを聞きかじりで入れ、スタンダード・ナンバーの「ブルー・ムーン」を「フリムーン（気がふれたもの）」と言い換えて歌う。

このショーが評判がいいものだからどんどんメンバーを増やし、フルバンド編成にして、遂に人件費過剰でつぶしてしまった（それだけプロの音楽家が当時の沖縄にはいたということだ）。人は娯楽を求めたし、てるりんはそれを供給することができた。みんなが思っていることを言葉にし、歌にし、みんなに代わって表現して、一緒になって笑う。時にはしみじみと涙する。コメディアンとはそういう仕事だ。

言い忘れたが、てるりんの息子の一人が本土にも多くのファンを持っている「りんけんバンド」のリーダー照屋林賢である（逆の順序で紹介するとてるりんが怒るらしい）。この父子はなにかと仕事をめぐって言い争いを繰り返しているようだが、りんけんバンドが広めた名曲の中には「生まれ島」や「年中口説」などてるりん作詞の曲が少なくない。スタンダード・ナンバーになっているのだ。

てるりんはこの本の中で沖縄が「ちゃー世界の中心」（ちゃーは全の意）だと言う。しかし至るところが世界の中心だとも言う。自分が立っているところ、自分の足が踏んでいるところが世界の中心。

地方は地方である必要はない。ここが中心という意識を持てば、中央に憧れる姿勢をひっくり返せる。この本を読んだ後、てるりんサイズの偉人が地方から続々と名乗りを上げるのを待つ気持ちになった。

初出「今週の本棚」毎日新聞　一九九八年二月八日
収録『読書癖４』みすず書房　一九九九年

『〈日本人〉の境界』小熊英二（新曜社）

子供が青年になるにつれて、世界像が変わる。最初に学校教育で与えられた像は、彼が社会に出て見聞を広め、知識を増すうちに、より現実的で精緻なものになる。

国というものについて、とりわけ我が日本について、子供たちはずいぶん硬い像をまず与えられる。国こそすべての基本、生活の基盤、もっとも信頼できるもの。不幸なことに、社会生活が長引くと共にこの信頼は揺らぐ。国の形と運営には別のやりかたもあることを国民はいつも意識していた方がいい。

国民とは何か。その国土に生まれた者、というほどことは簡単ではない。近代国家においては、国民たる要件は誰かがどこかで、国を営む上で有利なように決めているのだ。あなたが日本人であることはあなたが思っているほど自明ではない。

ところが、明治維新以降のこの国の歴史において日本国民とは何だったか、それを明らかにする書物は（ぼくが知るかぎり）今までなかった。自分が日本国民であり日本人であることを一度も疑ったことがない人たちの手によって、日本史は書かれてきた。

小熊英二の『〈日本人〉の境界』は近代史の空白部分を検証して、この国の運営方針を明らかにし、その得失を論じる野心的な本である。英語のディスカヴァー（発見）という言葉の語源は「覆いをはずす」ということだが、この本はまさに近代史を隠してきた覆いを引き剝《は》がしてくれる。

日本国民であるか否かの境界線上にたくさんの人々がいた。沖縄、台湾、朝鮮半島の住民、それにアイヌ。この人たちの扱いにこそ、日清戦争から第二次世界大戦を経て戦後も五十年を超える長い期間、日本を動かしてきた原理がくっきり見える。本書は周辺地域に視点を据えた上で近代日本史を構築しなおす試みであり、それに成功している。

厖大かつ具体的な実証の過程がおもしろいのだが、それを短い書評で再現するのは難しい。得られた結論の部分をぼくなりにまとめてみよう——国家はおのれの必要に応じて「国民」の範囲を決める。すなわちある人々を取り込み（包摂という）、ある人々を排除する。その際の基準は国の利。「大日本帝国にとっての国民統合とは、まずなによりも、このような国防上および財政上の人的資源を確保することであった。朝鮮人や台湾人と内地人の通婚を規定する法制の審議において、政府や軍が抱いた最大の懸念が『日本人』の純血を守ることでも、朝鮮人や台湾人が入籍その他によって『日本人』の権利を獲得してしまうことでもなく、貴重な兵員資源である内地人男性が朝鮮籍などを取得して、『日本人』から離脱してしまうことであった」と教えられて、ぼくは感心する。国民とは国家の資源だったのか（そういえば、夏目漱石は北海道に籍を移して兵役を逃れている。当時北海道はそういう別格の地だったのだ)。

国が国民を資源と見るのに対して、人々の側は時に権利を求めて国に入りたがり、時に義務を嫌ってそこから逃れようとする。しかしこの駆け引きは、日本に復帰すべきか否かでさんざん悩んだ沖縄を例外として、戦後の日本人の目にはなかなか見えない。戦中から戦後にかけて、日本は沖縄をいいように利用したから、沖縄人は日本を覚めた目で見ることができたのだ。

植民地ないし二級の国土の経営のしかたは二種類あって、ひとつはその地の旧慣を温存し、少数の官僚を派遣するだけであとは自治に任せる方法。もう一つは本国の制度や文化を持ちこむ同化策。前者の方がコストも安く経営も楽であるにもかかわらず(西洋人の顧問がそう進言していた)、日本の政府は後者を選んだ。

その裏には、西欧人は最強者として世界に君臨できたが、後発の小国日本は常にその西欧の視線を意識しながら近きアジアに進出しなければならなかったという事情があった。当時の日本は脱亜入欧というスローガンを必要としたのだ。植民地経営というと搾取とか収奪とか経済的理由が頭に浮かぶが、国防や人的資源の確保、時には逆に人減らし、などの理由もあった。

同化策は優秀な人材を多数派遣しなければならないし、文化を強制するわけだから現地の人々の反発を買う。しかし日本には植民地を放任する自信がなかった。「不安と自信不足を解消するために、相手に犠牲を払わせることによって愛情と献身的忠誠を証明させずにはいられないという心理は、まさにサディズムと称してよい」。それが今もって尾を引いている。アジア諸国との過去の関係について日本が言うことは今も謝罪と強弁の間で揺れている。
ついつい結論だけを拾うことになったが、本当におもしろいのは具体的な歴史の解析の部分だ。中でも大きく扱われている沖縄について言えば、沖縄と日本の関係をこれほど明快に解き明かした本はこれまでなかった。今後、近代日本史を考える者には必読の一冊である。

初出「今週の本棚」毎日新聞　一九九八年八月三〇日
収録『読書癖4』みすず書房　一九九九年

映画『豚の報い』（原作・又吉栄喜　監督・崔洋一）

又吉栄喜の小説『豚の報い』を崔洋一が映画にした。

試写で見て、気持ちよく、懐かしく、ほほえましく、また精神世界の深みを覗くような戦慄もあって、味わいのある映画であると思った。よいものができて、めでたいことだ。

しかしながら、これについて県内紙に何か書くとなると、いささかの当惑を覚える。問題は沖縄文化と日本の関係、ウチナーンチュとヤマトンチュの関係。それにシマナイチャーという半端なぼくの立場にある。

これが全国紙にならばぼくは力を込めて賛辞が書けた。マブイや御嶽や死者に対する姿勢など沖縄の精神文化について解説をしながら、いわばこの映画の見どころを教えることができた。

実は同じことを原作の小説についてぼくはしている。この作品が芥川賞の候補作になった時、たまたまぼくは選考する側にいた。選考会の場では、力のある作品だからこれが今回の受賞作という雰囲気は速やかに形成された。これを推すべく策を練ってその場に臨んだぼくは、その必要もなく、もっぱら沖縄人の信仰について他の委員たちに解説することになった。嬉しい誤算であった。同じように、この映画について東京の新聞になら書くことはいくらでもある。

懐かしく見る。それも間違いない。ロケ地である久高島は何回となく行って隅から隅まで知っているところだ。何度も泊まった宿。正吉が走る島の道を見ていて笑ってしまうほどよく知っている。まるでスクリーンを裏から見ているような錯覚を覚える。

しかし、県内では、ぼくはむしろこの映画についてウチナーンチュに聞きたいのだ、これは今の沖縄人の姿ですか、と。

かつて沖縄には豊かな精神生活があったが、それは全体としては失われつつある。これが前提。では、実際の話、今、豚の闖入で誰かがマブイを落としたとしたら、マブイ込めをするか。離島の御嶽まで行って「はずしてもらう」だろうか。現代のウチナーンチュにとって、これはどこまで切実な話であるか。

いちいち感心することは多い。又吉さんの小説の魅力は思考のシンコペーション、たとえばバーの女たちの会話のはずしかたにある。それを崔洋一は見事にスクリーンに再現した。関節が一つ余計にあるような、沖縄的な話の展開のリズムで、役者たちを踊らせた。

屋上のバーベキューの明るい会話と、冷蔵庫の前のゴシップの暗さの対比。暗いといっても闇ではない。夏のさかりに陰に入った時のあの暗さ。

あれが沖縄だと外から来た者は思う。あのコントラスト。東松照明や藤原新也や稲越功一らの写真家が沖縄に惹かれる理由。彼らはそれを撮ったが、映画というのは撮るものではなく作るものだから、崔洋一は本物のとおりにそれを作った。どうして沖縄の光と闇をこんなに知っているのかと思うほど。

というようなことを言う資格がぼくにあるかどうか、それが問題なのだ。非常に魅力的であるが、あれが沖縄そのものかどうか。オキナワン・スピリットを、表面はともかく深いところまで映しているかどうか。その判断がぼくにはできない。

アジアという言葉を持ち込むと少し楽になるかもしれない。ヤマトと重ねるから判断が停まってしまうのだ。沖縄から南へ広がる東南アジアの側を透かして見れば、正吉のふるまいも女たち三人の言葉もよくわかる。

崔洋一はものの見えたアジア人で、そこからこの作品が生まれた。密殺の豚でもなんでも、ともかく、たくさん食わなければアジアは生きられないのだ。穢れと浄化。穢れを経ての浄化。慰めるものとしての死者。人生を切り開く女たちと、おろおろとそれに手を貸す気弱な男ども。

こういう世界があること、自分たちもかつてはこういう世界で生きてきたことを、『豚の報い』を見て思い出せなければ、ヤマトは救われない。実を言えば、オキナワだって救われない。たしかに、これは魂の置きどころを描いた映画であって、そこまで行けばこれを論ずるぼくの資格などどうでもいいのだが。

初出「琉球新報」一九九九年九月八日

『ドキュメント沖縄返還交渉』三木健　（日本経済評論社）

歴史的アイロニーというものがある。アイロニーとは知識の格差がもたらす一定の感慨の謂である。歴史的アイロニーは、結果を知っている後世が過去の人々のふるまいを振り返る時に生じる。つまり三年九か月後の無条件降伏を知った上で真珠湾攻撃の興奮を見る視点。

一九七二年五月、沖縄の施政権がアメリカから日本に返還された。これは一九六九年の佐藤・ニクソン会談で作られた日米共同声明に基づくもので、返還の基本方針はこの時点で決まっていた。

本書の著者は沖縄の「琉球新報」の記者として、一九六八年春、東京支社で外務省詰めとなった。そして外務省の記者クラブである「霞クラブ」に加入を認められた。地方紙の記者としては異例のことである。それからほぼ一年間、日米間の沖縄返還交渉の経緯を記者の目で見た記録が本書。

歴史は事実と解釈からなる。事実には顕れたものと隠れたものがある。新聞記者はその両方を見ながら、その間の関係を解釈によってつなげてゆく。そうやって事象の全容を明らかにする。外交交渉では多くの関係者のさまざまな思惑が相互に影響しあいながら動いて一定の結論に至る。本書はその力と思惑を一つずつ綿密に書いている。

実際おもしろい話だ。アメリカは施政権は返還しても基地はそのまま使いたいと思っている。沖縄は基地を減らし、できればすべて撤去してほしいと願っている（時はベトナム戦争の最中、嘉手納飛行場からB－52が北爆に出撃していた頃で、この大型爆撃機の墜落事故やVXガスの漏洩事故が起こっている）。

間に入った首相佐藤栄作はじめ日本の政治家と官僚の仕事は、いかにして両者が納得するような案を作って提示し、妥協点を見つけ、返還を具体化するかということ。まるで違う両者の要求の間を取るのだから、彼らの言うことはしばしば「玉虫色の表現」になる。

戦後日本の外交はひたすらアメリカを立ててきた。アメリカの考えを予想した上で、これは言っても無理だから（あるいは失礼だから）やめようと自己規制してしまう。NOと言えない。そのアメリカを相手に交渉をしようというのだから、最初から腰が引けている。

著者は個々の現象を追いながら、全体の構図をも正確に捉える。ジャーナリストとしての同時代的な仕事が三十年後に読めばそのまま優れた歴史記述になっている（これはリアルタイムで書かれた記録であって、回想録ではない。従って読んでいても印象が新鮮）。

政治家とはどのように動くものか。返還のキーワードは「核抜き・本土並み」だった。このうち「核抜き」の方について日本政府は実にアメリカがOKと言うことを早くから知っていた。戦術核の時代は終わり、前線基地である沖縄に千二百発の核弾頭を配備しておく意義は薄れたとアメリカ軍部は考えていた。合意はできていた。しかしそれでは佐藤とニクソンの首脳会談は不要になる。だから佐藤首相はアメリカに対して大袈裟に核の撤去を要求してみせた。両者のぎりぎりの交渉というのは実は佐藤の手腕を印象づけるために演出されたものではなかったか、と著者は推測する。随所に見られるこの種の読みの深さと鋭さが本書の魅力である。

政治家が自己宣伝と名誉欲に固まったエゴイストであるとしても、それでも彼らには一定の役割がある。陰謀と欺瞞を多用しながらも（たとえば、佐藤の密使若泉敬が後に明らかにした核の「再持ち込み」に関するトップ同士の密約）、やはり彼らがことを決めてゆく。

しかし、彼らが過大なほどの権限を握っているとしても、それは根源に戻れば民衆（市民・人民・国民）に由来するものである。沖縄返還についていえば、基礎にあったのは、これ以上の米軍支配は我慢できないという沖縄人の意思である。それが革新派の屋良朝苗を選挙で主席にえらび、大規模なデモやゼネストを組織するという形で表現された。このままでは沖縄の基地の円滑な運用は無理だとアメリカ側に判断させた。

本土の側でもこれに呼応する形で復帰運動が盛り上がり、アメリカではベトナム戦争に対する厭戦の雰囲気が広がった。それを汲み取った上でいかに具体化するかが政治家と官僚の任務であったはずだ。やがて沖縄は返還され、ベトナム戦争はアメリカの敗北という結果に終わった。
しかし、沖縄の米軍基地は変わっていない。基地の現状を量的にも「本土並み」にという屋良主席の要求は無視され、今もって沖縄の米軍基地は変わらない。やはり民衆は政治家に負けたのだろうか、沖縄はヤマトに負けたのだろうか、と三十年後に考えざるを得ないのが歴史的アイロニー。

初出「今週の本棚」毎日新聞　二〇〇〇年三月十二日
収録『嵐の夜の読書』みすず書房　二〇一〇年

『鰹節』宮下章（法政大学出版局）

歴史という科目が昔からあまり好きでなかった。最近になってなぜかと考えてみると、教えられたのがもっぱら政治史、もう一歩踏み込んで言えば政権交代史、つまり争いの歴史ばかりだったからだ。日本の現状を見てもわかるとおり、政治の場では人間性のうちの醜悪なる面ばかりが目立つ。人は昔からそんなに覇権を争ってばかりきたわけではない。作物を育て、子を育て、他者と交わって楽しい時を過ごし、工夫を重ねてより暮らしやすい社会を築いてきた。本当に読みたいのはそういう歴史なのだ。

法政大学出版局の「ものと人間の文化史」は生活の工夫の歴史を詳細に伝えてきた優れた叢書である。その九十七巻目に当たる『鰹節』は特におもしろかった。一言でいえば、まことに健全な歴史。漁師と、職人と、商人がそれぞれに知恵を出して、万民の暮らしの向上に役立つものを獲り、作り、売ってきた。全体として進歩と発展の話であって、鰹そのものが資源として枯渇しないかぎり今後も安泰。

しかし、鰹という一項目をめぐってこれほどの話題があり、謎があり、文化があったとは。

これほど鰹がわれわれにとって大事な魚だったとは。

鰹が人間にとってありがたい魚であるのは、まとまって来てくれるからだ（鮭も同じ）。海は養分に満ちているが、その分布はあまりに広く薄い。それをプランクトンが濃縮し、それを小魚が濃縮し、それを大きな魚がまた濃縮する。そして鰹の場合は大群となってやってきて大量に獲れる。獲る技術が発達するにつれて漁獲量もどんどん増えた。

その先が問題。すぐにも傷む生の魚がたくさん獲れたとして、これをどうやって無駄なく食べ尽くすか。さまざまな工夫のあげく、鰹節という究極の保存法が普及した。これは単に保存の域を超え、日本の味覚を根底から変えた。栄養として以上に味の基礎として使うという文化が生まれた。都市文明への販路を得て、鰹漁は近代の産業になった。

その過程をこの本は詳細に記してゆく。われわれが鰹という言葉から思い出す話題のすべてが網羅されているという感じの、まことに生き生きとした博覧強記である。なるほど学問とはこういうものかと思わせる。

最もおもしろかったのは、鰹節の製法がモルジブから伝わったのではないかという説だ。「過去、現在を通じて、世界の中で、鰹節をつくり、その食習が広範に普及している国は、日本とモルジブ以外にはない」と著者は言う。両国の製法はよく似ている。しかも、歴史を見ると、モルジブの方が日本よりも早く鰹節を作り出している。

日本には燻乾法によって保存食になる魚は鰹とその類似品しかない。モルジブでも、カビ付け以降の工程こそないけれど、日本とまったく同じ方法で鰹節が作られる。製法が伝えられたとしか考えられない。では誰が八千キロはなれた両地を結んだのか。

琉球人、と著者は推理する。南洋遠くマラッカまで行って貿易をしていた彼らが、同じように貿易にこの港町を訪れたモルジブ人と接触し、そこで彼らの商品である鰹節を見て、その製法を学んだ。

琉球でも特に優れた航海者を出した久高島の人々であった可能性が最も高い。久高には鰹節と並ぶもう一つの燻乾製品としてイラブウナギの燻製があるのがその証拠、等々。

更に、優れた製法が太平洋側の各地に伝播してゆく話も興味つきない。技術を持った職人がいかに尊敬され、厚遇されたか。すべて波瀾に満ちた物語である。

その先に、江戸っ子の初鰹をめぐる騒動の愉快な話がある。川柳と狂歌がたくさん披露される。いや、土佐の皿鉢料理のように盛りだくさんな本だ。

初出「今週の本棚」毎日新聞　二〇〇一年二月十八日
収録『嵐の夜の読書』みすず書房　二〇一〇年

『ゆらてぃく　ゆりてぃく』崎山多美（講談社）

小説は書かれるものと語られるものから成る。書かれるものは史ないし誌である。語られるのは話。書かれる方はどこか公式で、作者がことのすべてを知っているという前提の上に立っている。語られる方は一人の語り手を想定する。

沖縄の作家崎山多美の『ゆらてぃく　ゆりてぃく』を読むとこの二つの関係がよくわかる。一方ではこれは保多良《ほたら》島という架空の、しかし沖縄のどの離島でもありうる島の、島史ないし島誌となっている。作者は相当にファンタスティックな島の歴史や民俗誌をしたり顔で書き連ねる。他方には、島に住む者たちの独り語りによって主観的に提示される話がある。独り語りではあるが、合いの手を入れる聞き手はいる。

どちらの記述も現在については薄く、過去が圧倒的に濃い。現在にはただ過去を整理し展示する場としての意味しかない。すべてはすでに終わっている。

沖縄という土地の精神性を最も正確に小説の形で表現しようという意図が、こういう作品を生む。ヤマト（日本本土）の読者にわかりやすいようにという配慮を捨てて、沖縄の本性を歪めることなく書く。わかりやすいストーリーを望むことはできない。なぜならば、それよりもずっと大事なものがあるから。

この小説で沖縄の言葉が多用されるのは当然で、それが読者を限定するのはしかたのないことだ。

話は「ありんかん、くりんかい」（あちらへこちらへ）ふらふらと揺れながら進み、やがて物語ぜんたいが見えてくる。

老人ばかりになってしまった島で、百十七歳のジラー（次郎）という老人が浜辺で踊る水のタマに出会う。水の妖精と言ってもいいかもしれない。女性の官能を帯びたこのタマとの出会いをきっかけにジラーは昔の女の一人を思い出し、茶をすすりながら「まだ八十八の」タラー（太郎）と「八十になったばかり」のサンラー（三郎）を相手にぐずぐずのろのろと昔を語る。

その話はまた聞き手の二人の中からそれぞれの思い出を引き出すのだが、媒介するのはもちろん女たちだ。ジラーの妻のナビィはタラーの性の教師だったし、ジラーの恋人ウミチルがサンラーと親しかった時期もあった。

しかし、このような関係には個人の意思の働く余地はないかのように思われる。つまりそれが近代以前ということで、島の習俗の中で、人々はなりゆきに身を任せ、時に嘆きながら、歳を経る。

集団としての人々のふるまいがことを決めるのも前近代の特徴だ。なぜともわからず全員が熱狂して、興奮が広がり、みなが踊り狂う。古代ギリシャで言えばバッカスの信徒たちのあの狂乱。これを組織化すれば祭りになるという現象の、その前の段階。しかし、それは祭りにはならず、かつてあった祭りも今はない。

濃厚な過去がかつてあった。今はない。この島ではしばらく前から子供が生まれず、島社会の消滅は目に見えている。この話ぜんたいが強い喪失感に包まれ、哀切の情が漂っている。そういう沖縄が小説として表現される。

「後《ヌチ》ぬ事や、ヌーん心配《シワ》しみそーらんぐと、彼方《アマ》かいや、心安《ククルやし》やしーと行ちみそーリヨー」（後のことは何も心配しないで、あちらに心安らかに行ってくだされよ）という葬式の挨拶は、沖縄の精神性そのものに捧げられた弔辞のように思われる。

初出「今週の本棚」毎日新聞　二〇〇三年四月六日
収録『嵐の夜の読書』みすず書房　二〇一〇年

『沖縄おじぃおばぁの極楽音楽人生』 中江裕司（実業之日本社）

本土から見える沖縄にはさまざまな伝説がつきまとっている。沖縄人は米軍基地の重圧にひたすら呻吟している、というのもあれば、沖縄は南海の極楽で人々は毎日歌って踊って暮らしている、というのもある。

これが嘘かと言うとそうではない。呻吟も本当、極楽も本当。沖縄人は基地の重圧に耐えながら、歌ったり踊ったりもしながら、実際にはごく普通に日々を過ごしている。

その歌ったり踊ったりの部分を少し強調すると、例えばこの本になる。石垣島の白保に結成以来五十七年の歴史を誇る長寿バンドがあって、その名を「白百合クラブ」。当然ながらメンバーの平均年齢は高い。大正末から昭和一桁生まれの人々が大半で、それがバンドとして現役というのだ。

しかも場所が白保。今の沖縄音楽事情に詳しいファンならば、この小さな集落から新良幸人ならびに大島保克と、若いプロの民謡歌手が二人も生まれていることを思い出すだろう。

戦後の混乱の中で若い人々がバンドを作り、百合の咲く白保にちなんで「白百合バンド」と名付けた。レパートリーは八重山民謡と本土の歌謡曲の両方（念のために説明しておくと、白保がある石垣島とその周辺の島々が八重山諸島で、ぜんたいが民謡の宝庫。まあ、こういう説明がいるほどローカルな話であって、そこがまた肝要なのだが）。かつては歌だけでなく漫才もあり、タップダンスもあり、ミュージカルもやったし、英語劇も演じたという。

早い話が大人の学芸会であって、誰のためでもなく自分たちのために歌う。それが永遠に終わらないというところがすごい。新しい歌もやろうというのでザ・ブームの「島唄」に挑戦しても、どうしても音程がずれて白保調になってしまうとか。

雰囲気を知るにはレパートリーを見ればよい。一例として彼らの東京公演第二部を紹介してみよう。八重山民謡『鷲ぬ鳥節』から始まって、一九五七年の流行歌『さよなら港』、『桑港のチャイナタウン』、岡晴夫が歌った『港ヨコハマ花売娘』、再び八重山の『安里屋ゆんた』、そして『六調』と『谷茶前』でカチャーシー（乱舞）した後、『ラバウル小唄』で締めくくる。

一冊の本の体裁としては、白百合クラブの存在を知った映画監督がこの老人たちを主役にドキュメンタリー・フィルムを作った過程を後になって振り返る、という形になっている。

著者のあまりにナイーブな姿勢に批判が出ることは予想できる。これはもう一つの「ちゅらさん」であり、沖縄を伝説に仕立てるふるまいの典型である。この十年ほど、沖縄は内地によってこのように商品化され、もてはやされ、消費されてきた。

その一方、白百合クラブは沖縄が内地に向けて提示できる優れた理念だというのも事実なのだ。内地が沖縄に向けて提示している基地や無意味な公共事業に比べればこっちの方がずっとジョートー。暮らしの中に遊びを位置づける姿勢において、沖縄は内地より賢いようだ。白保は芸能だが、本島でぼくが住む村の場合は陸上競技。みなの力の入れかたが半端でないから、字《あざ》主催の運動会はかぎりなく盛り上がる。参加者の平均年齢はここでも高いのだが。
なくなったものを悔やむと同時にまだ残っているものを大事にする。内地化を嘆きながら、まだ健在の沖縄を楽しむ。今はそう言っていられるが、次の時代にはどうなるのか。

初出「今週の本棚」毎日新聞　二〇〇三年九月十四日
収録『嵐の夜の読書』みすず書房　二〇一〇年

『街道をゆく　沖縄・先島への道』司馬遼太郎

「街道をゆく」シリーズの魅力の一つは旅路の臨場感にある。つまり司馬さんと一緒に旅をしているような錯覚を誘うこと。

中でも「沖縄・先島への道」はぼくにとって格別に同行《どうぎょう》二人《ににん》の感が強い（いや、須田画伯を入れて三人かもしれない）。なぜなら、司馬さんたちが南西諸島で辿った道の多くをぼくはよく知っているのだ。具体的に言えば、竹富島の高那旅館に泊まり与那国島の南国食堂で食べたことがある。池間栄三さんの『与那国の歴史』も手元にあるし、栄三さんの奥さんの苗子さんにご挨拶したこともある。

なぜならばぼくはこの十数年から沖縄と先島に入れあげて通いつめ、十年前に沖縄本島に移って、以後ずっとここで暮らしてきたのだから。石垣で司馬さんが知るサシバという鳥など、冬の間は我が家のまわりにいくらでもいる。啼き声を口笛でなぞるくらい朝飯前だ。

「沖縄・先島への道」の旅は一九七四年の四月だから今からちょうど三十年の昔になる。その間に沖縄はいくつかの点で変わり、それ以外では変わらなかった。それを意識しながら読み進めると、司馬さんがなかなか鋭く沖縄と「沖縄問題」の本質をつかんでいらしたことがわかる。

沖縄に行けば（来れば）どうしても沖縄人と本土人の関係が気になる。沖縄文化と本土の文化の関係はもっと気になる。歴史的な事実を知る以外にないのだが、そう思って学ぶうちに、一種のバランス感覚を要求されることに気づく。事実は一つと単純に信じて追求できればよいのだが、歴史というのは実は今の人の思いを投影するものだから、客観性を確立するのは容易ではない。

沖縄と向き合う時、人は沖縄の歴史と文化の独立性を強調する力と、本土との共通性を重視する力の拮抗の場に身を置くことになる。

まず、行政機構から言えば今の沖縄は日本国の五十分の一にすぎないが、しかし沖縄文化は一地方文化ではない。

民謡を例に取れば、日本列島に残る数千の民謡の半分は琉球文化圏（奄美、沖縄、宮古、八重山）にあるという。歌において琉球は本土全体と同じ重さを持っている。習俗の面ではここには本土以来のものと福建省など南中国のものが混じって入り、混淆して独特のものになっている。司馬さんは泡盛のことを書いておられるが、豚を食べるのも、三線《さんしん》（蛇皮線とは言わない）を弾くのも、清明祭《しーみー》を祝うのも、中国からのものだ。

ぼくは沖縄本島のある村に自分の家を建てるに際して風水を参照し、棟には「天官賜福紫微《てんかんしふくしび》鑾駕《らんか》」と自筆した額を封じた。すべて中国から渡来した風習であり、暮らしの叡智である。琉球は独立した王国であったし、沖縄方言はすでに方言の域を超えて別の言語として立てることができる。日本語と琉球語の距たりはスペイン語とポルトガル語より大きい。

その一方、血統をたどれば沖縄人の主体は、司馬さんが書いておられるとおり、南九州から下った半農半漁の人々であった。ただしその時期はおそろしく古い。だから話が逆転して、古代ないしそれ以前の日本人の姿は沖縄においてこそ保たれているということになる。

そう考えると、司馬さんが沖縄の人を見て倭人という言葉を思い出したのもうなずける。島尾敏雄さん相手の「自分を日本人と規定するより倭人と規定するほうが、ずっと自分がひろがってゆく感じがする」という発言は、この島々とその周辺に住む人々をごく緩くくくるもので、日本人という国籍的規定よりずっと風通しがよい。だいいち、そこまで遡らないと沖縄と日本をつなぐことはできない。

沖縄は日本であって、しかし沖縄は日本でない。島という地形が厳密な所属感となじまないのだろうか。八重山に旅をして、「どこからですか?」と問われ、「本島です」と答えると、「ああ、沖縄ですか」と言われる。八重山の人にとって八重山は八重山でしかないかの如くだ。一つ上級の沖縄県というカテゴリーは制度であって日常ではない。

そして、こういうことは机に向かって書物を読むだけではどうしてもわからない。旅をしながら、風光を見て、人に接して、行く先々のものを食べないと理解できない。司馬さんは書斎の人である以上に旅の人であって、その真面目を例えばこの「沖縄・先島への道」に見ることができる。沖縄が懸隔した文化であることを強調する一方で、琉球処分と廃藩置県を同列に論じる。「途方もない差があったとはいえないように思える」と言う。そういう形で沖縄史を日本史に回収する。

本当を言えば、ぼくはこれにいささか異論がある。明治維新以前、各藩はいちおう独立していたが、琉球は薩摩の属領だった。また、今に至るまで沖縄は日本の版図の中で二等の地として別扱いされてきた。

しかし、違いばかりを強調してはいけないという司馬さんのメッセージは素直に受け取ることができる。ぜんたいとして、司馬さんのバランス感覚は見習うべきものだ。東京の為政者は三十年後の今も、この感覚を身につけることができないでいる。

初出「別冊太陽　司馬遼太郎　新しい日本の発見」平凡社　二〇〇四年八月

『与那国島サトウキビ刈り援農隊』藤野雅之（ニライ社）

サトウキビという作物は、植え付けた後は放っておいても育つ。手間いらずなのだが、収穫だけは短期間に一気に済ませなければならない。その時は大量の労働力を要する。

日本のいちばん西にある与那国島では、一九七二年の本土復帰までは台湾から季節労働者がサトウキビ刈りに来ていた。復帰の数か月後、中国との国交回復を機に台湾と日本は縁を切った。日本の領土である与那国に台湾の人は来られなくなった。

過疎化が進む島で収穫の人手が確保できない。普通なら国内で季節労働者を募るところだが、なんといっても与那国は遠いし、沖縄本島からでさえ人は来ない。来てくれるほど払ったのでは元が取れなくなる。

この窮状を知ったある本土のジャーナリストが、賃労働とは別の原理による人集めを企画した。今でいうところのボランティア、義のために立ち上がる「援農隊」である。

本書はこの運動の中心にいた著者の手になる三十年の記録である。この間にのべ二千人を超える人々が与那国に渡り、仮住まいで数週間、肉体労働に従事した。キビ刈りは（ぼくは四時間やったことがあるだけだが）なかなか厳しい作業だ。それに二月の与那国はずいぶん寒い。僅かながら賃金が出るから百パーセントのボランティアではないのだが、それにしてもこの条件でよくこれだけ続いたものだと思う。

そういう中で、遅れながらもキビ刈りが始まった。決して楽ではない。「なんとか作業は続けるものの、翌朝起きると、手の指がこわばり痛くて歯ブラシが持てないし、朝食を食べるにも箸も持てないのである」という具合だ。

すべての歴史に通じることだが、おもしろいのは細部だ。善意だけではことは運ばない。仲間割れもあるし、行政の怠慢もある。本土の若い人たちと沖縄の離島の年寄りたちではものの考えかたも違う。

そして、沖縄の社会問題の多くと同様、キビ刈りの労働力不足にも米軍基地を巡る政治問題が影を落とした。失業率の高い沖縄でなぜキビ刈りの人手が集まらないのか。失業者の四割は基地の離職者で、この人たちには失業保険とは別に雇用促進手当が支給されていた。退職から三年は「働くよりはるかに多い収入が保障される」のだ。米軍関係では県民に愚痴を言わせない、という政府の金撒き政策が労働意欲を奪う。

だから援農隊の役割は大きかった。現実には、来る側も受け入れる側も勝手なことを考えている。思惑が違って衝突する。世話人も批判される。それでも、結局はお互い気心が知れて仲よくなり、来た人々は多くを教えられて帰った。だからこそ三十年も続いたのだろう。

それを物語るエピソードがこの本にはたくさん詰まっている。まこと一国の歴史は地方から始まって全体に至るものだと改めて思う。
援農隊には北海道の人が特に多かったという。すべてを仕切りたがる中央の頭越しに地方同士が手を結んだという意味でも、これは戦後日本で珍しく成功した交流例である。地方再編を前にして、本書に学ぶものは少なくない。

初出「今週の本棚」毎日新聞　二〇〇四年十一月二三日
収録『嵐の夜の読書』みすず書房　二〇一〇年

『新南島風土記』新川明（岩波現代文庫）

都会に住まう者が南の島に行く。

彼は自分の目に映る島の光景に感動する。なんと単純で明快な島の生活。人はこんなにも少ないモノで暮らしていける。それでも島の人はにこにこしているし、日は輝かしく照り、海はあくまでも青い。水平線に湧き立つ白い雲のなんとまぶしいこと。

彼は何か大事な知恵が得られた、都会の疲れが癒され、心が浄化されたという錯覚を持つ。その感動を保持したまま都会に帰る。この錯覚は島への第一歩としてそれ自体悪いことではない。

二十代の終わりに東京からミクロネシアに行って自分の島好きに気づいたぼくは、それから二十年ほどいくつもの島に通い、やがて沖縄に移住した。十年の後、沖縄を出て、今は沖縄から遠い北緯四八度の地に住んでいる。そこで、小雪のちらつく冬のさなかに『新南島風土記』を再読している。

与那国、波照間、黒島、パナリ、竹富、そしてもちろん石垣。これら島の名の下位に連なるもっと小さな無数の地名。どれも懐かしい名であり、多くの風景の記憶に憑かれた響きである。

それを辿って、海から見える島の姿を思い出し、上陸して歩く道の風景を思い、人や自然、祭りやダイビングの記憶の一回ごとを詳しく頭の中で再現してみる。かつて何度も読んでよく知っている文章を読みなおしながら、ぼくの与那国、ぼくの竹富を思い出して心動かされる。気がついてみれば、この本に取り上げられた島々の中で行ったことがないのは鳩間島だけだった。


自分が四方を海に囲まれた小さな陸地にいるというだけで異常に喜びを感じる精神的資質(ないし病気)をイスロマニア islomania と呼ぶ、と読んでいた本で覚えたのはずいぶん昔のことだ。これはまさに自分のことだと思った。ただしこの言葉、たいていの辞書にはない。

しかしぼくもまた、何度となく島に通ううちに、新川明的な視点を自分の中に用意するようになってきた。島にいればうれしいというだけではなくなった。仮に島の側に立ってみることが増えて、そうすると同じ景色が違って見えるようになった。一人ではしゃいでいた自分に気づいて恥じ入る、という感じ。ここまで来ると島通いは一段の進級を遂げたと言っていい。

八重山諸島に行った時の新川明は、ミクロネシアに行ったときのぼくよりずっと覚めた眼をしていた。一歩目から立つ位置が違った。歳はあまり差がなかったけれど、観光客と新聞記者、数週間の滞在と数年間の赴任の差は大きい。那覇と八重山の距離は東京とミクロネシアほど遠くはなかったし、社会の雰囲気の段差もそれほどではなかったというのも理由の一つだったかもしれない。時期も一九六〇年代の前半と一九七二年と数年の開きがある。それ以上に、ぼくと彼ではものを見る能力にずいぶん差があったようだ。こんな透徹した目はなかなか持てるものではない。

離島苦という言葉がある。沖縄では島チャビとも言う。生活の場が離島であることによってそこの人々が先天的に負わされている苦労。これに気づかなければ島に行くことは観光の範囲を越え得ない。これを知ってしまうと美しい風景に翳りが射し、見えないものが見えてくる。『新南島風土記』という書名は東恩納寛惇の名著『南島風土記』を踏まえたものだ。沖縄学の正統派であった東恩納の学術的な記述に対して、新川の方は島に渡っての報告の色が濃い。（ちなみに、新川による平凡社の『世界大百科事典』の「沖縄学」の項は短いながらに過去から未来を展望する名文である。）

この本には三つの柱がある。

まずは島の生活。次が被収奪の歴史。そして歌。

こう並べてみて、なんという組合せだろうと思う。八重山を書くのに、これ以外の柱の立てかたがあるだろうか。

島の生活の記述はほとんどそのまま島チャビの証言である。暮らしを立てることがいかに困難であったかという証言。

被収奪の歴史については、宮本常一らによる『日本残酷物語』シリーズ、特にそのうちの第二部「忘れられた土地」（一九六〇年　平凡社）につながるものをぼくはこの本の中に感じた。あの中央集権的な経済成長期の日本にあって宮本はひたひたと僻地を回り、島に渡り、沖縄には来なかったものの、日本列島のぜんたいを周辺から認識しようとした。彼が後に離島振興法の成立に大きく貢献できたのも、すべて歩いた成果だ。

『新南島風土記』を書いた時に新川が『日本残酷物語』を読んでいたかどうかはわからない。それでもそこには通底するものがある。両者は最初から、ハンディキャップを負った土地に住む者へのシンパシー（共感・同情）を共有している。この姿勢をなぞって新川の後輩にあたる三木健は、後に西表島の炭鉱の被収奪の話を更に詳しく調べて『沖縄・西表炭鉱史』を記すことができたのだ。

中央が地方に侵攻して、そこにあるものを奪う。もともと乏しい生活財が更に減じる。生きるか死ぬかの境界線上にいる人々を、その一線を越えて死の方へ押しやる。沖縄本島の者がこれを書く時、その立場は二重に屈折する。彼は八重山から奪った琉球王国の人々の子孫であると同時に、その琉球王国からさんざ奪った薩摩藩とその背後の日本を糾弾する者でもあるからだ。

しかもヤマトによる収奪は琉球王国が沖縄県になってから更に苛烈になった。薩摩藩がいかに強欲でも敗戦を引き延ばすために十数万の民間人を敵の戦車の前に立てはしなかった。強権的な他国の軍事基地を六十年に亘って島に据えさせもしなかった。東京に向かってその不当を訴える本島人と、八重山に行って人頭税の不当の歴史を聞き取る本島人はどう重なるのか。

影は二重三重に交わり、うっかりするとすべての悪が普遍化されてしまう。ひとつひとつの、絶対であるはずの悪事が相対化され、人間とは所詮そういうことをするものだという一般論の中に解消されかねない。その誘惑に抗して、自分を顧みることなく徹底して他を糺すことのできる者がこの世界に一人だけいて、それは最も条件の悪い最遠の離島に住んでひたすら搾取されてきた者だ、という単純化は可能か。汝等のうち罪なき者のみこの女を石もて撃て、とイエスは言った。西欧の俚諺には、ガラスの家に住む者は石を投げるな、とも言う。

それに対しても新川は覚めている。島の中をも冷静に見ている。島の人々のいさかいを、この場合は客観的なポイントに立つことのできる外部の者の利点をいかして、さりげなく批判的に書く。漁業組合が二つできてしまった例を笑う。実際、島はいさかいに満ちているのだ。それが見えない者だけが意味もなく島を理想化する。

新川は「鷲ぬ鳥節」の由来を説明して、二つの説の並立という状況を軽くいなしている。この歌の歌詞の一部を自分の娘の名に借用したぼくは、このくだりを読んで納得したことだった。

そう、歌だ！

この本に歌の話がなければ、ぜんたいの印象はいかにも殺伐たるものになってしまっただろう。八重山に歌がなければ、ここに生まれて暮らして死んだ人々の日々はなんと味気ないものになっていたことだろう。それを新川は正しく見てとり、ほとんどそこに救いを求めた。

その結果、新川は八重山の歌を力を込めて賞賛することになった。本書のあちこちに芸能の話題が花咲くことになった(と書きながら、これはいかにも沖縄的な対句による修辞だと気づいた。「古見の浦ぬ　橋ゆば／美与底ぬ　橋ゆば」のあの手法だ)。

だが、歌もまた奪われる。

「安里屋《あさどや》ユンタ」については最も流布している星克の歌詞にぼくは強く反発していた。あの俗情は許し難い。あれではまるで芸者の侍る宴席の御座敷唄だ。竹富に行けば安里屋のすぐ裏にある友人の家に泊まることが多かったぼくとしては「安里屋のクヤマによ……」の歌詞でなければならない。すなわち、あの歌は内地によって奪われたのであり、星克はそれを手引きしたことになる。

しかし、「黒島口説《くるしまくどぅち》」の場合はどうだろう。「いやいやー、みるくゆがふのしるしさみえ……」で始まるバージョンが好きで、あの地味なソロと派手なコーラスの対照も好ましいと思っていたのに、新川は「島の人たちにいわすと『あんなものは黒島口説ではない』と相手にしない」とにべもない。ではあれもまた沖縄によって八重山から奪われたのか。(念のため付記しておけば、この語法は誤りではない。八重山の人たちは来訪者にどこから来たかと問うて、「那覇です」と答えると「ああ、沖縄ですか」と言うのだ。彼らにとってヤイマはヤイマ、ウチナーはウチナー、違うところなのだ。)

島は一本の汀線によって海や外界と仕切られているのではない。年輪状のいくつもの輪によって、地図に等高線で描かれた地図の山のように、幾重にも隔てられているのだ。三十年前にミクロネシアに行った時のぼくはまだ初心者だった。島に渡ってその風景に感動する素朴な旅人は、その最初の一線を越えたにすぎない。その先がまだまだある。さきほど進級という言葉を使ったのはそのためだ。

問題は、進級を重ねて島の中心部に近づくほど外界からは遠くなってしまうということだ。島への愛でファナティックになり、王様よりも王党派ということになりかねない。外来の者ほど生得の資格を欠く分だけ熱烈に、目に見える形で忠誠心を表明しなければならないからだ。沖縄の十年でぼくはこの階梯を一通り体験した。アメリカ軍の四軍調整官を学校に招くというので村長と喧嘩したし、久高島の墓をあばいた件で岡本太郎を糾弾したこともある。今もいれば辺野古に通っているかもしれない。

そういう目で見ると、『新南島風土記』における新川明のスタンド・ポイントは見事だ。島の中と外の両方が見える位置に揺らぐことなく立っている。だからこの本は八重山をどう見るか、沖縄を、僻地・辺地を、南の国々を、世界をどう見るかを正しく教える指南となるのである。

初出　『新南島風土記』解説「島への階梯」二〇〇五年
収録　『雷神帖』みすず書房　二〇〇八年

『沖縄　だれにも書かれたくなかった戦後史』佐野眞一（集英社インターナショナル）

ゴシップによる沖縄戦後史である。ただしこのゴシップには綿密な取材の裏付けがある。半世紀前のジョン・ガンサーにならって「沖縄の内幕」と呼んでもいい。

本土ないし内地の日本人が沖縄に向かう時、ある種の決まった姿勢がある。その一つが大江健三郎の『沖縄ノート』に見るような贖罪のポーズだ。

あの本は沖縄を論ずるように見えて、実は日本を論じている。沖縄は日本を写す鏡でしかない。そこに写っているのは本土の日本人の顔ばかり。守礼門に掲げられた大きな鏡に邪魔されて、その先にある現実の沖縄は見えない。

ノンフィクション作家である佐野眞一はそれに苛立ち、鏡を払いのけて守礼門をくぐった。そこは言ってみれば佐野にとっては宝の山、アリババが入った洞窟のようだった。彼は沖縄に十回以上通って、歴史を作ってきた人々に会い、痛快無比のおもしろい話をたくさん聞いた。

会った相手は警察官僚、やくざ、政治家、財界人、芸能人などなど数十人か数百人か。男くさい男たち、男まさりの女たち。

細かなファクトを一つ一つ集めて、積み上げて、戦後沖縄の全体像を描く。欠けたピースも残るジグソーパズルだが、大事なポイントはちゃんと押さえている。「私はこの取材で、これまでまったく耳にしなかった話を夥しく聞いた。とても信じてもらえそうにない光景を各所で目撃した」と言う。

歴史を作ってきた人々とはつまり成功者だ。みな破天荒で、その人生の軌跡は波瀾万丈で、まあ嘘かと思うような話ばかり。佐野が興奮したのがよくわかる。

その一例が前県知事・稲嶺恵一の父の稲嶺一郎。一九〇五年の生まれ。親たちはペルーに移民で行き、本人は東京に出て早稲田で学んだ。国家主義者・大川周明の推挽で満鉄に入り、三十二歳から二年間ヨーロッパを巡り、その後ではアジア中近東を半年かけて見て回っている。

後は、南シナ海で乗っていた船が撃沈されたり、インドネシアで投獄されたりと波乱のかぎり。銀座でパナマ帽を売り、ＧＨＱに拾われ、沖縄に戻って琉球石油を創立、琉球大学の初代理事長にもなった。一九七〇年からは三期連続で自民党の参議院議員。

稲嶺一郎は表の人物だったが、裏にはもっとすごいのがいた。そういうのがぞろぞろ登場するのだから、佐野が沖縄に入れ込んで通ったのも無理はない。

では、この本はどこが新しいのか？　なぜ佐野は自分が書いたのが「これまでまったくといっていいほど書かれてこなかった沖縄をめぐる切実なテーマである」と言うのか？

沖縄には、通勤電車がなく、キオスクがなく、地元の週刊誌があまりなかった。つまり、ゴシップ・ジャーナリズムが育たなかった。こういう話は耳から聞くものだった。私事ながら、十年の沖縄暮らしの間にぼくはこの本にあるような話の何割かを居酒屋で聞いている。だから沖縄は佐野にとってアリババの洞窟だったのだ。

タイトルがよくわからない。「だれにも書かれたくなかった」というのは佐野が余人を差し置いて自分で書きたかったという意味なのか、あるいは沖縄人が隠蔽したいと思っていたということなのか？　沖縄人は何も隠蔽するつもりはなかっただろう。これは壮大な打ち明け話の束であり、そうだとすれば雑誌連載時の「沖縄コンフィデンシャル」というタイトルの方がずっと内容に即していたと思う。

初出「今週の本棚」毎日新聞　二〇〇八年十月十九日
収録『嵐の夜の読書』みすず書房　二〇一〇年

『海の沸点／沖縄ミルクプラントの最后／ピカドン・キジムナー』

坂手洋二　（ハヤカワ演劇文庫）

三つの新劇作品を収めた脚本集である。どれも沖縄の話。

政治と演劇には親近性がある。どちらも多くの人間が関わって、いくつもの力が働き、論理を超えた作用によって、思わぬ結果に至る。

だから政治的な状況を表現するのに演劇は有用だ。政治という一見大きすぎて抽象的なものを人間のサイズに戻すことができる。

一九八七年十月、沖縄で開かれた海邦国体で日の丸が焼かれるという事件があった。この史実の上に構築されたのが「海の沸点」。主人公ショウイチが実在の知花昌一をモデルにしていることは明らかだし、状況も現実に沿っている。

家族や友人の間で政治的な色の濃い台詞が飛び交う。日の丸のもとに戦われた戦争で多くの民間人の死者を出した沖縄で日の丸を掲揚するのがどういう意味を持つか。論として書かれたり演説で弁じられる内容が、ここでは会話に込められる。そこに作者の伎倆があるわけで、聞こえてくるのはメッセージではなく確かに人間の声である。

舞台を見ないで脚本を読むだけというのは本来の鑑賞法ではないかもしれない。それでも読むうちに舞台は目の前に現れ、そこでことは推移し、人々はそれぞれの思いを語る。引き込まれ、揺すぶられ、先へ先へ読み進むうちに、この事件に関わったいくつもの思想や力学が明快に見えてくる。

演劇が政治に奉仕しているのではない。演劇の素材として政治を使っているのでもない。政治に翻弄された沖縄という土地を表現するために、演劇が精一杯の力を発揮している。政治を忘れられないのが沖縄の不幸だ。

議論ばかりではない。いや、議論らしい議論はごく少ない。読むうちに聞こえてくるのは多く情の言葉である。舞台とは感情の行き交う空間だということを改めて思い知った。なにしろ、「反戦地主」とか「違法な占拠状態」とか「駐留軍用地特別措置法」などといった固い言葉が並ぶ最後の場面を読みながら、うっかりすると涙がこぼれそうになるのだ。無念の涙なのにカタルシスの作用があるのはなぜだろう。演劇というのは不思議なものだ。

「沖縄ミルクプラントの最后」は米軍基地に勤めることの矛盾の話。基地に反対しながらも基地に依存せざるを得ない人々の苦しさが、具体的なやりとりの中にくっきりと見える。政治は人を両側から追い詰める。

「ピカドン・キジムナー」が最も哀切が深いだろうか。時期は一九七二年、沖縄が本土に復帰したすぐ後。この抽象的な時に作者は広島の被爆を重ね、更に旧植民地朝鮮というテーマを重ねる。そんなに積み上げて大丈夫かと思うのだが、この三つは絡み合って滔々たる大きな流れになる。

台詞がうまい。ある場面で、十四歳の姉が八歳の妹に「亜紀。あんた嘘つくとき、左のホッペがひくひくひくしてるさー」という。これだけで姉妹の仲がわかる。

それに、「ひくひくしてるさー」の最後の「さー」は沖縄語のイントネーションだ。日常の会話だからウチナーグチ（沖縄方言）がよく響く。これもまた情を喚起する装置である。

実はこの妹は一歳上の兄のしていることを姉から隠そうとしている。いや、隠すふりをしながら伝えようとしている。こういう細部がまこと演劇的に雄弁なのだ。

読み終わって、これも少しうるうるして、やはり舞台で見たいと思った。

初出「今週の本棚」毎日新聞　二〇〇八年九月十四日
収録『嵐の夜の読書』みすず書房　二〇一〇年

『琉日戦争一六〇九』上里隆史（ボーダーインク）

西暦一六〇九年、琉球暦万暦三十七年、和暦慶長十四年、九州の南を領地とする島津氏の軍勢が琉球王国に侵攻し、征服した。

琉球＝沖縄に関心があるものならみな知っている史実だ。これと明治初期の「琉球処分」ならびに第二次大戦末期の「沖縄戦」が沖縄史の三大悲劇である。

とはいうものの、この戦いについては伝説のみが先行していて、きちんとした歴史書がこれまでなかった。琉球の人々は優雅な文人ばかりだったから無抵抗のまま武張った薩摩に負けた、というような話。

これは若い優れた歴史家の手になる、この戦争について（たぶん）初めての、きちんとした歴史の本である。一読して、なんと自分たちはものを知らなかったかとあきれる。

本書のタイトルが多くを語っている。「征伐」であり「侵略」であったけれども、二国の間の武力による争いという意味では「戦争」だった。この時、島津氏は徳川中央政権に組み込まれていたのだから、これは日本と琉球の戦争であった。だから「琉日戦争」。

十五世紀、九州から台湾につながる島々に琉球という国家が誕生し、明に朝貢して庇護され、遠くシャム、マラッカに至る貿易路を構築して利益を積み、おおいに栄えた。

南アジアの交易圏の一角に琉球は重要な位置を占めていた。明という大国の権威を秩序の軸として、公私さまざまな船が行き交う。帝国の威力は実は限定的で、海を渡る商人は時には海賊に変身する。富と武力がこの海域の至るところで沸き返る。国でいえば琉球、明、日本、朝鮮、ポルトガル……もっと小さな、倭寇などたくさんの勢力の絡み合い。十年ごとに主役が交代するようなダイナミックな活動の時期。

十六世紀後半になると東アジア海域では朝貢貿易という制度に依る貿易が衰退して、日本と南米が産する銀を土台にした新しい民間貿易が勃興する。相対的に明の権威は落ちる。

日本国内は武力による統一過程の最終段階だった。秀吉は統一の勢いを駆って朝鮮半島に侵攻した。戦国時代は終わったはずなのに、戦う衝動を止められず、明まで征服しようとした夜郎自大のばかばかしい野望。この本を読んでいると、成り上がりの権力者の夢想が広範囲な殺戮と破壊を生んだことがよくわかる。

結局、秀吉は朝鮮征伐に失敗し、日本は本来の列島の範囲に留まる。その先で実現した唯一の領土拡大が、琉球王国を支配下に置いたことだ。

この本はいくつもの勢力がぶつかる歴史の各段階を緻密に追っている。政権、個人、武装集団、資本、知識人などの入り乱れた動きを巧みに整理し、提示する。歴史家というのはこんな図を描くものかと感心する。

戦いそのものについて言えば、一応の軍組織もあって、闘志もあって、それなりに戦術も立てて果敢に戦った琉球が敗北した理由は明らかだ。戦国時代を経た日本勢と平和を保った琉球勢では、武器が違い、兵士の練度が違った。戦闘意欲が違った。

敵は刈った首の数で報酬が決まる戦いに明け暮れた連中である。半ばまで私兵の集まりのような兵士の略奪・放火を島津勢の指揮官は制止できなかった。そう考えると、琉球はずっと平和な国だったから薩摩に負けた、という俗説も当たっているような気がしてくる。

もう一つの敗北の理由は王の権威の弱かったこと。時の琉球王尚寧は傍系の出で政権内に反対勢力を抱えていた。

しかし、外交では琉球はしたたかだった。秀吉の朝鮮侵略に際して協力を強いられた琉球は、明への忠誠心を保とうと、言を左右にして兵糧の提供を最小限で済ませた。その一方で日本の意図をいち早く明に通報して、反攻の態勢を整えさせるに力あった。これも含めて情報戦の話はおもしろい。

いくら明に忠実でいても、明は琉球を日本から守ってはくれない。明と縁を切って日本の一部になったのでは貿易がむずかしくなる。第一、日本への帰属を隠して明との関係を維持しろと言ったのは、貿易の利を横取りしたい日本であった。その間でバランスを保とうするのだが、彼らには武力というカードがなかった。

琉球王府の内部にも明に近い者と日本に近づこうとする者がいる。降伏の直後、鹿児島に囚われていた謝名《じゃな》親方《うぇーかた》鄭迵《ていどう》という貴人は琉球救援を訴える密書「反間の書」を明の朝廷に送ろうとした。が、ことは発覚し、託された華人商人は途上で琉球王府の使者嘉数親雲上に公銀百両を提示されて密書を売った。「反間の書」は届かなかった。こんなドラマティックなエピソードがこの本には無数に詰まっている。

読み終わって残るのは、小国の運命への惜別の情である。巧妙な外交で交易立国を果たしたのに、国際情勢が変われば衰退が迫る。そこに、交易の利を横取りしようと軍勢が押し寄せ、独立を奪われる。

尚寧王は駿府に連行されて家康に会った。捕虜ではなく異国の王の待遇だったのは、一国を取ったという家康の側の虚栄の故だった。

初出「今週の本棚」毎日新聞　二〇一〇年二月七日

Ⅲ

沖縄への短い帰還

インタビューと回想

「沖縄は、『鉱山のカナリア』なんですよ」 一九九五年

聞き手　新城　和博
一九九五年十一月二十日

半分特派員半分県民

ぼくは沖縄にいる自分の立場は、半分は県民だけど、残りの半分は特派員だと思っています。県民としては新参者ですからね。だから一生懸命《沖縄》のことを見たり聞いたりしても、あまり《沖縄》に対して意見表明はしない。というか出来ない。見聞きしたことに自分の感想を加えて内地に発信するほうが、自分の役立て方として賢いだろうと思う。あちらのメディアが気付かない、遅れている情報を送る。今回の件（「沖縄米兵少女暴行事件」）についていえば、例えばヤマトのメディアや政府、諸官庁は反応があまりにも遅かった。沖縄を知らない分、なめていた。最初、この問題が地元で報道された時は、小さく始まって、そしてそれが急カーブを描いて大きくなったけれど、ヤマト側にはなかなか伝わらなかった。普通の事件として見ていた。………はっきりいって事件そのものは、けして珍しいことじゃないんです。悲しいこと

に。つまり、どこでも起こりえることだし、起こっている。その度に新聞ならば地方面で小さく報道はされてきた。しかるに今回は、当事者たち全部にとって不幸なことに、事件が政治的な意味を持ってしまった。乾いた薪に点火する火花になってしまった。

しかしヤマト側のメディアはなかなか動かない。例えば、ぼくが『週刊朝日』に書いて、向こうの記者の一人がそれを読んでここに来ようかと言って、ぼくは「早くおいで」と答えた。ところが編集部は、「それほどのことじゃない」と判断した。その後も例えばの話、首相が代理署名して、それでことがとんとん拍子に進むがごとく内地では報道されていた。実際には途中に裁判所が関わる。土地収用委員会もある。知花昌一の土地は間に合わない。実際、内地の新聞は、どう扱っていいのか分かってないふしがある。基地の実情はどういうものか。ぼくはなんとか分からそうとして、はるか四十年前まで溯って、「ジラード事件」を出したり、いろいろやっているんだけど。彼らはそういう努力もない。はっきりいえば「平和ボケ」、全部沖縄に押しつけて知らんふりにしていた。それをマスコミは社会全体のせいに、官僚のせいにしているけれど、マスコミも悪い。

今回の問題は、日本全体の問題

形の上では基地と原発は似ているんですよ。総論賛成、各論反対。政治家はどっかになければ困るけれど、うちにこられたら困ると言う。ただ原発と違って、基地は被害がより具体的。

原発の害は、隠蔽しやすい。それでも今の日本の電力会社は、原発予定地が決まったら、めちゃくちゃな勢いで金を撒く。すさまじいですよ、それは。恥知らずにつぎ込んで、一戸ずつ切り崩して、土地を買収していく。沖縄が基地になったのは、はるか昔だから、金も撒いてもらえなかった。

中央に強力な政府がある場合には「総論賛成、各論反対」の場合の処理の仕方というのがそれなりにあるはずだけど、今の中央の政府は弱いから、具体的に見返りを設けて問題を消していくとか、そういうのができない。それこそ「思いやり予算」ばかり増やすという、つまり強いものに媚びて弱いものの言うことは無視するという典型的な無能官僚の行政になっている。大田知事が言っているように、「自分の選挙区に基地を一つ引き取ろうとは、誰も言わない」、大田さんの言うことがあまりにも正論なので誰も何の返事のしようがなくなって絶句してしまった。その通りですといって絶句するしかないわけ。

普通は、官僚たちはなれ合いでやっていますから、表の取引の裏には必ずもうひとつの取引があって、表でぶつかっても裏で策を講じて、事を荒だてずに、あたかも話し合いで解決したかのように、ストーリーを作るわけ。一般にこの種の妥協点を「落としどころ」というでしょう。官僚用語としてあるんですよ。官僚どうしではそうする。「官」対「民」の時は、強引に押し切る。「長良川河口堰」のように。実際裁判所はずっと行政の味方だったし。

今まではそうやってきたんだけど、これだけ正面からぶつかって、こちらがあまりに正論で、大田さんがああ言ってしまって、しかも県民総決起大会で県民が支えて、大田さんは一歩も下がらない。そうすると裏取引する余地がなくなってしまった。だから、例によって補助金がどうとか、そういうお金の話が一時期ちらっと出て、消えたでしょ。金の問題じゃない。つまり生活の実感として、上を飛んでいる飛行機をどうするんだという問題には、お金の話はからみようがない。

この前たまたま東京の銀座に行った時、歩行者天国でね。みんなが車道を歩いていて大道芸とか、出店とかやっているんですよ。ぼくはその場にロック・コンサート用のでっかいスピーカーを十台並べて、普天間中学の授業を妨害する爆音をそのままで流すという実験をしてみたいと本気で思った。頭上を軍用機が飛ぶ実感をドルビーのサラウンドで教えたかった。

ぼくは、外務省、防衛施設庁ならびに政府が一遍ほんとに困ればいいと思うんですよ。米軍としては、その土地が借りられるということで来ているのに、法的に権限がないと言われたら、大変困るだろう。しかし困ると言われてどうするか、なれ合いでない妥協点を見出すことが出来るか、自分たちにどれだけ交渉の能力、思考の能力があるのか、見極めてみるのも良いんじゃないかと思う。

沖縄の独立・自治

沖縄が強いと思ったのは、比較的淡々とやっている点ですね。ひと騒ぎして圧力を抜いてしまうと、そのままくすぶりの状態に戻りかねないんだけど。静かに盛り上げているでしょ。いってみれば、一発殴るんじゃなくて、ゆっくり押してゆく。その方が力は長く続く。一気にどんというより、力が強いと思う。さらに何故強いかといえば、現状があまりにも理不尽だからですよ。被害があまりにも具体的、しかも肉体に感じられることばかりで、ごまかしようがない。今度の事件もそうだし、爆音もそうだし、墜落もそうだし。体感に訴えるから説得もしやすいし、共感もしやすい。その状態がいかに何でも長く続いている。

しかも沖縄の場合、それ以前からいろいろな意味で「二等領土」でしょ。国土として、国民として一段劣等と見なされてきた。だから大田さんが「言いたくはないけれど、差別じゃないですか」と言ったんです。

歴史を振り返れば、あんなにひどい戦争を体験した土地だからこそ、ここを恒久平和地帯、一切軍備なしの特別の地域に指定してください、と主張をする権利、資格が沖縄にはある。いわば、千年分の戦火をもう体験してしまった。それでは実際の話、恒久平和地帯であると宣言して、それを認めさせて、何かの時に絶対他国の兵隊がこないという保証をどう取りつけるか。結局平和の条件のネットワークを周辺の国々すべての間に作る。つまり平和外交しかないわけ。それがつまり、「独立論」につながっていくのだけど。

そこで、行政上別扱いという考え方が出てきますよね。世界に何か所かあるんです。特別区として、その国の一部であるけれども、限定自治を認める。そういう形が、ヤマトと沖縄の位置関係ならびに歴史関係からすれば、いいんじゃないか。都道府県のひとつじゃなくて、日本の主権の及ぶ範囲だけど、例外的に自治権の範囲が広い地域になる。

これは理想論ではなくて、現実的に現状を反映した形だと思う。今ぼくたちの目前にある現実を政治システムの上に反映させたら、そうなると思うね。

ただね、一般にはその手の自治には、「外交」と「防衛」は含まれないんですよ。外交と防衛は大きい国に任せる。ひとつには大きい単位のほうが、力の勝負になった時に強いからだろうと思う。しかしこの場合はそこが問題で、沖縄が一番嫌がっているのが、日本の外交と防衛でしょう。そう考えると、独立論まで行くしかないかなとも思う。

その一方、国のサイズの問題というのがあります。ぼくはナビダードの話を書いていて（『マシアス・ギリの失脚』）今の時代に国ってどのサイズがいいんだろうと随分考えた。あの話の中で、ナビダードは島国だから成り立つのだろうと誰かが言う場面がある。これが大陸の真ん中にあったら国として成立していないと。同じように沖縄も島国だし、非常にうまく立ち回って、島国らしい繁栄の仕方を見つけて、経済的裏づけが得られれば、独立も出来るかもしれない。実際沖縄より小さい島国もたくさんあります。ただ今の経済水準を絶対に下げないでとなると、しばらくは難しい。理想論をいえば、次の香港になればいいんですよ。あるいはバハマ。つまり入口は少ないけれど、タックス・ヘイブンにして、銀行や証券会社が立ち並んで、会社の登記だけどんどん受け付けて、そういう形の特別の場所にすれば、経済的にもできるかもしれない。今の国際社会の中での小さい国の生き方というのをもっと勉強しなければならない。

国のありようを考える

ナビダードを作った時の話ですがね、まず島を作るのがおもしろい。地図を書いて、地名を決めて、そこの歴史をひととおり考える。太平洋の真ん中の島のモデルはたくさんあるから、それを真似ながら、ちょっとずつ変えて作ってゆく。今の世界で国を動かしている原理は何かっていうと、一つは国際的な力関係ですよね。だけど、人が住んでいるんだから生活の場であるし、ほんとはそっちが先。それじゃ生活の原理がなにかというと、それは経済と精神でしょ。ぼくはナビダードの精神的な支えを、沖縄的な先祖崇拝とノロたちの精神的支配、祭儀など似たようなものだと設定した。それに太平洋のさまざまな人々の精神性を重ねてあの土地を作っていった。ナビダードの場合、ノロがいなければだめなんですよ。

沖縄がこれだけ芸能が盛んで、歌が強いことは、ひとつの地域の性格として、ほんとに大事なことだと思う。最終的にしたたかなのは、そのおかげじゃないか。ある土地が胸を張って生きてきたというのは、そこの人が拠れる何かがあるわけでしょう。絶対信頼できる拠り所がね。それがあるから、自分はあそこに属すると言える。その土地のアイデンティティーというか、それがなければ、仮にも独立なんて言葉は出てこない。戦後すぐ「北海道独立論」というのがあったけれど、ほとんど冗談のようなものだった。現実に今は考えられないこと。北海道というものがもともと「蝦夷《えぞ》んちゅ」のものだったことだって忘れていたようだし。

自治区の話になると、具体的に行政権のどれとどれをよこせという各論の話になっていくよね。その上で、予算をもっと、ということになる。沖縄が歴史的経緯を理由に、もう少し自治権を拡大したいと言いだしたりしても、ぼくはヤマトの普通の人たちは、それはそれでいいんじゃないの、と言うような気がする。

もうひとつ、そのような流れを日本全体にまで拡大した方がいいんじゃないかと思うのはね、日本というのがだいたい中央集権がすぎる国だからですよ。前から言ってきたけど。中央が決めることを地方は実行するだけ。文化の面でも、中央から地方に散っていくというパターンになっている。それは不健全ですよ。沖縄が自治権拡大を言い出して、こっちはこっちでやるから、あんたたちに頭下げることないからと、そういう形で叛旗を掲げると、他の地方がそれによって元気になり、中央からの自立心が強まるという効果があると思う。今の中央の官僚たちは、ここまでゆずったらこっちはこうなる、という絵が描けない。アメリカ側のほうが、むしろまだ柔軟。あの怖がり方は、「脅え」の姿勢だと思う。あっちを怒らせちゃいけない、こっちをつつくと困る。国際司法裁判所の証言の一件だって、あれは可笑しかった。そこまでやるかって。外務省の圧力がばれちゃったって、そりゃばらすよ。広島市の平岡市長は、この夏たまたまお目にかかったけど、したたかな人ですからね。

外務省の論理で核兵器の国際法違反を認めることはできないというのは分かるけれど、そこで地方に圧力をかけるのが中央の権力のいやらしいところ。広島、長崎があれだけ平和運動ができたのも、あれは「市」だからですよ。県でさえできない。「市」は、それだけ中央から自由なんだから、いろいろやってもいいと思う。それをみんな何でも中央の色に染めようとするのは、ファシズムですよ。違うこと言っていいんですよ、地方は地方で。

地方にもっと強い力をというのは、言ってみれば「強い国」か「幸せな国」かの選択なんだな。「強い国」が欲しいのであれば、一糸乱れずみんな中央のことをきくというのがいい。日本の会社が軍隊をまねて人を使うのと一緒でしょ。一糸乱れず行進する兵隊が強いんですよ。だけど「幸せな国」っていうのは、そうじゃない。みんなしたいことして、ばらばらで、しかもなんとなくまとまっているというふうが幸せなんですよ。やっぱり日本というのは、明治以来の西洋コンプレックスがあってどうしても「弱い国」にはなりたくないんだ。力の神話にすがっている。ぼくなんかは「弱いけれど幸せな国」の方がいいんだけれど……。琉球はかつて「弱いけれど幸せな国」を実現していたから、そこへ返りたいという思いも強い。

沖縄はカナリヤ

国際政治を動かす要因が力であるような時代に、沖縄の政治的不幸は、島であることと、位置とサイズですね。沖縄は、ほら英語で「ヴァルネラブル Vulnerable」という言葉がありますよね、「傷つきやすい」あるいはもう少しマゾヒスティックに「攻撃誘発性」、相手からいじめられやすい。軍事用語で「ヴァルネラビリティ」と言うと一国の軍備の中に歴然たる弱点があると、そこを叩かれるという意味。沖縄の場合は、位置そのものが良すぎる。台北と鹿児島から等距離。東京、マニラ、香港、平壌からもほぼ等距離。だから平時以上に戦時に価値が生じる。そう考えるからアメリカは出ていかない。でも、平和っていうのは、そういう土地に安心してなんの不安もなく生きられるっていうことなんです。そういう意味では、沖縄はやはり「鉱山のカナリヤ」ですよ。昔の炭坑で悪いガスが出てこないかどうか調べるために連れていったカナリヤ。沖縄人が幸福である時は、東アジア全体が幸福だし、悪くなる時にはまっさきに沖縄が悪くなる。沖縄を幸せにできない国際政治はだめだと言える。

日本の政治をゆさぶる

人が生きていくのに、ある地域を国境線で囲って、その中だけは一つの法体系でやるというのは、本当の話、どこまで優れた方法なのか。国とは何かともう一度考え直して議論してもいいんじゃないかな。戦後すぐは世界各地で民族主義が盛んだったけど。民族主義だけで国を作るというのは実際にはできない。そんなにきれいに割り切れるものじゃないし、無理に割ろうとしたら、今のユーゴスラビアの分裂になるわけでしょ。だから、もっと、ゆるやかなくくりかたにして、みんなが言いたいことが言える方にもってこないと、国とはなにかというのは、まだまだ考えられる。

ぼくはこういう状況で沖縄の自治権拡大とか、はるか遠方にちらっと見える「独立」とか、そういう言葉をきっかけにしてものを考えるのはすごく良いと思う。沖縄では政治は身近だから。

ヤマトの場合、政治というのは、なんかあっちの方でやっていること、それでなんかこっちの方に補助金がおりて、どういうわけか土建屋にばかり金が回ること。それ以外の何でもないんだから。そういう意味で、まるで違うここの地方自治の雰囲気が、好きなんですよ。もうほかの県に行くと………今度の県知事選挙がどうのこうのと、いろんな話を聞くけれど、どこもやっぱり汚い。とくにその建設省関係、農林省、そういう経路でのお金の配り方。無用な工事。お互いの足の引っ張り方。なんの理念もない……。

それに対して沖縄には、自分たちの言いたいことを代弁してくれる政治家を持つ幸福というものがある。大田さんに関して、褒めすぎという意見もあるけれど、よその県の人はみんなあっと驚いているんだと思う。ああ、県知事というのは、そういうことも出来るんだって。地方自治体の長が、ここまで国に盾突いたというか、中央に対して嫌といった例は、昭和三十年代の「砂川事件」を最後にしてなかったでしょう。普通は、県庁といったら、中央に行って、交渉して予算取ってきて、いわゆる官官接待でおべんちゃら言って、それに始終するもんだとしか思ってないわけですよ。だから、県知事に国に対してノーと言う権限と意志がある。そしてそれをさせる県民が背後にいるということに、他県の人々は非常に新鮮な驚きを感じていると思うな。

それからこれは日本の政治行政制度を再評価する機会でもあると思う。今の制度の範囲でここまでできる、本気になればこれぐらいのことがやれるというひとつの証明になった。大田さんの行動を通して見えて来るものが面白い。彼一人を英雄にしてもだめですよ。そうじゃなくて、地方自治というのは、今でもここまでできるよ、それをもっと広げようという、そういう形で、後ろからみんなでお神輿を担いでいかなくちゃ。

大田さんの「代理署名拒否」を支えているのはまずもって反戦地主たちの長い闘争です。そして、それ以上にあの事件の被害者の勇気です。まず彼女が、どうするか考えた時「黙っていたらまた誰か自分のような目にあう」と考え立ち上がった。ぼくは最初に勇気を出したのは、彼女だと思う。大田さん一人がヒーローじゃないからこそ、長くしたたかに戦っていけると思って安心しているんだけど。

そこにはもちろんいろんな意見があっていい。先日の『琉球新報』が社説で「県民が一枚岩になって基地返還を」と書いていたけど、あれは違うと思う。いろんな意見の全体をふわっと包むコンセンサスがあるのがいいんですよ。

初出「wander　はいはてゅん17号」ボーダーインク　一九九六年一月

異文化に向かう姿勢――岡本太郎を例として

まず言葉の定義から始めなければならない。

人間は他の生物と異なって、自然をそのままでは用いず、常に何らかの技術と知識によってより効率的に高度に利用することを心がける。これが文化である。

従って、人間が生きることは必然的に文化を生み出す。あるいは文化に依らずして生きることができないのが人間である。近年に至って文化の範囲は広がる傾向にあり、ニホンザルによる芋洗い行動なども文化と認められて、その領域はヒトを超えるようになった（ただし、所与のプログラムを機械的に実行するだけのいわゆる本能的行動は文化とは無縁である）。その一方、対応する自然の抽象度に応じて、あるいは自然の抽象的側面から出発して、文化が哲学や宗教の段階にまで抽象化されることは言うまでもない。

文化の価値は相手とする自然をいかに効率的に利用するかでのみ決まる。自然はまことに多種多様であり、文化は自律的に成長するから、ある土地において自然Aを相手にして育った文化aと別の場所で自然Bを相手に育った文化bを比較することには意味がない。インドネシアの稲作と日本の稲作の優劣を論ずるのはナンセンスである。

つまり、文化というのはそれ自体が計量不能の多元的かつ不定形のものなのである。仮に物差しを当てたとしてもそれによって計れるのはその文化のごく限られた一面でしかない。言い換えれば、すべての文化は普遍的な価値観を超越している。比較が可能なのは一つの物差しを選んで二つ以上のものに当てるからであり、別の物差しならばまったく別の評価が得られる。そして、物差しの数には限りがない。

ある意味で文化は人間そのものに似ている。人間を身長で比べ、体重で比べ、年収や偏差値や皮膚の明度や一〇〇メートル走の記録や打率、その他ありとあらゆる尺度で比べることはできるけれども、その尺度にはそれ自身を超えるような意味はない。あなたは体重や偏差値だけを基準に恋人を選びはしないだろう。

文明は違う。たまたま明治期の日本人がcultureという言葉とcivilizationという言葉の両方に「文」という字を含む訳語を当てたためにしばしば混同され、広辞苑でさえ文化について「文明とほぼ同義に用いられることが多いが」などと見当違いなことを書いているのだが、文明は文化と違って計量可能である。

なぜならば、文明という概念の中心にあるのは財を集めるということだから。文明はまずもって量の誇示である。ピラミッドは王の墳墓ではない。あれだけの労働力を動員できる国力の表現、余剰な食糧の量と大事業を統括しうる優れた官僚機構の実力の誇示である。近隣の諸国から見て、あれほどの国力を持つ国を攻めるのは得策ではないと判断させるためのデモンストレーション。

語源に遡って考えれば、文明とは都市化の謂《い》いである。civilization はラテン語の civics 市民に由来する。そして、都市というものの基本原理が財を集めるということなのだ。都市は広い農村地帯から食糧を集めることで維持される。その範囲が広いほど都市は大きくなり、その力を誇る。多くの人口を擁する大都市に築いた大廈高楼《たいかこうろう》に納まって山海の珍味を並べ選りすぐった美女を侍らせる王は、この都市の規模を通じて自分の権力を示すのだ。

都市の民は王の余禄に与る。計量可能なものを版図の隅々から集めて誇示するというのが文明の原理であるから、現代のマイアミでは世界一の美女を選ぶ催しが行われるのだし（女の美醜は計量できるという前提がコンテストを可能ならしめる）、東京の寿司屋は世界の海から集めた魚を供するのだ。集めて計って誇るのが文明である以上、携帯電話の普及率を国別に比べはしても、それをどう意味づけるかまでは文明は問わない。統計をとって数字を比べただけでケータイ文化は文明に昇格する（あるいは降格される）。

文明の話はひとまず措《お》いて文化に戻ろう。文化は人間に似ているという点が大事だ。それぞれに異なって、共通の尺度がないとなれば、お互いに敬意を払うしかない。古来、帰属集団を異とする人間どうしの出会いはそのまま文化の出会いであった。時として彼らはこの文化的な遭遇を文明的に捕らえて優劣を競った。具体的に言うならば、互いに自らの尺度で相手を計って、優越感に浸ったのだが、しかし、狩った鹿の数を誇る者と所持する車の馬力を誇る者の出会いに意味はない。馬と鹿を並べる者は……。

別の例を挙げる。

沖縄に来た本土人は、沖縄人の運転マナーに驚く。彼らはしばしばウィンカーを出さず、信号が変わったとたんに直進車の鼻先を横切って右折し、自分の判断で赤信号を無視して用心深く進み、歩道上から交差点の隅切りに至るまでのあらゆる場所に駐車し、高速道路の追い越し車線を延々とゆっくり走る。これは本土と沖縄の運転文化の違いである。

これをどう解釈するか。どういう尺度をこれに当てはめるか。本土人どうしが集まった場で愚痴が出ることは容易に想像できる。彼らは、この土地の運転マナーはなっていないとお互いに挙例して嘆き合うことになるだろう。

この文化的衝突に「道路交通事故の発生件数」という尺度を当ててみよう。つまり、計量不能な文化を統計という数値化の技術によって文明的に評価してみる。人口10万あたりの事故発生件数でいうと、全国平均が六七一・二であるのに対して沖縄は全国最低の二九七・六。これは一位の福岡の一〇一四・四の三割にも満たない。

自動車10万台当たりの事故率でも、全国が九六三・一であるのに対して沖縄は全国最低で四一四・七、この場合も一位の福岡は一四七七・六であるから、沖縄はやはりその三割以下。

これは一九九九年の数字だが、この傾向はずっと変わらない。沖縄人の運転は安全なのだ。

しかしこれは運転という文化を見る一つの視点に過ぎない。道路ネットワークの利用効率というような、速く迷わず目的地に着きたいという自動車交通本来の欲求に基づく評価の視点から別の尺度を当てれば、また別の結果が出るだろう。

それでも、安全は運転マナーを評価する一つの大事な尺度である。沖縄人のマナーを嘆いた本土人は、この統計を前に口をつぐむだろう。沖縄人が路上で一見したところ超法規的に、しかしお互いの意思を着実に理解しあって車を走らせていることはまちがいない。本土人から見て無法なふるまいは彼らどうしでは許容範囲内なのだ。

すなわち、文化を評価する場合、文化を文明の視点から見る場合には自分がいかなる尺度を適用しようとしているか、その点を自覚しなくてはならない。その前に、文化は客観的な視点からは比較も評価もできないと知るべきである。

異文化とは、まずもって自分の文化に対する異文化である。人と文化を置き換えてみれば、自分が自分であることを前提にして他人に接する時に眼前に立ち現れるもの、それが他者であり、異文化だ。

次に、すべての文化は相対的に等価値である。

以上二項を大前提として、異文化に出会う際の敬意と礼儀のことを考えよう。それは人と人が出会う時の礼儀とさほど異なるものではないはずだ。もう一歩踏み込んで言うならば、異文化との出会いには人と人の出会いとまったく同じように、反発や嫌悪、一目惚れや憧れや恋や仲違いに似た展開の可能性がある。実際、文化人類学というのはその客観化の努力にも関わらず、どこまでいっても多くの人間的な矛盾に満ちた学問であるとぼくは思う。それこそが魅力であると思う。

以下に記すのは異文化に接する者の姿勢を論じた一つの事例の報告である。どこまで客観的な評価に耐える議論であるか、ぼくはそれをここで読者に問うことになる。

天才画家として広く世に知られた岡本太郎が三十年以上前に沖縄のある島で「異文化」に接した際のある行為の意味をぼくは問い直すことになった。

ことの経緯のほとんどは文章化されており、この場ではそれらを引用することでそれを伝えることができる。最初に来るのはぼくが「週刊文春」に定期的に寄稿している書評コラムの中で書いたものである【註1】。文体が少し軽いのは週刊誌というメディアに合わせたものと思っていただきたい。形の上ではこれは論争だから、アンフェアのそしりを免れるためにも、手を加えることなくそのまま再録しよう――

『岡本太郎の沖縄』という写真集が出た（岡本敏子編　日本放送協会出版）。あの画家の岡本太郎である。

彼は一九五九年と一九六六年に復帰前の沖縄を訪れ、強烈な文化的刺戟を受ける。もともとマルセル・モースのもとで民族学を学んだ岡本だから、異文化を見る目はあった。縄文土器をきっかけに古代的な力と生命観に目覚めた岡本にとって、沖縄は行き着くべき場所であったのだろう。

日本に戻って彼は『沖縄文化論——忘れられた日本』（中公文庫）を書いた。そして、この旅の最中に撮った写真から作られたのが本書である。

彼は写真のプロではなかったはずだが、しかし見事な写真だ。あの時期の沖縄、現代日本の画一的な醜い量産文化に覆われた今の沖縄とはずいぶん異なる姿が着実に写しとられている。

沖縄に住んで六年になるぼくが、現在の沖縄の風景の隙間にときおり見つけて、これが本来の沖縄だったと思うような光景がぎっしりと詰まっている。

具体的に言えば、ぼくの村の中でも女たちはもう頭にものを乗せては運ばない。たまたま近所のおばあがそうやっているのを見て、そうか、ここも頭上運搬文化圏だったかと改めて思うような次第。しかし、この本の中では女たちはまだまだ普通に頭でものを運んでいる。あれをやると背筋が伸びて立ち姿が本当に美しくなる。

その一方で背中にしょった大きな篭を額に回した紐で支えて運ぶ姿もある。これもあったのかと思い、実際には見たことはないなと自分の記憶を探って考える。

そういう単純な知識情報とは別に、まずもって人の顔がいい。とくに年寄りたち。こういう顔になるために人は老いるのだと得心させるような顔が次から次へと現れる。

これは今も変わっていなくて、この村の中でもいくらでも見られる顔なのだが、それでも懐かしさを感じるのは、それらの顔が周囲の風景の中に違和感なく溶け込んでいるからである。

今はまわりが変わってしまって、現代的にぴかぴかになって、その中でおばあやおじいはどことなく居心地悪そうにしているから。かつては年寄りはまちがいなく共同体の主役だった。今は、その地位に陰りが見える。新しいものばかり追う商業主義が購買力のない年寄りの権威をおとしめている。

沖縄の昔を集めた懐旧的な写真集は既に何点も刊行されている。しかしそれらは、例えば新聞社がストックの中から選んで編集したもので、風俗の表面をさらりと撫でているに過ぎない。資料的価値は高いけれども、それ以上ではない。

それに対して、この岡本の写真は沖縄の精神性の中心にまっすぐに入ってゆく。さすが天才と呼ばれた人は違うと思わせる。

と、ここまではいい。この本の価値をぼくは充分に認める。推奨する。しかし、実を言うと、これを取り上げるかどうか、岡本太郎の沖縄観を肯定するか否か、ぼくはずいぶん迷った。なぜなら、彼は沖縄で一つとんでもないことをしているから。

今年の五月に六十一歳の若さで惜しまれつつ亡くなった沖縄の写真家（にして民俗学の研究者）比嘉康雄の最後の著作『日本人の魂の原郷　沖縄久高島』（集英社新書）の中にこういう記述がある――

「久高島が太古から連綿と続けてきた風葬がとだえたのは、イザイホーの年、六六年に、心ない外来者が風葬途中の木棺を開けて、シマ人にはまだその死者が判別可能な状態のところを写真撮影し、しかもこの写真を雑誌に発表する（一九六七年）という、シマ人にとっては予想もしない事件が起きたことが原因である。この事件のせいで風葬をやめたのかと、シマ人から直接聞くことははばかられたが、衝撃であったと思われる。ともかくシマ中で協議した結果やめた、とだけ聞いた」。

比嘉は名を伏せたが。この「心ない外来者」とは岡本太郎である。沖縄はもともと死者に対する敬愛の念がたいへんに強い。先日のサミットでも本土から来た警察官が警備のためと言って墓を開けた。墓を開けるにはいろいろと決まりがある。死者の眠りを妨げるのはここでは大罪である（ヤマトでは千五百年前の天皇陵も開けさせない）。先祖を守るおばあたちが怒り狂ったのも無理はない。

まして、久高島は沖縄でもっとも宗教心の篤いところである。宗教行事で一年が明け暮れるような霊位の高い土地である。そこの人々の信仰心を無視して見てはいけないものを見る権利は岡本にはなかった。視覚からだけ入るのは間違いだ。見えるものの背後にはそこに住む人々によって付与された意味がある。

この原理がわかっているからこそよい写真が撮れたはずなのに、岡本は久高島で何を錯覚したのだろう。撮ったことはともかく、なぜそれを雑誌に発表したのだろう。

運の悪いことにこの死者の身内の者が雑誌に発表とされた写真を見てしまった。やがてこの人は精神に異常をきたすことになった。かくして風葬の習慣は失われた。この事実を知っているから、この写真集を紹介することをぼくはためらった。

こういうことにしよう、『岡本太郎の沖縄』は優れた写真集だと言うと同時に、比嘉の『日本人の魂の原郷　沖縄久高島』も併せて読んで頂きたいと言おう。なぜ沖縄の、人口二百五十ほどの小さな島が「日本人の魂の原郷」ということになるのか、森喜朗が言うのとはまったく逆の意味で日本が神の国であったことがこの本を読めばよくわかる。われわれの祖先はこういう精神生活を送っていたのだ。

以上が「週刊文春」の紙面に載った記事。

この中でも書いたとおり、ぼくはその時で沖縄に住んで六年になっていた。久高島は数十回は訪れている身近な土地である。ぼくにとっても沖縄の人々の生きかたは異文化ではあるが、その「異」の度は岡本太郎の場合よりはだいぶ薄れていたと思う。しかし、比嘉康雄ほどこの島と、島の人々や文化と、親しかったわけではない。

この記事の前提となった知識をぼくは宮里千里著『アコークロー』【註2】という本の中で得た。初出は彼が一人で作って知人友人に配っていた個人誌「アコークロー」であり、ぼくはそれが単行本になった時に読んだ――


「芸術はばくはつダーッ」の岡本太郎は一九六六年の〈イザイホー〉を観ている。彼の著書である『沖縄文化論――忘れられた日本』（中公叢書）【註3】に詳しいのだが、その著書の写真グラビアの中にあるシーンが載せられている。そのシーンとは、岡本太郎が久高島の墓場で死者の姿を撮影しているのを撮ってあったのである。岡本太郎は例の両目を左右に目一杯広げて「ばくはつダーッ」という顔つきをしている。その日、島の祭場では〈イザイホー〉が厳粛に挙行されていて、島内外者の目は当然ながら一点に集中していた。島外者は当然のことながら、島内者にとってもタブーである黄泉の国に足を踏み込んだのだ。

比嘉康雄は「久高島の〝神〟をめぐって」（『沖縄タイムス』一九八二年五月十日）の中で、

ティラバンタは、太陽が落下する、この世の果て、断崖絶壁の意で、そこが葬所ということである。―略― 久高島では一九六六年ごろまで、この地で風葬をしていた。

ところが心ない外来者が、風葬中の死者の木棺のふたを開け、写真撮影をするという常識ではとても考えられない事件が発生した。しかもこの風葬の写真は雑誌に発表された。このことがあって以来、古来連綿と続けた風葬をやめ、沖縄本島などと同じように、前風葬地の東側平地にブロックなどで墓を作って現在に至っている。

と、このように指摘している。（傍点はボク）

又、いれいたかしはその著、『沖縄人にとっての戦後』（朝日新聞社刊）において、

　かつて後生山がこれほど大胆にあばかれたことはない。絣の着物を着た女性は、棺柩のふたもとられ、頭だけが白くのぞいている。久高島の人なら、誰が見てもどこの誰か分る死者である。―略―禁忌の後生山に踏み込んだ岡本太郎が、死者たちへ向けて放射したカメラの閃光もまた、久高島における民俗社会の崩壊をはやめるものであった。後生山があれだけ大胆にしかもあますところなくあばかれると、もはや久高島における後生観も解体せざるをえないからである。（傍点はボク）

岡本太郎は、初めて観る南島の葬制に衝撃を受けて頭はプッツン状態になったのであろうか、棺桶を暴いてしまったのである。横たわっている亡骸《なきがら》は完全に腐乱していない状態であった。

不幸にも、死者の身内はその書物を手にしてしまった。死者は二度目の死を与えられた。身内はやがて精神に異常をきたすことになる。〔以下略〕

ぼくはこの本のこの部分を受けて、週刊文春の書評を書いた。宮里も比嘉もいれいも沖縄の知識人としてぼくが日頃から尊敬している人物であり、その意見はこちらがものを判断する時の土台となしうると信じている人々である。ここに書かれたことは久高島についてのぼくの見聞や知識とも矛盾しない。

二〇〇〇年の秋に書いたこの書評に対して、半年ほどしてある人物から書簡を頂いた。仮にA氏としよう。書簡の内容を要約すれば、ぼくが書評で書いたことは冤罪《えんざい》ではないかということだ。

A氏は言う――「岡本太郎は沖縄を充分に理解し、共感を以てその文化に接していた。だからあれほどの成果を挙げられた。彼以前に多くの心ない学者が強引かつ非礼な「調査」を行ったことは承知しているが、岡本の場合はこれには当てはまらない。書評を見た後で自分も友人を介して久高島や島が所属する村の教育委員会でそれとなく聞いてもらったけれども、そういう事実があったという証言は得られなかった、風葬が廃《すた》れていったのは沖縄全体での留めがたい傾向であった」、云々。要約すればこういうことになる。

A氏は沖縄を大変によく知る本土人であり、故比嘉康雄とも面識があり、沖縄の某離島について優れた著作を刊行している人物である。ぼくとの間には広い共通の基盤があるわけで、従ってこの書簡は無視できないものであった。ぼくは改めて現地の人々に話を聞き、いくつかの文献を読み、多くのことを考えて返事を書いた。この問題を真剣に考える機会をA氏に与えられたという思いだった。以下は彼に対するぼくの返答である。A氏の手紙をここに直接引用することは控えたが、彼の論旨はぼくのこの返事を通じて読みとれるだろう――

お便り、興味深く拝見しました。

結論を先に述べれば、お書きになったものは岡本太郎の「冤罪」を立証するには至っていません。岡本太郎は久高島に行かなかった、あの写真を撮らなかった、それを発表しなかった、それは別の誰かの仕業である、と証明しないかぎり、その線に沿って相手を納得させないかぎり、あの件を「冤罪」とするのは無理です。

全体としてお手紙は状況証拠の積み重ねによる情状酌量の請求ではないでしょうか。しかし、この件をあまり裁判になぞらえるのはよろしくない。比嘉康雄もぼくも訴えているのであって、裁いているのではありません。

まず、あの写真の発表が島の関係者にとって大変なショックであったということ。これがすべての出発点ですから、ここから話をはじめましょう。

先日、島出身の友人に会って改めて話を聞きました。島で生まれて、育って、今は島を出て本島に住んではいるが島の人々と密接な関係を維持している、しかも優れて知的な人物でもあるという男です。彼によれば、撮影された遺骸の縁者の一人が精神に異常を来したのは事実であり、それが写真発表と関連づける形で島の人々に認識されたのも事実であるようです。
狭い島の中でこの種の話題は大変に微妙で、従ってこの件が島の公式見解として表に出たことはないでしょうが、島はあの事件をこのように受け止めたのです。それが島の人々の岡本写真事件に対する理解でした。

ことは死という大変に扱いのむずかしい問題にかかわっています。遺族は死者が安らかにつつがなくグソー（後生＝来世）に至って祖先たちの列に加わることを願っています。その実現に力を尽くす以外に遺族にできることはない。その途中で妨げとなる事件が起これば、遺族が大きく心を乱されるのは当然です。

もともと遺族には判断の余地があまりない。当人ならば自らの意思で許すことが可能という事態でも当人はもう亡くなっている。この場合、遺族にはそれを許す権限はないのです。遺族は死者をただ護るしかない。護りきれなければ、そこに自責の念が生じる。大企業や国が関わる公害や医療関係の裁判で、亡くなった被害者の遺影を遺族が持って法廷に出ることがしばしばあります。遺族は遺影を押し立てて精一杯の異議申し立てをしている。見かたを変えれば、近親者の死という動かしようのない事実に遺族は縛られている。遺族にはその時に死者と自分が属する社会ないし共同体の常識に従ってふるまう以外にほとんど選択の余地がない。それが遺族という立場です。

だから、身近な者の遺骸が写真に撮られ、公表されて何の縁もない一般人の目に曝されたということが近親者にとっては大きなショックだった、それは精神に異常を来すほどだったと島の人々は受け止めたのです。死者はタブーです。神聖にして犯すべからざるものです。無縁の他人が撮影してはいけない。さらし者という言葉が示すとおり、さらすことは汚すことです。撮影され発表されることで死者は汚されてしまった。グソーへの道を断たれた。となれば近親者が精神に異常を来しても不思議はない。島はこの件をそのように受け止めました。

しかし、これはあくまで島の中での話です。この事件に関して、島では強い憤りと屈辱の感情が生じましたが、それが島の外に向けて表明されることはなかった。ここで島は閉鎖社会だからとは考えないでください。言うならばそれは島の自律性の問題です。

これが島の側から見た岡本太郎の写真撮影ならびに発表という行為の意味でした。

ぼくの言いたいことはこれに尽きます。

しかし、その後の展開についてもう少し説明しましょうか。比嘉康雄は久高島の出身ではなく、島を外の社会へ繋げようとする立場にある人でした。久高島の、人の叡知のきわみともいうべき信仰システムに魅了されて、それが消えつつあるという危機感に否応なく促されて、夢中になって島に通い、見て、聞いて、文章と写真で記録しました。同じことを彼は沖縄の各地で営々と続けましたが、しかし久高島に対する思いは他を圧倒して強かった。その意欲を島の人々は認め、受け入れ、彼の撮影と調査に協力し、いわば彼を外部に向けたスポークスマンと認定しました。久高島を訪れる研究者・写真家はたくさんいたけれど、島の人々とここまで親密な仲になったのは彼一人でした。

そして、このことによって彼はまるで遺族のような立場に立たされることになったのです。消えつつある久高島の信仰システムを記録するという仕事は遺志を嗣ぐのによく似ています。さきほどの遺影を抱えて法廷に赴く遺族と同じで、久高島は彼にとっては絶対のものでした。当人にならばあるはずの赦免《しゃめん》の権限が遺族にはない、というさきほどの論を思い出してください。外からの（共感に満ちた）観察者が認めがたい改変を島の当事者はさっさと認めてしまうという逆転関係が時には成立します。

この理由から、外からの攪乱《かくらん》に対する比嘉康雄の反応は島の人々よりももう少し強いものになりました。だいたい島の人々は日本全体に向けて思いを発信するメディアを持っていなかったし、そんなつもりもなかった。彼らには日本など目に入っていません。

「心ない外来者」の写真の件で久高島の風葬が行われなくなった、と比嘉康雄が書いたのは勇み足だったかもしれません。たしかに沖縄全体で風葬は廃れる傾向にありました。時代は変わるものですし、風葬廃止の理由は近代化の圧力だけではなかったでしょう。あなたが挙げられた堀場清子さんの『イナグヤ　ナナバチ』【註4】に書かれた女たちの嘆きもわかります。非常に具体的な悲嘆の例をぼくも別の島で聞いたことがあります。それやこれやで、死に関する儀礼は簡略化される傾向にあった。これは近代から現代にかけて日本全体について言えることです。

しかし、久高では自分は焼かれるのは嫌だと言って亡くなる老人もまだいらした。風葬は古い習慣だし洗骨も辛いことだからもうやめようという声と、それでは自分は先祖の列に加われないという声と、両方があったはずです。それぞれに切実な思いがこもっている。その両方の間で、ことは行きつ戻りつしながら少しずつ変化します。島に住むすべての人の心の中に風葬可と風葬不可の間にひろがるスペクトルがあり、それぞれの思いはこの二つの極の間で微妙に揺れ動いていた。それは単純にどちらかに決めて言語化できるようなものではなかった。

久高島全体が「古い習慣を護ろう」で固まっていたわけではないのです。久高の社会は一枚岩ではなく、構造があり、それぞれの立場があり、階級があり、一人一人の思いの揺らぎがあります。また風葬の廃止にもいくつもの段階がありました。

そう考えると、（先ほど言った遺族的な立場から）比嘉康雄は少しことを単純化したかもしれない。多くの外来者がからむ経緯を外来者一人に集約して表現したかもしれない。そこまでは認めます。心ない学者たちやジャーナリストの列の最後にたまたま岡本太郎という大きな人物がいたということかもしれません。しかし、岡本太郎は撮ったし、発表したのです。

念のためにここに書いておきますが、比嘉康雄は岡本太郎の名を公表しませんでした。事情を知って一九九一年に（『アコークロー』という地方出版の著書の中で）活字にしたのはぼくの友人である宮里千里であり、二〇〇〇年に全国規模の週刊誌でそれを書いたのはぼくです。宮里もぼくもその責任は負うつもりでおります。岡本太郎は偉大な人物です。それだけに、彼のふるまいは影響が大きい。その力はぼくの書評の影響が大きいとあなたが書いてくださったことの比ではありません。だからこそ、今ならば、彼の名を出すべきだとぼくは判断したのです。

もう一度写真を見てみましょう。ぼくが今見ているのは一九七二年版の『沖縄文化論——忘れられた日本』の写真ページの最後のもの、死者を撮る岡本自身の写真です。従ってこれは彼が撮った写真ではない。この写真がここにあることの意図は明快です。彼はこの写真を著書に掲載することで死者の撮影という自分の行為の正統性を全面的に主張している。自分にはこれを撮る資格ないし権利があると言っている。これをぼくはとんでもない驕りと考えます。

もう一度写真を見てください。棺の蓋は石でできた重いものです。これが台風の風で動くはずがない。二人以上の人間が力を合わせて持ち上げなければ開かないものです。その前のページの写真、木製の棺の蓋がきれいに外され、それ以外には乱れも見られない。これが台風の風で起こることですか?

誰が開けたかを問うているのではありません。こういうものを見て、それを撮影しようとする心の動き、それを発表するという判断、どちらもぼくにはとても認めがたいものだと言いたいのです。もしもぼくが誰かの案内でこの場に至ってこういう光景を見たら、もしも棺の蓋が開いていたら、ぼくは一礼してすぐに来た道を戻り、棺が乱されていることを近親者に告げるよう島の人に依頼するでしょう。それ以外の行動はぼくには考えられません。岡本太郎はこの遺骸を日本全体が見るべきだと考えた。しかし、遺骸は一〇〇パーセント故人のものです。百歩譲っても遺族のものです。部外者にはそれを見る権利はない。世の中には許可なく見てはいけないものがある。他人の裸体や性交をのぞき見ることは犯罪です。なぜならば肉体と性は徹底して個人に属することがらだから。死もまた同じように徹底して個人に属する。

だから遺族は怒ったし、島は怒ったし、比嘉康雄は怒ったのです。間接的な形でノロがお怒りを表明されたことをぼくは聞いています。ぼくもまたあの書評を書く際にその怒りを共有することになりました。今、この文章を書きながらなぜあの時に「彼（岡本）は沖縄で一つとんでもないことをしているから」と、ぼくにしてはきつい表現をしたか思い出しました。ぼくも怒っていたのです。

冒頭に記したように、ぼく自身、改めて友人に尋ねて、彼から年寄りにそっと聞いてもらって、昔の忘れたい記憶の箱を開いてもらって、ようやく島にこの「精神に異常」の噂があったことを確かめました。それだって病理報告書を読むような厳密な話ではない。ぼくとこの友人、彼と島の縁者たちの信頼関係があってはじめて聞けることです。

狭いシマ社会で顔を突き合わせて暮らしている中で、この種の話題がどのように扱われるか、どうかその状況を想像してください。あなたが尊敬する同僚の伯父が一般に恥とされている病気で亡くなったと仮定して、あなたはそのことを新聞記者のような赤の他人にいきなり問われてそのまま教えますか？　その病気が恥であるか否かという議論にそのまま入っていきますか？

この一件はぼくに別の事例を思い出させます。一九八五年の「アイヌ肖像権裁判」、更科源《さらしなげん》造《ぞう》とチカップ美恵子《みえこ》の間で争われたケースです。チカップは二十年ほど前に更科が勝手に撮った自分の肖像写真を何のことわりもなく著書に掲載したとして更科を訴えました。裁判は一九八八年に（形式上は和解ながら）原告チカップ美恵子側の全面勝利で終わりました。更科は周知のごとくアイヌ文化については権威でした。アイヌに対して同情的ないし共感的な立場にあると広く認められた人物でした。しかし、それでも、他人を撮った写真を当人の許可なく使う資格はない。そんな資格は誰にもないのです。それが個人の尊厳という、今の日本社会の基本原理に則った判断です。

もう少し古い例を出せば、慶応元年の「箱館駐在英国領事館員アイヌ墳墓発掘事件」というのもあります。これを報じた『人類学雑誌』（33巻12号　大正七年一二月）は巻頭に「己が祖先の墳墓を他人に発《あば》かれて快しとせざることは古今一轍にして人種の優劣を問はざるものゝの如し」としています。人種に優劣ありとする偏見はともかく、これは不変の真理です。【註5】

時代が違うという考えもあるでしょう。当時はあんなものだったと言うこともできる。現に一九七二年当時の編集者はこの写真の掲載に何の疑問も抱かなかった。最近の「自虐史観」批判の立場に立てば、過去の事績を現在の基準で評価するのは間違っているということになります。しかし、今に用いるために過去があるのです。われわれは過去の事例を解釈することによって今を生きる基準を作ってゆく。今を生きるというのは未来に対して責任を負うことでもあって、これは改めて考えれば恐ろしいことですね。

岡本太郎の沖縄文化に対する理解の度はやはり驚嘆に値します。あの時期にあれほど透徹した目を持った人はいなかった。あれは高度経済成長期の日本が最も必要とした反成長のメッセージだった。そういう意味で『沖縄文化論』を全面的に認めた上で、最大限に評価した上で、それでもあの写真の件は承伏しがたいとぼくは考えます。

沖縄に住むヤマトンチュとして自省を込めて言えば、沖縄文化をヤマトに紹介するのはあくまでもヤマトのためであってオキナワのためではない。これは異文化に関心を持つ者すべてが絶対に勘違いしてはいけない重要なポイントです。久高の人がうちの立派な文化を島の外に、ヤマトに、紹介してくださいと言ったわけではない。

紹介の過程で肝心の久高を傷つけてはなにもならないでしょう。その点で比嘉康雄は大変に慎重であり、岡本太郎は配慮が足りなかった。岡本はあの時、久高の生きた人々を標本として見ていた。アイヌの骨を多数所蔵していた北大医学部と同じ姿勢であの遺骸を見ていた（先の英国領事も大英博物館の依頼でアイヌの骨を盗もうとしたようです）。科学は時として人骨を必要としますが、それでも献体はあくまで本人の意思によるべきものであって、科学の名において遺骨を横取りしてはいけない。つまり、帝国大学であろうと天才であろうと、いかなる場合にも墓を荒らしてはいけないのです。ここに、遺族が確定できる間は、という留保は付けてもいいかもしれません。そうでないとピラミッドも開けられないことになりますから。

岡本太郎に久高に対する、沖縄文化に対する、共感と理解があったことは言い訳になりません。それは、いささかきつい卑俗な比喩を敢えて使えば、愛していると言いながらむりやり相手を裸にするようなものです。その愛はまこと一方的なもので、相手には届いていません。届くはずがありません。

以上でぼくが言いたいことは尽くしました。お説ではいろいろ論拠を並べておられますが、それはみな相対的な小さなことに思えます。島に行って尋ねたところで岡本太郎と風葬廃止の関係について統一見解が聞けるわけではないし、まして教育委員会が何を知っているわけでもない。岡本事件は島軸の深いところに残った傷、トラウマです。人は普通その種のことについて口をつぐみます。部外者に向かって軽々に話しはしません。しかし、あの時に遺族が怒り、島の中枢にある方々が怒ったことはまちがいない。ぼくはあの書評の論拠としてはそれで充分だと考えます。

私事ながら、今、明治初期の北海道開拓をテーマにした小説を書き出したところで、和人とアイヌの関係、異文化交流・異文化衝突、弾圧と差別、ジェノサイド等々のことで頭が一杯です。お手紙はこの頭を整理するよい機会を与えてくださいました。ありがとうございました。

以上がぼくの反論である。A氏からは、ぼくの言うことをおおむね理解するという返事が来た。ただし、「岡本はあの時、久高の生きた人々を標本として見ていた」というあたりは行き過ぎではないかとも言われる。そうかもしれないとぼくは反省した。結果としてそうなったことであって、岡本自身にはそのような自覚はなかっただろう。なんと言っても時代は一九六六年、あのころの社会の雰囲気を考えれば岡本の行動にある程度までの情状酌量の余地がないではない。

もう一つ、自分の立場についての反省もある。すべての文化は対等であり、比較は不可能かつ無意味だと言う一方で、ここに自分は一種のヒエラルキー、一つの尺度を作ってはいないか。沖縄を短期で駆けめぐって見るべきものを見て帰った岡本太郎、沖縄に長期に亘って滞在してよい仕事をしたけれども沖縄に今住んでいるわけではないA氏、沖縄に移住して家を建てて七年になる自分、沖縄人として生まれて沖縄文化に深く関わりその記録や保存や啓蒙に深く関わってきた宮里・比嘉・いれいの各氏、毎日がそのまま沖縄の精神文化そのものであるような久高島の人々。

久高島を至高とするこの尺度の中の自分の位置を根拠に、自分はいささか居丈高なふるまいをしたのではないか。結局のところ虎の威を借りたのではないか。そういう思いの去来をぼくは認める。生来穏和な性格だというか、臆病というか、もともとぼくはこのような論争的な文章をめったに書かない。それを敢えて書いたについて、この間の行き来に於いて、虎の威はたしかにあった。

しかし、ぼくは今もこの虎を信じているし、ぼくとA氏の間でやりとりされた言葉がもしも岡本太郎と比嘉康雄の間で行われるべき論争の代理としての性格を持つものだったとしても、その点について臆するところはない。我々はみな言うに足ると信じるところを言った。

さまざまな曲折を端折ってこの長い論議の要点をまとめれば、「沖縄文化をヤマトに紹介するのはあくまでもヤマトのためであってオキナワのためではない」ということだ。XからYに赴いた者にXの権威はついてこない。彼は無力かつ無防備なままYの文化に自分を曝さなければならない。文化から文化へ渡る者にはそれだけの覚悟がいる。YについてXに紹介するにしても、それはひとまずはXのためであってYのためではない。基本的に外来者には赴任地においていかなる権威もないのだ。

マーガレット・ミードの『サモアの思春期』は彼女が属するアメリカの社会に大きな影響を

もたらした。しかし、サモアには何の影響も与えなかった。後になってあの本の内容はすべて彼女の一人勝手な誤解だったのだというデレク・フリーマンの著書が出たけれども【註6】、それでもあれにによってアメリカが思春期というものを考え直したのは一つの成果であった。同じようにして岡本太郎の著書をきっかけに日本は自己の文化のありかたを考えなおしたのだろう。

慶賀すべきことであるけれども、しかし、これは文化の相互理解に名を借りた文明の侵略ではなかったかとも思う。文明とはこのようにして、版図と認めたところの文化を採集ないし収奪し、運び出して、それぞれの用に役立てる。優れた博物館とは、すなわち収奪の結果を誇る施設である。

文化と文明がからみあうこのような過程の中で自分がいかなる位置にあるか、文化の境界を跨ぐ者はそれぞれに考え尽くした上で行動しなければならない。

註1　「週刊文春」文藝春秋社　二〇〇〇年九月
註2　『アコークロー』宮里千里　ボーダーインク　一九九一年
註3　「忘れられた日本」は初め「中央公論」に連載され、後に『沖縄文化論――忘れられた日本』のタイトルで刊行、後に中公文庫に収められた。
註4　『イナグヤ　ナナバチ』堀場清子　ドメス出版　一九九〇年

註5　「アイヌ肖像権裁判」と「アイヌ墳墓発掘事件」については、『アイヌ近現代史読本』小笠原信之　緑風出版　二〇〇一年が参考になる。
註6　『マーガレット・ミードとサモア』　デレク・フリーマン　みすず書房　一九九五年

初出『異文化はおもしろい』講談社選書メチエ227　二〇〇一年

「ぼくは帰りそびれた観光客だから」　二〇〇四年

聞き手　新城　和博
二〇〇四年五月

——Wanderで、以前、インタビューしたことをよく覚えているんですけれど、九五年の十一月頃でしたか………。

池澤　あの時はまだ那覇でしたね。九四年の二月くらいに住民票を沖縄に移したんですよ。だから引っ越してこれでちょうど十年。この十年は、「沖縄はあの頃がターニングポイントだったね」と言われるかもしれない。ぼくは那覇に五年いて、知念村（現在は南城市知念）に五年いた。知念村というところは秘密だったんだけれど、もう公開しますか。「南部の太平洋側」って言ってましたけどね。ずいぶん変わった、というのが振り返ってみた時の感想。一言でいうと、薄まったね、沖縄らしさが。それだけ、多分、お金の面で豊かになっただろうし、ヤマト化した。沖縄そのものをヤマトにＰＲして、ヤマトンチュは沖縄を知るようにはなった。ただしその内容というのは、知りやすいようにこちらが加工して提供した、言ってみれば、商品化された沖縄。そういう形ではずいぶん知れわたった。総括すればそうなるね。沖縄についてはね。

――その辺は、ぼくもほぼ同感なんですけど、ただ沖縄にずっと暮らしている者として、「じゃあどうするんだ」ってことがあるんですよ。「沖縄らしさが薄まった」という言い方がありますが、ただぼくの中では「沖縄らしさ」というのはNGワードなんですよね。その言葉を使っちゃうと、「。」って感じで話が終わっちゃうんですよね。ところが今は安易に「沖縄らしさ」は使われて、それは「らしさ」が無くなったということで使われたり、逆に「それって沖縄らしいね」なんても使われる。池澤さんが捉えた「沖縄らしさ」ってどういうものなんですか。

池澤　そうね、「らしさ」というのは、外から使われる言葉で、期待を込めてそれを押し付ける時に使う。たとえば「あんたらしくないよ」って言い方があるでしょう。でも「ぼくがやってんだから、ぼくらしいことだろう」ってこともある。つまり期待されるあなたではない、ということなんですよね。ぼくにとって、沖縄らしさというのは、「匂いの強さ、味の濃さ」。他ならぬこれこそがその土地のものであるというもの。それはね、確かに捉えがたいものではある。おばあの顔。街中でおばあを見かける頻度、確率。食べもので言えば、いささか不細工ながら、味くーたーなところ。全体として沖縄は口当たりがよくなったんだと思う。

――ぼくとか宮里千里さんとかが、それこそ「沖縄の生活」をエッセイに書く時に、普通の風景から見えてくる文化を打ち出すというのがあったんですけど、それがひとつパターン化されてしまった。「沖縄らしさ」を切り取って見せることで、新しい沖縄らしさのイメージを作り出したと思ったんですけど、そのとたん、消費イメージとしてまとまり、商品化されてしまった。あっという間に。なんかぼくは……予想外というか、読みが甘かったというか。それはどうしてですかね、こう急になっていくのか。

池澤　これはぼくにとっても矛盾。というか、自分のしてきたことは、とても逆説的だと思う。ぼくはあっちこっち知らない土地を行くのが好きで、そこについてちょっとお勉強するのも体験するのも好きだ。それを文章にして日本に送って、日本のメディアに載せるのが仕事であると思ってやってきた。すると、結局ぼくが言うべき事は「ぼくは今ここに来ています。ここはとてもいいところです。だからあなたは来ないでください」ということに尽きる。あなたが来るとここは良くなくなります。そういう意味で、ぼくも『沖縄いろいろ事典』を始めた時から、沖縄を美化して、なにしろ項目別の事典なんだから、切り売りしてきたと思う。それはあきらかに沖縄のためではなくて、ヤマトのためにやっていた。「ヤマトはだめだけど、沖縄があるさ」ってこと。ぼくがそう言うとヤマトの人々は、「じゃあ行ってみようか」と言ってやって来て、沖縄を喰ってしまった。そんな感じかな。だから自分がしたことは矛盾であり、逆説だと思ったんですよ。ヤマトの方は、自分のところ、メインランドを喰いつぶして、喰うもんがなくなって、次に何を消費するか探っていた時期だったね。祭りということで言えば、ヤマトではもう祭りはテレビのフレームで収まる範囲になってしまった。本気で「信仰」を込めた祭りはもう殆どなくなってしまった時に、まだ沖縄があると気づいた。

本当を言えば、ぼくは沖縄を提示することで、ヤマトを沖縄化したかったんだ。ここまで戻らなきゃダメでしょ。祭りっていうのはこういうもんでしょう。というふうに提示したつもりなんだけど、それを彼らはあっという間に消費してしまった。

――沖縄には祭りがまだ残っていると言うけれど、九四年のあの当時ではぼくらはもうかなり無くしてしまったと思っていたんですけど。もう祭りの中にはかつての「沖縄らしさ」はなくて、もう変わってしまったものとして見ていたんですが、ヤマトと比べるとまだ祭りらしさが残っていると言われることは、ぼくたちにとってどうだったのかなぁと。

池澤　それ以前に比べると減ったといわれたら、そうだろうし、まだ残っているといったら、それもそう。泡盛がビンの半分ある。客の方はまだ半分あると思うし、主の方はもう半分飲んじゃったなと思う。いつでもあったことですよね。

ぼく自身の体験で言えば、一九九七年だったかな、「種取《たなどぅい》」に行った。竹富の種取り祭に行って、やっぱりまだ凄いと思ってしまう。しかしぼくが見物して、稲越功一が写真を撮って、それが雑誌に載ることは、祭りに対して攪乱を与えたことになる。みんながそうやっていくうちに種取り祭は変わってしまうし、竹富は変わってしまうし、沖縄全体も変わってしまう。そういう意味ではねぇ……甘かったのかなぁ。

――沖縄の人でもほとんどの人は竹富島に行って、種取り祭を見に行かないじゃないですか。見なくていいんですよ。見なくても「よその島には種取り祭がある」、それだけでＯＫなんですよ。ところが外部の人は見に行くじゃないですか。そうすると、その人たちを通していろんな情報が伝わる。竹富にはこういう祭りがあって、こういう人たちが、そう見たんだと、いろんな情報を得るわけです。それを知ったからといって、安心することはないんですけど、でもやっぱりイメージとして沖縄は祭りは豊かだ、若い世代だと、「まだ沖縄は祭りが盛んなんだよ」ってイメージになってしまうわけですよね。そんな世代に「シマの祭りは？」って聞いたら、自分たちのシマにあった祭りは分からずに、「沖縄はエイサーが盛んでしょう」という現象を起こしてしまう。それぞれの足元に「沖縄」があったはずなのに。あちこちに特派員がいて、ヤマトに発信するってことは、那覇に向かって発信するというのと一緒ですから、この辺に住む人もその気になってしまう。やっぱり特派員なんですよね。戦争とかだったら、その役割ははっきりしていると思うんですよ。でも文化的なものを発信していく特派員というのは、結構微妙な位置にあるんだろうなと。

池澤　祭りの話をひとまず置くとして、ぼくは沖縄に来てしばらくの間、自分は特派員だと思っていた。つまり、それはもっぱら政治的なことであったけれど、いかになんでも東京の人たちは沖縄の現状を知らない。知らなさすぎる。だからそれは伝えていかないといけないし、それはぼくの仕事だろう。「むくどり通信」でよく書いていたよね。

それは政治的なことだから伝えていいんですよ。でも文化的なことはまた違うかもしれないと一方で思う。ある祭りがあって、それはずっと行われている。そこに外の人間が見に行って、すごい祭りだと言う。その先が難しいんであって、大事な文化遺産ですから、このままずっと保っていってくださいと言う資格は、外の人間にはないんですよ。それは当人たちが選ぶことである。外の者が地元に向かって、生きた博物館になってくださいと言えない。久高《くだか》のイザイホーがなくなってしまうとしたら、それは久高島の人がそう決めたことである。それは当事者の選択だったと思いますよ。ただ外から人が入るようになったのは事実だし、見たものについて外に伝えて一種の無責任な評価をしたのも間違いない。

しかし人どうしは行き交うと、情報はもっと早く行き交う。島の人たちも絶縁された状態で生きていくことはできない。全体としては当然お互い行き交って混ざり合う。一種の平準化が行われる。混ざってしまう。それをどう考えるのかというのが課題だと思う。それはそれとして、全体として変わってしまったなぁというのがこの十年だよね。

——たとえばこの十年というのは、その前の、「復帰十年」「復帰二十年」とずっと続いてきたという意識があるわけです。この十年で激変した、というよりも、どんどん変わっていく中での十年なんですよね。復帰後から今までというのは、簡単にいえば「ヤマト化される」過程なんですが、もしかしてこの十年のヤマト化の質の違いというのはあるのか、どうか。

池澤　ぼくが覚えている一九七二年に来た時の沖縄の印象と、その二十年後に足繁く通うようになった時とは違いましたよ。それは当然です。だって、あのころの久米島なんか、ほんと何もなかった。この十年についていえば、ここに住んでみてぼく自身が深くコミットしたからね。一言でいえば、表面がつるっとプラスティックのようになってしまった。木だったものが。そういうふうな変わり方だよね。それはヤマトなるものが来て、木材の上にプラスティックを貼っちゃったから。だから、この十年が特にってことはないかもしれないけど、それにしても、随分早く変わってしまった。これはやはり消費ということではないか。

――ここ数年「沖縄イメージの消費」という言い方があって、この時の消費というのは、まぁ具体的には商品化されたもの、ということがあるのですが、でもじゃあ消費以外で日本と沖縄のつきあいというのがあるのかどうか。これからあるのか。結局「沖縄は知られてない」という言説があるじゃないですか、日本にとって。復帰の時には久米島はなにもなかったと言われましたが、でも何もないはずはなくて、久米島は久米島の生活があって、久米島の人にとって全てがあったわけです。

池澤　それは久米島に「ヤマト的なもの、あるいは商業主義」が何もなかった、ということですね。

――ああ、なるほど。で、まあ沖縄は「発見」されて、この三十年間でもいいですし、ぼくが出版を始めてから十数年間でもいいですが、ずっと言われ続けているのが、「沖縄はヤマトに知られていない」。ヤマトの人が言うんですよ。沖縄は地域発信をわりとしているところだと思うんです、どっちかというと。でも十年後も相変わらず「知られていない」と言われるんです。それで思ったのが「知られていない」んじゃないですよ、「知りたくない」んですよ。ヤマトは沖縄を、ずっと「知られていない」場所としてキープする。何故かというと、そのポジションだと、消費しやすいから。

池澤　幻想を捏造しているわけです。「知られていない」「未知の神秘の島」という感じで。それは違うと思う。強気で言えば、つまりある時期ぼくらが考えていたのは、ヤマトは段々だめになっていく、沖縄はまだしっかりしている、じゃあ沖縄に学んでごらん。沖縄がヤマトを沖縄化できるか。それくらいのつもりではあったんだけど、それはある程度までは効果があったかもしれない。それなりにヤマトは何かを学んだかもしれない。ただ今ここにいて振り返ってみると、一種索漠《さくばく》たるものがありますよね。

――今、東京で三線を弾いている人たちはたくさんいるわけですよね。普通と言えば普通なんですよね。エイサーも東京の小学校なんかでやられているわけです。でもこれは「ヤマトの沖縄化」ではないと思うんですよ、多分。そうすると十年前あった「ヤマトの沖縄化」とは、どういうイメージだったと思いますか。

池澤　そうねぇ。古い物を捨てて、次から次へと新しいものに飛びついて、それを全部お金に換算できるような、そういう社会を営々とヤマトが作ってきたけれども、まだ沖縄では人と人の間に会話がある。それからお金を介在しない関係がある。それから伝統的な行事がきちんと行われている。そういう沖縄に学べないのか？　と問い直したわけです。だけどヤマトだって、三十年か四十年前はそうじゃなかったでしょう。大急ぎに走りに走って向こうに行っちゃった結果の今であるわけだから。そうしてみると遅れている沖縄が実は進んでいるように見えないか？　という問いかけをして、それはある意味では浸透したんだろうと思う。効果はゼロではなかった。ゼロではないけれども、ヤマトをすっかり変えるだけのものでもなかった。そういうやりとりがこの十年の間はされていて、そうすると九九対一という人口比率があるから、こちらの方が大きく変えられて向こうの方はなかなか見えない。そういうことになったかもしれない。

――沖縄の方が、どっかに影響を与えるのは……例えば「わしたショップ」のように、消費としての沖縄ものはたくさん手に入れることができるようになったけれども、「だから何？」という思いもある、強く。文化的なもので影響を与えるというのは、十年二十年で済む問題じゃないかもしれませんね。

池澤　そうねぇ。でもたとえば目取真俊が登場したなぁと思うわけですよ。日本全体に読み手はいるわけだから、そういうのはいくつも数えればあるんだけど。

――先々週、目取真さんとお話したんですよ。映画「風音《ふうおん》」に関してです。目取真さんも作家としてもそうですが、沖縄の論客としての存在もあるわけですよね。今マスコミ的にも「何かあったら目取真俊に聞け！」という感じの役割があって、そういうのはイヤじゃないのか、と聞いたんですよ。本人は「今言わないといけないことがあって、何年後かに後悔はしたくない」ときっぱりと言ったんです。でも今、発言の場が、「この人に言わせておけ」みたいなものがあって、十年前くらいはまだいろんな人に発言させて、その発言に触発されて新しい発言があったような気もするんですよ。今、役割が固まってしまっている感じがするんですけど。

池澤　それはまさに日本全体の論調ですよ。だから、イラクについて発言するのはぼくと辺見庸と宮内勝典。それくらいしかいなかったんだもの。その他にペンクラブの人たち。他に論じる人がいない。それも沖縄についての目取真俊の立場と似ている。ほとんど同じような使われ方をしている。ぼくだって、今言わないとしょうがないと思っているから言っているわけで。

――沖縄だけじゃなく日本全体的にそうだと思うんですけれど、いろんな地域、世界を知ることによって、そういうことを発信する人がいて、話とか意見とか聞くんですけれど、それに政治的な色合いがちょっとでも付くと、みんなすぐに引いてしまうじゃないですか。平和に対するアクションに対しても、ちょっとでも具体的なもの「自衛隊を撤去」とかね。大きな意味での「平和」だったら参加するけれど、具体的な行動、どうしても政治的なものにかかわると引いちゃう、参加しないことになる。

池澤　どこの国に比べてもデモの数が一桁すくないよね。

――沖縄に来てから池澤さんは政治的な発言をするようになったわけですけど、周りの反応はどうだったんですか。

池澤　ぼくの周囲はよく読んでくれていたし、それなりに手応えはあったと思いますよ。でもね、沖縄はこんなひどい目にあっている、というふうに言ったつもりはないんだ。沖縄にこれだけ基地を押し付けて、知らん顔しているのは、一国として体裁が悪いのでは。そういう意味では非常に愛国的な行為なんですよ。沖縄のために、ではない。それはね、知念に来てからは特派員を退職してここに定住したという気持ちが強かった。しかし、やはり沖縄のためになんて姿勢で発言できる自分でないことはわかっていた。ぼくはぼくのポジションで、日本人として、ヤマトンチュとしてではない、ウチナーンチュとしてでもない、しかし沖縄まで含む日本人として、今沖縄にいるから今みんなでこの問題を共有しようという姿勢だった。それはそれなりの受け止め方をされたと思いますよ。だから鹿児島県の馬毛島《まげしま》に米軍基地を持っていこうというのは、半分は揶揄だけど、こうでも言わないとわからないだろっていう気持ちはずっとあったわけだから。

――でも池澤さんが思っている以上に、この国は……こう言っていいのかな、恥知らずだったたという。

池澤　うん、それは馬の耳に念仏。蛙の面に小便、だった。だけども、政治的意見の日の目とはだいたいそういうものですよ。残念ながら。ロジックよりはお金の方が強いし、今何で地方で官の方が強いのかといったら、お金を持っているからですよ。公共事業で、撒けるから。

——でも今では官だって財源が厳しいからと、そのツケは地方に回ってますよね。そういうふうになっていくと、苦しいのは沖縄だけじゃないということになって、沖縄固有の問題というのは、どんどん日本の中で薄まっていくのかなと。さっき「沖縄の濃度が薄まってる」と言いましたが、一つは、「日本の中の沖縄」が抱え込まされた問題に対して関心が減ったと思うんですよ。前はもうすこしどうにかしなくちゃという意識があったかもしれない。でも今はやればやるほど、逆に作用して沖縄を甘やかすなという論調になって、沖縄の重要度が減っていっている気がする。

池澤　ひとつはですね、沖縄だけが臨戦態勢だったわけですよ。だからヤマトは沖縄を見ないふりしていた。米軍基地があることを承知の上で。ところが日本全体がここ数年、臨戦態勢みたいな雰囲気が出来てきた。9・11があったし、北朝鮮とか今度の尖閣のこととか、いろいろあおられた結果だな。そうすると危ない思いしているのは沖縄だけじゃない、という居直りが出てきた。それからその背後には沖縄全体が右へ寄ったというか、知事も替わったし、那覇市長も替わったし。反基地活動が低調になった。文化とは別に政治と経済の取り込まれ方は、すごく大きかったよね。

——政治的に取り込まれるというのが、ものすごく文化的なものに反映しているのでは。政治的に取り込まれれば取り込まれるほど、みんなが味わえる見映えのいい沖縄イメージに作られていく。みんなそれにコミットしていく。地元の人も。自分たちの中にある沖縄らしさというのをうまくいろんな形で出していこうとしたら、どんどん取り込まれてしまって、やりようがなくなるみたいな。さっき言った「沖縄らしさ」を禁じ手にするというのは、そういう意味なんですけど。でもそういう意味で沖縄らしさを打ち出した方が、「売れる」んですよね。でもそういうのはあんまり言いたくない。するとどうなるかといえば、「最近、新城は左だ」なんて言われたりする。どうすりゃいいんだってことですよね。

池澤　新城は真ん中なのに、全体が右に寄っているだけなんだけど。そうねぇ、芸能全体は変わったつもりはないのに、「仲宗根美樹」にされていた、という感じ。あれは自民党のペットだったでしょう。そういうポジションにされていた。それでも歌は変わってないと思うけどね。歌を作る力はね。そりゃ新良幸人だって、その後出てきた元ちとせもね。歌はしっかり発揮してきたと思うけど。でもそこまで含めて消費なのかなぁ。古謝美佐子もそうなるのかなぁ。

——それはそうですよ。そこまで含めて消費ですよ。聞き手に関しては、バリエーションは増えましたよね。初めて沖縄の歌を聴く人も、いいねぇーと思うし、ぼくなんかよりも全然いろんなこと知っていて褒める人もいるし。リスナーが幅広くなっているというのはいいことかと思いますけれど、それも含めて消費されているわけだから……。

池澤　白保の浜でね、三十人で聞いている歌とやっぱり渋谷公会堂で聞く歌は違うんだ。それはしかたない。どうにも否定しようもない。

――ひとつの文化が普遍化すると、そういうふうに消費されるのは当然なんですかね。

池澤　その一方で他の地方の民謡がだんだん力が弱まって、後継者がいなくて、寂れて消えていくのに比べたら、沖縄の歌は変質しながら、一方的に消費されるだけじゃなくて、こちらはこちらで向こうにパンチを浴びせてはいる。闘争的な姿勢を維持していると言えるんだけどね。ぼくはたまたま沖縄を昔から知っていた。という先輩風を吹かせてさ、こんなもんじゃなかったなんて、嫌みも言いたくないし。

――沖縄民謡のあり方と黒人のブルースのあり方が似ているなんてことを言う人もいますけど、おもしろいのは、ブルースについて熱く語っていたのはイギリス人だったり、日本人だったりするワケですよね。今はブルースについて、黒人は語らない。R&Bも黒人のメインストリートではない。終わってしまったんだと、語る人もいる。でもかつてその価値を見いだして再評価したのはイギリスの若い白人たちだったわけですよね。それに状況がどんどん似てくるのかなって。

池澤　「歌はうたさぁ」と言っていればよかったのがね。嘉手苅林昌さんはそう思っていたはずだよ。だからそれこそ「歌を聞きに来るバカがいる」という名発言が生まれる。

なぜ自分は十年ここにいたのかというとね、最初は文化のことか食事とかおもしろくてしょうがないわけですよ。まぁいずれあきてしまうのであれば、消費だったことになる。じゃなくて、中にすっかり入ってしまったという感じ。それを一番最初に感じたのをまとめたのが、『沖縄いろいろ事典』ですよ。それはこっちに来てもしばらく続く。物珍しさもあるし、ここにこんな食べ物がある。チーイリチーを食べたとか。イチャンダビーチで遊んだとか。そのうち那覇から知念に移ってからは、普通の生活者になった。それと同時に知事が替わって、「むくどり通信」も止めて。むくどりが終わったのと知念に移ったのは、同時なんですよ。そうすると県民である、という意識はグッと薄れて、村民という意識が強くなる。知念村の住民であるという意識がまずあって、だから用事があるから東京に行くことはあるけど、那覇に行くことはなくなってしまった。模合の時にしか行かない。そうやって知念で暮らしながら、何考えていたかというと、最後に文化的なアイテム一個一個で遊ぶのが終わって、生活者になって一番深く心に滲みたのは、沖縄の信仰だった。御願でおばあたーがお祈りしている姿。それだって前からありましたよ。そうじゃなくて、もう少しこっちの心深いところに滲みこんでくるんだ。で、だから、これはね、迂闊に言えない。要約できない。沖縄において信仰はこうですと、文化人類学のように報告することはできない。だけどなにかの時にね、人は正しく生きる、というか、人というものは信仰を持って生きるものであるなと、しみじみ感じるわけ。それはね、他の土地でも見なかったわけじゃない。ギリシャだって、正教があるし。行く先々信仰はありますよ。でもここがね、一番しっとりと風土と人がなじんでいるというか。静かにしかし確実にある。ぼくはそれをなぞることを覚えたかもしれない。ぼくに信仰がある、というのとは違う。そうではないんだけど、少なくとも敬意を払う。たとえばこの家建てるのに、長嶺伊佐雄さんに風水を見てもらいましたよ。言っていただいたことは全部その通りにしました。もともとぼくは理科系の人間で、近代合理主義を信奉しているけれども、それを超えるものがあることを、ひたひたとしみ通るような感じで、身に引き受けてしまう。

それが沖縄で貰った一番大きなものじゃないか。直接に自分がそれでなにかするんじゃないよ。ただ祈る人々を見る。それを邪魔するものには反発する。たとえば、例の岡本太郎の写真の事件。ああいう時はけっこうカッとなって、大論文書くわけ（「異文化に向かう姿勢——岡本太郎を例として」）。あれは部外者としてぼくができる抗議だったから、ああいう形で表明する。

今は、ぼくにとって沖縄は何であったか、これから沖縄をいったん出るとして、何が残るのか。そんなふうにいろいろ考えている。じゃあ沖縄にとって池澤が十年いたことは何かあったか。というのは、まあいずれゆっくりわかってくるでしょう。

——ひとつは、沖縄にインスパイアされた作品が出てくるのか。

池澤　うん、それはなかなか難しいんだ。正直な話。ウチナーンチュの心の振る舞いはぼくにはまだよくわからない。それは多分ずっとわからないと思う。ウチナーンチュを主人公にした小説は無理だ。外来者として訪問者としての主人公なら書けるかもしれない。だけど、沖縄の人たちの、外からみれば複雑に屈折したように見える心のムーブメントは、ぼくには手が届かない。それは又吉栄喜が書けばいいし、目取真俊が、崎山多美が書けばいい。ウチナーンチュの心理をわかったつもりで書くことはできないし。

――しかし、やってきて、去っていく者としてということは。

池澤　うん。それはありうる。時期が満ちたら書くと思う。そのためにもちょっと離れたいというのはある。

――ぼくは個人的にこの十年間を考えていくと、今は「打つ手なし」というか、「どうすればいいのだろう」と途方に暮れている部分が多い。九〇年代の沖縄というのは、ぼくにとっては生まれ育った場所の「再発見」の十年だったのです。あれもおもしろいこれもおもしろいという、池澤さんの立ち位置にも近いものがあったと思うんです。沖縄のあれこれを出して、並べて、見るという作業ですね。それが沖縄イメージとして集約されていくと、「あれっ、こんなはずではなかった」と思うんです。でも一方で、沖縄のことを誇りに思うという若い世代が出てきている。音楽的にもそういうバンドが出てくる。全体的に、そうしたイメージというのは、ヤマトの沖縄ファンがいいなぁと思う沖縄イメージと共通するものなんですよね。そんなに変わらない。そうすると、ぱっと見には「元気な沖縄」なんですけど、でも実はまったく元気じゃない、濃度が薄まってきたと指摘されるような現状もある。そんなところになにか風穴があけられないものかと。その時に、フィクションの力が必要ではないかと。目取真さんとも話したんですけど、それももしかしたら沖縄以外の人がやっちゃうかもしれないよと。まぁ沖縄の人がやった方がいいかもしれない。でもそれももしかしたら、消費されるものとして扱われるかもしれないけれど……。

池澤　あのね、小説が良いのは矛盾するものをそのまま取り込めるんですよ。「論」というのは、自分の視点を決めたら、そこからしか書けないでしょ。小説っていうのは、「Aである。しかしAでない」という両方から、そのまま書ける。そういう意味では、沖縄は「消費された」ものと「残った」もの、それから「消費しきれなかった、でもこんなに減った」ものとか、全部ふわっと包み込めると思うな。例えば最初の頃Wanderで、「観光客もうこないで」というコラムがあったでしょう。あのあたりから矛盾を感じているわけですよ。ぼくは観光客なんだからさ、帰りそびれた観光客。

でもそれは、矛盾を矛盾のままに書くことは、非常に難しい。しかし、それをやるとしたら、多分小説しかないだろう。その沖縄的矛盾の心理を表現するのがうまいのは、又吉さんですよ。あの女たちの、軽いと思えば重い、重いと思えば軽い、あの話法ね。はずし、ずらしね。ああいうやり方で沖縄を表現されると、ちょっと敵わないと思うわけ。

――ぼくはちょっと、苦手なんですけどね。

池澤　うん。つまり、「うまいなぁ」って思ってしまうんだ。ぼくも沖縄を小説で書きたいと思いながら、まだ少しここにいるとやりにくいのは、「なんだ、その程度の見方だったのか」

なんて言われるとね。これぱっかりはごまかしようもない。借りてくるわけにいかないんだ、小説は。

――目取真さんの脚本の映画『風音』を見たんです。今度小説にもなるんですが。それで目取真さんとお話をして、新たに以前の作品を読み直したら、また新しい印象になったんですよね。見えてきたというか、発見だったんです。目取真俊はおもしろい。しかし彼みたいな作家の視点というのは、これからも生まれてくるんだろうかと、なかなか微妙だなと。

池澤　それはまた全然違うものかもしれない。ただやっぱり文学盛んだし。沖縄的状況というのは小説になじむ。「カクテル・パーティー」（大城立裕）以来、ずっとそうだと思います。文学になじむ社会というか。

――それは矛盾がたくさんあるから、ということですか。

池澤　そう。そしてまだちょっと古いからですよ。今若い書き手が何困っているかというと、今の東京の若い連中の暮らしは今までの小説のスキルでは、掬《すく》いきれないんだよ。そこんところでみんな必死に新しいことやろうとしているわけでしょ。しかし沖縄の矛盾は、古典的なものにからんでいるから。つまりそんな表面がちゃらちゃら変わってどうなるもんでもないって、わかっているから。そこはすごくおもしろい。

――確かに、古典的矛盾といえばそうかも。「植民地的」云々とか、すっと出てきますもんね。

池澤　だからある意味ではさっきのことと逆の言い方になるけど、この種の社会は消費されないと思う。昔からこうだったんだから、表面だけ揃いとったからもう終わりとはならない。ほんとのところは何も変わっていないんだから。表面をいかに飾っても。そんな「アンチ東京」がうまく出せるのが、小説だろうと思うんだけどね。だから共同売店におじいおばあがたむろするように、そのうちコンビニでもたむろするんじゃないか。東京だと若い人しかいないけど。

——共同売店は、今危機にさらされていますよね。個人的に九〇年代をいろいろ振り返りたい年頃なんですけど、その中で一番大きいターニングポイントは、九五年だったと思うんです。あそこから九九年に大田昌秀が知事選で負けるまでの四年間が、ぼくにとってもすごく個人レベルでいろいろな発言をしたり行動していたんですが、結局ガクっときたわけですよ。そのまま二〇〇〇年を越えてしまった感じがするんです。

あの四年間というのは池澤さんにとってはどうだったんですか。大田さんと一緒に本を作ったりして、ものすごくいろいろコミットしていましたよね。

池澤　うん、手応えはあったと思う、そういうことに。ぼくは大田さんという人を一〇〇パーセント支持していたわけじゃない。そうじゃなくて、あの時期、二人が話すことに何か意味がありそうだと思った。一種のブレーン・ストーミングでしょ、対談というのは。昔話から始めて、出せる限りのアイディアを出す。それはある種の手応えがあった。つまり外務省を無視してアメリカに直接行くという大田さんの姿勢は正しかった。今になってやっぱりＳＡＣＯ（沖縄に関する特別行動委員会）はダメじゃないかって話になっているでしょう。アメリカが言い出した。一番右の連中が言っている。にっちもさっちもいかないじゃないかと。そういう意味では大田戦略は合っていたわけですよ。変わるとしたらアメリカが変わらないといけないということも含めてね。それはつまりある意味でぼくらはサポートしていたし、そういう形でヤマトに対する沖縄を立ててた。ヤマトの方に近づくことで利を得ようとするものと、それから独立とはいわないけれど、離れて立つことによって、沖縄であるということによって、世果報《ゆがふ》を導き入れようとするのと、二つあった。後者の方はまだ機能していたんですよ。あの時までは。それが今振り返ってみれば、経済はともかく政治的問題に対して政府は非常に危機感を持っていた。彼らとしてできる限りの戦略を持って攻めてきた。それはひとつは電通的手法による選挙だし、それからお金だし、次から次へと国会で多数を良いことに、無理な立法を重ねる。あの延長上に、今の自衛隊のイラク派遣だってあるんだし。

――そうですよね。あの延長上に、今の状況が来ているんだと思うんですよね。沖縄だけの問題ではなくて。それは、沖縄が提示した問題だったけれど、あそこで日本全体の問題として共有できなかったというのはなぜか。逆に飲み込まれていって、沖縄自体もそこから分断が始まったじゃないですか。

池澤　同じようにヤマト全体も逆説的に沖縄化したわけですよ。土地収用法と同じように有事法案が通ってしまったという意味ではね。たぶんそれはね、ヤマトの側についてあえて解説してみれば、戦争体験の半減期がすぎちゃったんだよ。賞味期限が切れてしまった。つまり戦争体験を直に持っている、政治家では宮沢喜一などのあの世代が力を失って、それをまったく知らない、知ろうとはしない世代が台頭して、しかも彼らみんな「二世」だからまともな社会体験がない。最初から政治家ボーイ。こういう連中が政治家になってきたあたりから歯止めがなくなってきた。

裁判所はだめだけど国会はもう少しはましだろうと、ぼくら少しは期待していたわけですよ。官僚はだめだし、裁判所はまったくなにもしてくれなかったけれど、国会は国会だからと。でもその国会がもう何の機能も果たさなくなってしまった。特に公明党と一緒になった頃からね。そういう意味では、残念ながらあれが先取りだった。あの頃まで、つまりぼくと大田さんが会って何か意味があった頃まで比べると、政治的には随分変わりましたよね。

——がらっと変わってしまったというのは、他になにかやりようがあったのかどうか。あの時は他にやりようがなかったかもしれないとも思うんですけど。

池澤　あの時他にやりようがあったかどうか。よくあれだけやっておいたな、というのが、今振り返った時の気持ちかな。今更自画自賛したってしょうがないけれどさ。

——その後遺症が残っているんじゃないかなって思うんですけど、沖縄には。あれ以降の選挙結果もそうですし。投票率がすごく下がっているという意味でも、そうなんですが。

池澤　選挙に対する失望が広がってね。

──沖縄イメージから、沖縄ダメージに変わった。ぼくなんかだとずっと沖縄に住んでいて生きていこうと思っている人間にとっては、このダメージ感は一生持っていくものかもしれないけれど、それじゃやっていけないワケですよ。それをどうにかしなければ。どんな形でも良いですから、変えていかないといけないと思うんです。そういう時にはっと周りを見回すと「沖縄移住」という言葉も定着してきて、どんどん県外から「沖縄いいよー、最高」とやってくる。自分の土地にないものを沖縄に求めてくるという。定年後リタイアして、沖縄で介護保険受けようというプランも出てくる。そうすると、これからの沖縄っていうのは、二つに分かれてしまうんじゃないのか。階層化が進むんじゃないかと。

池澤　ぼくは一方ではつまり、ヤマトに一歩近づくことなんだけど、産業がないのに関して、養老産業というのは成立するだろうと思っていた。大田さんにも言ったかな、アメリカのアリゾナ、フェニックスとか、フロリダとか、歳をとってリタイアした年金生活者が過ごす土地というのがあるわけですよ。そういう形で栄えている街もある。ヤマトに対してそのポジションをとる。つまりそうするとみんな送金で暮らすから、ここで消費するでしょう。ひとつの産業のアイディアとしてはあると思った。ただそこまでは言ったけれど、それが沖縄をどう変えるか、となると、それはまた別なんですよ。ぼくもそこまでは考えていないから、ある意味無責任な発言だった。ただヤマトとの関係を断ち切れない以上、その中で有利に振る舞う。公共事業でない形でのお金の作り方をする。いやいやながらでも運命共同体ならば、そういうことはまだ基地よりはましかもしれない。

——でも基地もあって、そういうのもあってだと、沖縄のお年寄りは……これから年寄りになるぼくらはどうすりゃいいんでしょうね。

池澤　そうね、ほんと切り売りすることになる。

——そういう方向に行くのなら、基地とかどうにかしてほしいもんですよね。そういうのがあるからイヤなんですよね。基地とか見ないようにしていて、受け入れ先だけあるっていうのが。そうすると真の産業にならないのでは。

池澤　この五年に関してぼくは知念村に住んで、大好きで、子どもが小さかったから、こんないいところはないと思って暮らしてきた。それでもやはり裏返せば、中部でなかったから、基地を見ないで済んだってこともあるんです。そういう意味では、沖縄全体の平均値よりは、一歩楽なところにいたと思う。

——どっちも沖縄ではあるけれど、ですね。

変わったといえば、那覇は随分変わった気がしますか？

池澤　天久《あめく》に新都心ができて、その分だけ国際通りが沈下した。なんといってもヤマト資本がすごいよね。新都心にあるのは、みんな東京の企業の支店だもの。もう三越だけじゃなくなったんだから。その辺はやっぱり沖縄がヤマト化したふうに見える理由だよね。それをみんな享受しているわけだから。どれくらい違和感を持っているのかはわからないけれど。とりあえず栄えているように見える。

——この十年で、沖縄の島の中に「郊外」というのが出現したんですよね。定着したんです。同じ車社会でも「郊外」があるというのは、随分違うんじゃないかと思いますね。宮古、八重山にもジャスコがあるわけですからね。

池澤　この村にしても、コンビニが一軒できた。かつて集落の中でとなりあって暮らしていたのが、最近はここでも外へ出てくるんですよ。集落の外へ、景色のいいところに家を建てて。それでも電気も水道も引いてもらえる。そういうことがわかってきて、ぼくらみたいな外来者もいるけど、地元の人たちも、集落の外へ家を建てるんだね。そういう意味では社会的な大きな変化なんだ。ぼくの家もその一例だけど。

——確かにこのへんは随分変わったんですね。昔だったら、こんなところにという場所に随分建てられていますよね。海の見える土地として。栄えていますよね。

池澤　なんていっても、近くの斎場御嶽は「世界遺産」だし。最近は駐車場も大きいのを作っているし、観光客も来るし。ただその一方で、ユタと一緒に「東御廻り《あがりうまーい》」してる人も来る。十年前だったら、玉陵《たまうどぅん》で観光客とウガンをする人が並んでいたでしょう。「ウガンの方は無料です」と書いてある。ここでも同じようになってきた。

——確かに祈る姿勢というのはあるのだけど、今後十年、二十年でどうなるのか。

池澤　そうねぇ。確かに。

――二十一世紀は、結局テロで始まり、戦争で始まってしまったわけですが、その中で沖縄から戦争を考えるという意味合いはどうなんでしょうか。ポジションはあるのかなと。

池澤　もちろんあるでしょう。沖縄戦があったし、平和の礎《いしじ》もあるし、まだ体験した方たちもいるし。ただそれが、こうなったらもうひと工夫いるんですよ。その訴求力において。それはね、戦後沖縄も含めて、平和運動全体が空回りした反省事項だと思う。ぼくも含めてなんだけど。「一日三回、平和平和平和と唱えたら、平和がくるわけじゃない」と前に書いたことがあったけど、平和を具体化して相手に突きつけるだけの、言葉の力をもたないといけない。

というのは、向こう側は上手な宣伝戦力を持っているんですよ。その宣伝戦略というのは、ずっと広告の分野で磨かれてきたしろものであって、始まりはもちろんナチスですよ。宣伝に力入れたゲッベルスからだよね。あるメッセージを人に浸透させるのは、洗脳とまではいわないけど、その技術というのは非常に発達している。彼らはそれを使っている。沖縄で一番思い出すのは、九九年の知事選だよね。「県政不況」という言葉ですよ。日本全体不況だったわけだけど、そのキーワードはうまく出来ていた。凄く効き目があった。そういう形でイメージを作っていった。キャッチフレーズがあって、その後ろに説明は無いんですよ。小泉が良い例だけど。そういうやり方で、たとえば「普通の国家になってになにが悪いんですか」と、たたみかける。なんとなく納得させる。霊感商法だ、実は。からくりにおいてはとてもうまくできていて、知らなければコロっとだまされてしまう。

それに対抗する……技術と言ってしまうとこれは違う。同じ土俵には登りたくない。同じ言い方をしたくない。だからそれを打破するための言葉を持たないといけない。そうすることで、沖縄戦体験を風化させないで、うまくリサイクルして次の世代へと新鮮なままで手渡すための努力は必要ですね。

だから、たとえば目取真俊の「水滴」はすごかった。今の話からいきなりあそこへ直結したから。異常に太いタイムトンネルで、戦争中と今がつながった話ですよ。凄いことですよ。あの種の試みが必要なんですよ。そうでないと同じことの繰り返しで、だんだんすり切れていっちゃう。ぼくはなんでメールマガジンでやっているかというと、これは今までと違うから。力があるかどうかわかんないけど、今までこういう事聞いたことない人たちに届く手段なんだから。あれは例えば文体で言えば、全然違う。普通のエッセイ、コラムの文体じゃだめなの。皮肉な言い方とか、誇張とかいう論法は絶対使えない。ただただ噛んで含んで、きちんと誠実に説明するというのしかないわけ。ある意味では子ども電話相談室の文体。ぼくは失敗しながら、なんとかそれを確立した。だから活字にすると愚直きわまる文体なんだよ。だけど、メールでは、あれが有効なの。他にもいろいろやっていますよね。『もしも世界が百人の村だったら』は広告戦略として成功したよね。一三〇万部売れたのだから。そういうことが必要なんだ。次の世代のために準備しないといけない。もう語り部の時代は終わりつつありますよ。

――新たな語り部を生み出さないために、そういうことが必要だということですね。語り部を作り出したら、失敗なんですよね。

池澤　聞く姿勢というのは大切なことだ。でもぼくは基本的に「体験」というのは継承できないと思っている。話を聞けたのはすごく運がいいことで、普通は忘れられる。どこでもそうですよ。例えばソ連で言えば、ドイツと大戦争した。大祖国戦争。ある時点でその記憶が薄れそうになった。彼らは何をやったかというと、戦争映画のでかいの、いっぱい作ったんですよ。『クルスク大戦車戦』とかね。『スターニングラード攻防戦』とか。赤軍が全部参加して、平原全体を実物の戦車を出して、そういう形で作ったのよ。それは継承のための努力だった。だけど効き目はあまりなかった。戦争というものは、そういうもんじゃない。個人にとっての戦争は話を聞くしかない。

――さて沖縄を出ますね。

池澤　家を建てて住んでいるんだから、永住と思っていたかもしれないけれど、もともとぼくたち一家は「動く人々」ですからね。だから十年は、いったん離れて見直す時期かなと思った。ひとつはね、こういうことっていうのは、自分の中の理屈づけと成り行きなんだな。

この数年ヨーロッパの仕事がやたら多かった。去年は半年ヨーロッパにいたのね。夏から秋まで。最後にイラクに行って帰ってきた。そういうこともあって、なんだかんだとそちらでコネクションが増えるでしょ。これはなにか意味があることなのかなと思う。

沖縄について言えば、これは難しいけどね、移住者としてひと通りわかった。で、わかったものを小説かなんかで、どう使うかは今後の課題ということで、ちゃんと自分の中にある。そうすると、いったん離れてもいいかもしれない、という気になった。その上で戻ってくるかもしれないし、距離をおいた上で何か考えて書くかも知れない。そういうふうな意味で、風向きが変わる頃なんですよ。

――まあ池澤さんが引っ越しするというのは、驚かなかったですね。やっぱり、というか。周りもそうじゃないですか。

池澤　そうね、あの人たちならと思われるかも。やっぱりね、「定住しない」というのが身に染みついているのかもしれない。那覇で五年で、知念で五年半。ぼくは生涯同じ場所に六年以上、いたことがなかったんですよ。というのもあとになって気が付いたもので。しばらくヨーロッパに何年かいようか、と考えて、それもいいかもしれないと思って。そのうちに、なんか沖縄の側でもちょっと出ていってもいいんだよって、肩を叩いてくれるようなことがいくつか重なるんですよ。じゃあ、「ひとまず御無礼《ぐぶれー》しましょうね」って感じになるんだよ。パリとはちょっと離れた町で暮らすんだけど。フランスというより、ＥＵそのものが力を持ってきたからそこに住んでみたいということもある。実験をいろいろ始めているでしょう。フランスとドイツを中心に。あれは見てておもしろいですよ。

――フランスとドイツが仲良くなっているでしょう。

池澤　そう、驚くべきことですよ。あれだけ戦争してきたのに。

――その感覚こそ、日本が学ぶべきことじゃないですかね。

池澤　あっちが戦後六十年であそこまで来ている。東アジアではそんなかけらひとつもない。なぜなんだろうと考えるよね。仲が悪いって、あんな仲が悪いところなんかないんだから。通貨を一つにして、共同で憲法を作ろうというところまできた。国家解体の一歩手前まできているんでしょう、あの国民国家発祥の地で。それはちょっと見たい気はするね。

――そうすると、「古いアメリカ」「古いアジア」と「新しいヨーロッパ」ですかね。

池澤　これからいったいどうなるんでしょうってメールがくるんだけど、とにかく今は火事なんだから水を掛けるしかないんだよ。消えない火事はないし、水掛けてたらそれだけ早く消えるんだから。ひとりで川までいって、バケツで水汲んでいたら大変だけど、三〇名いたらバケツリレーになって効率はよくなる。そんな言い方しかできない。フランスに行ってもメルマガは続けるでしょう。多分。もうすこし不定期になるかもしれないけれど。

初出　「wander　特別がっぱい拡大36号」　ボーダーインク　二〇〇四年七月

斎場御嶽

世の中には霊的なことに対する感覚がある人とそうでない人がいる。

これは信仰があるかないかとは別のことだと思う。

ぼく自身は霊感の類がまったくない男で、いわば霧の中をさまよっている。霊感のある人には霧を透かして灯台の光が見えるらしい。だから迷うことなくそちらへ歩いて行ける。そういう人を尊敬するけれど、自分にはその能力はない。

それでも、ぼくでさえ、ここには神々がいますと感じ取れる場所がある。

これまでずいぶん広く旅をしてきたけれど、世に聖域と呼ばれるところにはどこもそう思わせるだけの条件が整っていた。

最初にそれに気づいたのはギリシャのデルフィだった。古代に聖域とされて、どの都市国家からも独立した、今で言えば国連の特別統治領のような性格を持った場所。域内には大きな神殿があり、多くの都市国家の出先機関があった。

山々の間にあって、急斜面のずっと下の方に細いコリントス湾が見え、その向こうにペロポネソス半島が霞んでいる。

それがいかにも神々が逍遥する場所のように思えるのだ。ここの主神は予言の力を持つアポロだが、彼の威光が全域にみなぎっているようだった。

ギリシャに住んでいた頃に数回訪れたけれど、そのたびに間違いなくデルフィはぼくの中に畏敬の念を喚起した。


その何十年か後、沖縄で同じ思いを体験した。全身の毛が逆立つような思い。

それが知念の斎場御嶽《せーふぁうたき》だった。

ここも地形がすごい。

自然にできたとは思えないような、岩が構築する美しい三角形の空間。そんなものを造る力が人間にはなかった頃だから、それは神々が造ったとしか思えなかっただろう。

そこを抜けてゆくと狭いテラスに出る。海が見え、真正面に久高島が見える。

琉球王国の人々はこの地理的配置を神々の論理で読んだ。久高島は最も霊位の高いところであり、琉球の安泰はここで育てられる。沖縄の言葉で言う「世果報《ゆがふ》」つまり社会全体の幸運。

それを（今風に言ってみればマイクロウェーブのビームで）受け取って首里の王府に転送するのが斎場御嶽だ。

国を正しく経営するには神々の支援が欠かせない。それを確保するのが久高島と斎場御嶽である。だから王府最高位の巫女である聞得大君《きこえおおきみ》の就任式はここで行われた。

聖域が観光地になる。

それは悪いことではないだろう。たくさんの人が訪れて、その内の百人に一人、千人に一人でもきちんと足を止め、心を澄ませ、今もここに神々がいますことを感知する人がいるなら、この地に世界遺産という俗称が付されたことには意味がある。

なんと言っても（霊感なきぼくが言うのもおかしいが）今の世界には霊的なものがあまりに不足しているから。どこを見てもモノとカネの話ばかりだから。

初出「Allora」朝日新聞出版　二〇一〇年三月

沖縄への短い帰還

国道58号線を北上して北谷《ちゃたん》のホテルに着いたとたん、その鳥の声に気づいた。どこかすぐ近くでかしましく鳴いている。

頭が理解する前に耳が懐かしんでいた。この声を聞きながら那覇で五年間暮らしたのだ。ただのピーピーチーチーの類ではない。もっとずっと派手で特徴的で、初めて聞く人でも耳を欹《そばだ》てるだろう。ほんとうに耳朶が音のする方へ向いてしまうという感じ。「聞いて聞いて!」とずうずうしく迫る。

この鳥の声をぼくが最初に聞いたのは一九九四年の四月、那覇に住み始めた時だった。数えてみればちょうど十六年前だ。そんなに時間がたったかと疑いたいところだが、実際たってしまったのだからしかたがない。

人生というのは一種の詐術であると思う。我々はみな時の神であるクロノスにだまされてうかうかと時を過ごす。人間が目の前のことに夢中になっている間もクロノスは密かに日の数を積算している。神にしては陰険な奴だ。

そして、それまでに浪費した時間の借金に利子がついて、精算を迫られる日がいきなり来る。そんな、と思っても突きつけられた計算書に間違いはない。

こうして見ると人生と時間の関わりは金銭との関わりによく似ている。資本主義というのはこの日常的な感覚に基点を置いているのではないだろうか。

それはともかく、鳥の話だ。

その鳥は「借金、返しちくりー」と鳴く。

「しゃっきん、かえしちくりー」

「しゃっきん、かえしちくりー」

それだけ繰り返す。しつこい、うるさい。

「おまえに金なんか借りてねえよ」

「しゃっきん、かえしちくりー」

また借金の話になってしまった。

これはいわゆる「聞きなし」である。コノハズクの声を「ブッポーソー」と聞いて「仏法僧」の音に当て、信仰への促しと受け取るのと同じ原理。返済への促しの方がずっと切実だけど。

（この鳴き声の主と思われた鳥はブッポウソウと名付けられた。「ブッポーソー」と鳴くのが実はコノハズクとわかったのは一九三五年になってからのことだった。とんでもない鳥違いだが、鳥は迷惑とも思わないか）

この鳥はシロガシラ。ヒヨドリの仲間で、台湾から誰かが連れてきたのが増えたらしい。台湾ではペタコと呼び、ぼくは「しゃっきん鳥」と呼んでいた。

十六年前、ぼくは沖縄に夢中だった。

自分の人生の原理は単純なものだと思っている。文学と土地だ。おもしろい本を読み、できれば自分でも書き、知らない土地に行って風物を見て人に接する。旅もいいけれどそれで足りなければしばしばらく移住する。

文学を読むにはある種の力が要る。

十五歳で『ユリシーズ』を深く読むのはむずかしいだろうし、今もってぼくは『源氏物語』を読み切れていない。

同じように知らない土地に接するにも力が要る。

最初に沖縄に行った時は力の不足を痛感してすぐに撤退した。何かすごいものがあるということだけはわかるのだがとても手が出ない。いずれ他の土地を回って力をつけてからまた来ようと思った。それが一九七三年のこと。

ミクロネシアの島々に通い、ギリシャで暮らし、アフリカを少しうろつき、それから東京にほぼ落ち着いて、都内とその周辺を転々とした。それを停滞と呼べるものならば、ぼくの人生はおそらく移動期と停滞期から成っているのだ。

一九九〇年ごろ再び沖縄に足を踏み入れ、それからは通うようになった。こちらは力をつけ、あちらは軟化したようだった。

その頃、沖縄はヤマト（沖縄側から言う内地あるいは本土、つまり日本国のうちの沖縄でない部分）に浸透し始め、りんけんバンドや笑築過激団の東京公演が実現するようになっていた。

沖縄は文化の力でぼくを捕らえた。言葉であり、音楽であり、食べ物だ。その背後には歴史と民俗がある。現地を踏んで見て食べて聞いて、図書館で勉強を重ねて、興味は尽きることがなかった。

その魅力に負けてぼくは仲間たちと『沖縄いろいろ事典』という本の編纂を始めた。沖縄の文化について項目を立てて説明の文章を書く。この出版企画の最初にあったのは一足先に沖縄に移り住んでいた南方写真師こと垂見健吾が撮った大量の写真だった。誠実なモノの写真。これを基礎にたくさん項目を立てて、取材を重ねて、事典を編む。

そんなことで沖縄通いは身について、一九九三年の暮れに数えてみれば、その年には東京から九回沖縄に行っていた。それならば構図を逆転した方がいいと考えたのは我ながら賢かったと思う。沖縄に住んで用事がある時だけ東京に行く。家賃の差で飛行機代は出るだろう。

まずは那覇に住むことを考えて、県立と市立の二つの図書館がある寄宮に格好のところを見つけた。与儀公園のすぐ近くで、観光客の多い国際通りにはちょっと遠いけれど、公設市場のある開南までは、ひめゆり通りを越え、壺屋を抜けて、歩いて行ける。

自分の意思で移住したのだから勉強熱心だった。離島にもよく通ったし、家主の奥さんは「沖縄のことは池澤さんに聞けばなんでも知っているから」と言っていたくらい。

本当の話、ぼくは何を求めて沖縄に行ったのだろう？　文化的なアイテムへの関心は嘘ではない。今でこそ沖縄は日本全体に行き渡った感があるけれど、それは安室奈美恵と「ちゅらさん」を経てのことだ。栄町の居酒屋うりずんが東京の新丸ビルに支店を出すなどいったい誰が想像しただろう。ぼくは押し寄せる沖縄文化の大きな波の先端に乗ってサーフィンをしていた。

しかし、沖縄の方へとぼくを後ろから押していたのは日本への落胆である。諦念かもしれない。ともかく東京を中心とする日本のありようにぼくは深い静かな違和感を抱いていた。これとは違う空気の中に身を置きたいと思っていた。かと言って若い時のようにギリシャまで行ってしまうのではない。日本とつながったままで、日本批判の視点を持ったままで、しかしちょっと距離を置きたい。別のものを日本に突きつけたい。ギリシャでは日本にとって遠すぎて直接的な検証の土台にならない。だから沖縄。

十年間沖縄に住んだ後でぼくはフランスに移って五年暮らし、今は郷里に近い札幌に住んでいる。先日ふと思い立って、かつての沖縄生活のインデックスを作るようなつもりでほんの少しの間だけ沖縄に戻ってみた。そして久しぶりにしゃっきん鳥に出会った。

空港を降りて那覇にも知念にも寄らずに北谷に行ったのは、まずはカデナに入ろうと思ったからだ。

アメリカ空軍の嘉手納基地である。

あちこちに移り住み、しかも小説を書くことを職業としているとなると、住んでいるところを舞台にどんどん小説が書けると人は思うかもしれない。すべての小説はどこか特定の土地を舞台にしているし、実際ぼくの場合まず土地が決まってそれからストーリーが湧いて出ることが多い。

しかし、住む土地は使いにくいのだ。短篇ならばいいけれど、どうも長篇ではうまくいかない。ミクロネシアの場合は住みはしなかったからいずれにしても長篇を書くほどの時間をあちらで過ごさなかった。だから『南の島のティオ』も『マシアス・ギリの失脚』も日本で書いた。『花を運ぶ妹』とバリの場合も同じ。

沖縄は十年いたのだから時間は充分にあったはずだが、どうしても短篇しか書けなかった。想像力の長い棒を振り回すだけの広さが住んでいる間はなかったという感じ。棒の先がすぐに何か現実にぶつかってしまうのだ。土地とそこに住む人々を意識しすぎるのがいけない。

だから、沖縄を出てフランスに行ってから沖縄を舞台にした話を書き始めて、それがうまく行った時は自分でも少し驚いた。四人の主要な登場人物の一人は沖縄人ではなくアメリカ空軍の女性の下士官にした。しかもフィリピン人とアメリカ人の混血。

タイトルが『カデナ』。

書き始める前、基地の中の場面もあるから一度入ってみたいと思って、友人石川直和に手引きしてもらってぶらぶら見てまわった。彼は基地の中でも働いているから一緒ならば入れる。戦闘機の整備の場などは無理だが、生活的な区域はどこでも行ける。この見学はとても役に立った。これを機に我がヒロイン、フリーダ＝ジェインの姿が具体化した。

それを懐かしむつもりで今回もう一度同じように石川君に頼んで入れてもらったのだが、驚いたことに何の感慨もない。見えるものと自分の意識が絡み合わない。この空っぽ感は何だろう。

中は広大で、起伏の多い沖縄の地形にしてはとても平坦で、あたりまえのことだがすべてがアメリカ。人口二万ほどのアメリカの小さな田舎の町がいきなりそこにある。広い緑の芝生、巨大なスーパーマーケット、ファーストフードの店が数軒、映画館、教会、あとはただたくさんの宿舎（兵舎のはずだが、見た目はただの宿舎か集合住宅だ）。

それらが実に冷ややかな無関心のよそおいでこちらを無視して居並んでいる。抗して切り込むだけの強いものがぼくの側にもない。もう終わった話と思うと風景を視線で撫でるのも億劫に感じられる。自分の無関心に恥じ入るほどだった。過去は過去でしかないということを思い知らされたようなものだ。

その日は普天間基地の返還を訴える県民大会の日だった。一九九五年十月二十一日の（いわゆる「少女暴行事件」に抗議する）県民大会には出席したのだが、今日は行く暇がない。

しかし、普天間基地の問題、あるいは沖縄のアメリカ軍基地全般の問題は過去ではない。ぼくはかつて関わったのと同じように今もこの件に強い関心を抱いている。目を背けるわけにはいかないという責務の視線。

あれから十四年と半年がたっているのに事態がまったく変わっていないことに苛立つ。このところ一連の民主党政権による普天間問題の扱いに対して、ぼくは苛立ちと同時に諦念を覚えるようになってしまった。昔はもっと真っ直ぐ怒ったものだったが。

そう気づいてちょっと驚き、昔ぼくが基地と土地のことについて内地のメディアに向けて書いた文章を（少し長いけれど）読み返してみようか。これはぼくと沖縄の関係のなかなか重要な一面だから。その頃とは具体的には一九九七年の五月であり、掲載誌は「週刊朝日」。あの頃は自発的な特派員として、沖縄暮らしの愉快な話題だけでなく基地問題のこともよく本土に発信していた。

一都一道二府四十二県の意思

たぶん自分は腹を立てるだろうと予想していたのだが、いざ現実になってみると、腹が立つというよりも実に嫌な気分になった、なさけないというのに近い。

何の話かと言えば、例の駐留軍用地特別措置法の改正案。新進党がいきなり賛成に回り、他の党もみっともなくぞろぞろと後に続いて、改正案は成立した。なんだかんだと言いながら、結局は収用委員会の審理の最中に法を変えるという最低の方法が選ばれることになった。

試合の途中で、衆を頼んでルールを変える。言ってみれば、ボクシングの勝負のはずが、形勢不利と見た相手が途中でいきなり剣道の装束を着こみ、こちらを木刀で殴りにかかるようなもの。これではカンムリワシこと具志堅用高だって勝つのはむずかしい。

沖縄の現状が問題であることは誰しも認める。大田知事の代理署名拒否以来一年四か月、ことはまったく解決に近づいていない。しかし、橋本総理以下の面々は単に無能なのであって不実なわけではないようだ。だからこそ一層始末が悪い。

総理の背後には閣僚がおり、外務省、防衛庁はじめ各官庁があり、各党には議員たちがおり、これらの人々がこの法改正を実行するのだ。すべて正規の手続きを踏んでそれぞれの職や地位に就いた面々であり、日本国民の正統な代表である。

つまり、この法改正は日本国民の総意、正確に言えば（去年県民投票で基地反対を表明した）沖縄県を除く一都一道二府四十二県の住民たちの総意なのだ。そうやってまで沖縄の背中に基地を背負わせて、荒縄でぐるぐる巻きに縛って、立たせておきたいのか。自分たちが嫌だと思うものを五十年以上に亘って押しつけておいて、それで平気なのか。問い詰めているのではない。本当に彼らは平気なのだろうかと、考え込んでいるのだ。

今度の法改正は憲法第九五条には抵触しないのか。具体的に言えば——

「一の地方公共団体のみに適用される特別法は、法律の定めるところにより、その地方公共団体の住民の投票においてその過半数の同意を得なければ、国会は、これを制定することができない」。しかし、今回住民投票が行われる様子はない。

たしかに駐留軍用地特別措置法という四十五年前に作られた法律には、適用範囲を沖縄に限定するとは書いてない。今回の改正案にも同じく地域を限定する文言はない。しかし、事実上この改正案は沖縄の現況を目当てに作られたものであり、これから沖縄以外の地で効力を発揮する場面があるとは思えないのだ。なぜならば、内地の米軍用地の大半は公有地であって、私有地を強引に奪って軍用地にしたところはもうほとんど残っていないのだから。

憲法第九五条は、地域差別への歯止めである。日本国民は一地域の犠牲のもとに平和と幸福を享受することはしないと言っているのだ。今回の改正案の内容はこれと正面から衝突している。

……………

まだ先があるのだが、これくらいにしよう。こういう問題に対する姿勢は今も変わっていない。文体も変わっていない。この硬い文体でなくては表せないテーマなのだ。だから今日たまたま新聞に載せたコラムでぼくはまったく同じことを同じような口調で言っている。それがそのまま通用するところがなんとも腹立たしい。

沖縄本島の北の方、だいたい本部半島から先の一帯はヤンバルと呼ばれる。漢字を当てれば山原。その名のとおりイタジイやスダジイが茂る深い山だ。

そのヤンバルの東シナ海側に奥間というところがある。

ここにアメリカ軍は将校用の休養施設を作り、嘉手納あたりから簡単に行けるよう小さな滑走路まで造った。施設は今もそのままで、すぐ隣に日本人向けのリゾート・ホテルがある。

この休養施設をぼくは『カデナ』のヒロインであるフリーダ＝ジェインと彼女の恋人パトリックにとって大事な場所として用いた。だから久しぶりに嘉手納基地に入った日の晩、ぼくはそこに行って泊まった。

しかしこれもまた何の感慨も湧かなかった。

浜も宿も寒々としていた。

それは当然だろう。そこにはフリーダ＝ジェインもパトリックもいなかったのだから。二人がここを去ってから四十年以上が経過している。彼らが寝たベッドはすっかり冷え切っているはずだ。

しかし、ここでぼくは旧知の相手にまた会った。それもまた鳥だ。よく鳴き声を知る懐かしい奴。

その名はイソヒヨドリ。声を聞いて、姿を見て、嬉しかった。

話はまた昔に戻るけれど、沖縄に五年住んだ後でぼくは知念村に移った。那覇を出てそのまま東へ太平洋にぶつかるところまで行ったところにある海岸の村である（今は名を変えて南城市知念となった）。

ここでイソヒヨドリが迎えてくれた。これも特徴的な声でさえずるのだが、こちらはどう聞きなしても人間の言葉にならない。もっとずっと音楽的な鳴き声だ。

雌は地味だが雄は背中が青く腹の側がくすんだ赤でとても美しい。名に反してヒヨドリではなくツグミの仲間。しゃっきん鳥ことシロガシラはヒヨドリの一種だというから、鳥の名には気をつけないといけない。

この鳥は知念のぼくの家のテラスに巣を作った。卵を生み、雛を孵して、親たちは忙しく餌を運ぶ。ヘビや猫に知られては大変だから親はまっすぐ巣には戻らない。近くの木の枝にとまって、時間をかけて周囲をよくチェックし、安全とわかるとさっと来て餌をやってまたすぐに去る。敵の陣を抜けてゆく伝令のようだ。

ぼくの家の場合、巣のすぐ上が細い鉄の格子になっていたので親がいない時にそこに行ってそっと見ると雛たちが見える。餌を求めて狂おしく鳴き叫んでいる。かわいいと思うと同時に親の苦労も偲ばれる。

やがて雛たちはみな巣立って一羽もいなくなった。

そのイソヒヨドリが奥間にいたのだ。とても活発に動いていたからちょうど育児の最中だったのだろう。

基地は変わらず、鳥も変わらず、人だけがきっちり歳月の分だけ老いた。

ちゃんとヤンバルの今につながる話を聞きたいと思って旧友である久高将和のところに行った。写真家であるだけでなく自然について正確な思想を持つ活動家。

彼の話は具体的で生気に溢れておもしろかった。これは過去ではなく現在と未来に満ちた話だ。

二週間ほど前にぼくは、北上するマングースがヤンバルまで浸透して天然記念物であるヤンバルクイナの巣を荒らすのを防ぐべく作られた柵のことを書いた記事を読んだ。それが大国林道のところで切れているためにそこからマングースがどんどん入り込んでいるという、とてもわかりやすい話。

しかしこれはまったく見当違いな記事だった。

翌日、久高氏に案内されてヤンバルの山深いところまで行き、問題の対マングース柵を見た。まあ笑ってしまうような代物。柵というよりは無策そのものだ。

それから彼と別れて雨のヤンバルを走る。

雨は風景にしっとりとした情感を添えて、晴れた時よりずっと美しく仕立ててくれた。

南北に伸びた沖縄島北部ヤンバルの、脊梁山脈と呼ぶにはあまりに低い山を越えて太平洋側に出る。安波《あは》という集落から北へ向かうと道は高い崖の縁に沿うようになって、目の下に海を見下ろすところに出る。

ここでは釣りをしたことを思い出す。

誘ったのは画家の友人の名嘉睦稔とその仲間たちだった。

険しくて道とも言えない急傾斜の道をなんとか海岸まで降り、更に岸から数十メートルのところに防波堤のように伸びた珊瑚礁へ歩いて渡って、そこで外の海に向かって立つ。これはもう山を背負うという感じだ。

リール竿を振《ふ》って餌を付けた針を飛ばし、珊瑚礁のすぐ外の深い落ち込みに餌がゆっくりと沈んで行くのを待つ。下から魚が食いついたら、その動きに合わせて竿を上げる。

相手は大きさの割に引きの強い魚だから上げるまでがスリルがあっておもしろい。

狙うのはクチナジという魚。それからビタローとかオジサンなど。

どれも味はいいけれどまとまって獲れないから市場には出ない。遊びの相手にしかならない、だからこそ釣って楽しい魚だった。

車を停め、海を見下ろして考えた。

たった今だって海の中にはクチナジがいるのだろう。ビタローもオジサンもいるのだろう。その準備をしてくれれば釣りはできるし、昔のように釣果を海岸で焼いて食べることもできる。傍らにはたくさんの缶ビールが浮かんだ氷水のアイスボックス。よくまあこんなものを崖の道を伝ってここまで降ろしたものだ。

その日のことがいわば十六ミリのモノクロームの映像として心のスクリーンに投影される。あまりにもおセンチと思いながら、けっこう引き込まれて見ている。ずっと下の海岸に竿を手に海を睨んで立った十四年前の自分。


沖縄とは何だったか、と自分に問うて、すぐにこの問いが過去形であることに気づく。続くものはたくさんある。友人たちは今も元気でいる。会えば話すことはいくらでもある。しかし自分の人生の一つの時期が終わった。それを確認する旅であった。

この実感は拭い難かった。

ヤンバルの雨の海岸ではどんな鳥も鳴いていなかった。

初出 「COYOTE No.43」スイッチパブリッシング 二〇一〇年

土屋實幸さんとモダニズム

うりずんという店について、思い出すことは多い。

沖縄に通い始めた一九九一年ごろからこの希有な居酒屋に出入りして、一九九三年に一年間で九回、東京との間を往復した時にはそのたびに顔を出した。那覇に小劇場・沖縄ジァンジァンがあって、日本トランスオーシャン航空がまだ南西航空だったころ。

その翌年に我ながら賢い判断をして移住してしまった。模合仲間に入れてもらって、この会合の場がうりずんだったから月に一度は必ず行った。

そのうりずんの主(「ぬし」と読んでも「あるじ」と読んでもいい)が、土屋さんだった。手にはビールを入れた白鑞《ピューター》製の細長いカップを持って店内を徘徊し、客ににこやかに話しかけ、時には話の輪に入る一方で、店員の対応にも気を配って適切に声を掛ける。

歳月を経てうりずんの客には観光の人がずいぶん増えたけれど、最初の頃は常連ばかりだった。いつもあちこちで小さな議論が花咲いていた。この場に身を置くことが嬉しくてならなかった。栄町《さかえまち》に行っていつも変わらぬ土屋さんの顔を見る安心感というものがあった。

居酒屋の主人の任務は店内の雰囲気を保つことだけではない。酒と料理を用意することがすべての基本である。

酒については後で書こう。料理は種類が多く、一品ずつの仕上がりがよいことが大事。ぼくはこの店で沖縄料理一通りの味を覚えた。グルクンの唐揚げ、ソーミン・プットゥルー、セーファン、刺身いろいろ、ナーベーラーのンブシー、島らっきょう、ゴーヤーの肉詰め、くーぶイリチー、ひらやーちー、スーチキ、ミミガー、魚のマース煮、ジーマミ豆腐、すば……、ああ、きりがない。

この店にまつわる伝説の一つにドゥル天の発祥というのがある。伝統的な沖縄料理の復活を目指した初期うりずんの頃、ドゥルワカシーを作って供したのに客からの注文はほとんどなかった。ターンム（田芋）のマッシュに具を加えて味をつけたこの料理が毎晩大量に余った。これを賄いとして消費するための一工夫としてコロッケ状に丸めて油で揚げてみたところ、これがうまい。ドゥルワカシーの天ぷら、すなわちドゥル天と名付けて店に出したところが大評判、今では沖縄料理の標準アイテムになっている。うまいものを創造するには更なるひらめきが要る。

酒は模合仲間でキープした。縦長の焼き物の甕《かめ》に「松藤」を入れておいて、みんなで勝手に飲む。飲みきって空にした者が補充するというルール。

泡盛の種類は多かった。泡盛すなわち島酒、あるいはもっと短くシマーである。あの店にはおよそ沖縄ぜんたいから泡盛が集まっていたと言ってもいいのではないか。集まっていたのではない。土屋さんが集めたのだ。それ以前に、泡盛という文化を彼が復興させたのだ。

戦争に負けて、日本政府から捨てられて、沖縄はアメリカの軍政下に入った。経済的にも万事が軍に依存するように組み替えられ、日本本土が一ドル三六〇円の固定相場だったのに対して沖縄は一ドル一二〇円のいわゆるB円を強制された、これではすべての商品は外から持ってくる方が安い。島民みんなを基地に依存させて地場産業を育てないというのがアメリカの基本方針だった。

泡盛の製造は戦火のもとに一度は滅びた、食べるものもないのに酒まではとても手が回らない。戦後は基地からジョニーウォーカーの類が大量に安く出回るようになった。なにしろ軍というのは基本的に無税なのだから、酒は安きに流れた。

こういう時に土屋さんは戦前の造り居酒屋を一軒ずつ廻って泡盛の復活を説いた、と伝えられる。幸いにも、あるいは土屋さんの先見の明が間に合って、泡盛はまた造られるようになり、うりずんという居酒屋はそのフラッグシップとなった。後に「百年クース」のプロジェクトを始めたことでもわかるとおり、土屋實幸は優れたプロデューサーであった。

何が彼をそうさせたのか。

彼はまずもって沖縄古来の料理と酒を改めて盛り立てようとした。ドゥルワカシーなんて、あんな面倒なものを再現したがるのは確信的な伝統主義者に決まっている。現在のみじめな沖縄ではなく過去の沖縄の栄光をよく知っている。

その一方で、ドゥル天の誕生に見るとおり、新奇な実験に飛びつく姿勢もある。

伝統重視と実験の精神。

この二つの組み合わせに見覚えがある。丸谷才一が文学について述べたモダニズムの定義そのままなのだ。彼によればモダニズムとは――

1　伝統を重視するとともに

2　大胆な実験を試み、

3　更に、都会的でしゃれている

ということになる。

土屋さんはまちがいなく前の二つの条件を満たしている。

そして、うりずんという店が那覇という濃密な都市空間なくしては生まれ得なかったこと、客たちの会話に飛び交う機知と笑い、常連が多くたむろする一方で内地からの客をも拒まぬ開放性、などなど正に都会的で粋でしゃれている。

ここに於いて、土屋實幸の名のもとに、文学と居酒屋が同じ理想を掲げ得ることを我らは再確認するのだ。

初出「COYOTE　特別編集号 2016（冬こそ沖縄）」スイッチパブリッシング　二〇一五年

IV

太平洋に属する自分

講演

太平洋に属する自分

沖縄キリスト教学院大学　仲里朝章記念チャペル
二〇一二年三月二十日

こんにちは。池澤夏樹です。「太平洋に属する自分」、奇妙なタイトルの講演になりました。これは、人間というのは、いろいろな属性を持っている、ということを言いたいために付けたものです。

人は家庭においては夫であったり、息子であったり、あるいは父であったりします。また会社では役職を持ったりします。そのほか、沖縄県民であるとか、日本人であるとかというのもあります。そうしたさまざまな属性の深いところに、地理的な条件で決められた自分というものがあるのではないか。その中に、太平洋という恐ろしく大きな海があり、その周辺に住む人々がいて、その海は彼らに何らかの影響を与え、力を及ぼす。ふだんそれはだれも意識していない。太平洋なんて考えもしないけど、あるときふっとその影響が強く出たり、それが自分にとって大事であると思いだしたりすることがある。

ぼくは以前から人間について考えるときに、社会的な条件だけではなくて、自然との関わりの面から見たいと思ってきました。地理は非常に大事な要素である。地理的条件が人間のある一面をつくる。そういうことに興味を持ち、いろいろ考えてきました。自然の側から言うと、ある地理によって表現されたものとして人間が存在するということです。言い換えれば、ある場所はある種の人間を生むのです。

今、「東北の人たちは我慢強い」という言い方がしばしば使われます。３・11の惨劇を受け、ひどい目に遭って苦しい思いをしているのに、それを強く訴えたり、怒ったりするでもなく、しっかり自分で受けとめて歩いている。それを外側の人間が、「昔から東北の人は我慢強かったから」というふうな言い方をする。実際、東北は、日本の中では、どちらかと言うと地理的な条件が人間の生活にとって不利な場所でした。日本の歴史は、大陸から入ってきた文化や文明が、京都あたりを中心に、西から東へ伝播することでつくられてきました。その点で東北は、その流れの終わりのほうに位置し、文物が届くのが遅いということがありました。

日本列島は九州から関東までは、西から東へと伸びています。ところが、関東地方から北海道にかけては、その軸がぐっと北のほうに傾いている。農業の技術というのは東西方向には、気温があまり変わらないため移しやすく、西日本で始まった水田による稲作は比較的早く関東まで広まりました。ところが、その先、東北に行こうとすると、気温がぐんと下がります。しかも東北地方には「やませ」という冷たい夏の風が吹いて、稲が一番伸びるときにその邪魔をする。だから、なかなか稲が育ちにくく、稲作を中心にした日本の経済の中では伸び悩むことが多かった。そのようなことが幾つも重なって、東北はどちらかといえば貧しい、そして、つらいことが多い。またそこで生きてきた人たちは我慢強いという連想がされました。その一方でぼくはこの一年の間に何度となく東北に通って、逆に我慢強さを東北に強いてきたのは何かということを考えるようになりました。福島に原発を造ったのは福島の人ではなくて首都圏の人です。

さて、地理的条件が人間をつくるということを単純化すると、「東北の人は我慢強い」のような喩えになる。では、太平洋はどうか。こんなに大きな空間を持ち出して、それが果たして人間の性格を左右するということが言えるのかどうか。ぼくにもまだよくわかりません。何と言っても太平洋は大きすぎます。

ただ、ほかの大きな海、インド洋や大西洋に比べると、太平洋は、広いだけではなくて、格段に島が多いのです。大西洋は本当に数えるほどしか島はありません。ナポレオンが流されたセントヘレナやスペインの沖にカナリア諸島などがありますが、全体としては少ない。インド洋も多くない。それに比べると、太平洋は全体にたくさんの島々が散っていて、しかもその多くに人が住んでいる。

自分が住む場所を求めて、次から次へ、先へ先へと出て行く人間の力というのは本当に強い。かつてアフリカに生まれた現生人類・ホモサピエンスは、数万年のうちにヨーロッパからアジアに広がり、その後アジアからアラスカに渡って北アメリカに広がり、それから、はるか一番南、南アメリカの端まで移っていった。またそれだけではなく、太平洋の島々にも渡ります。

島に渡るというのは、そう簡単なことではないのですが、島が見えれば人は渡るのです。海の向こうに、あそこに島があるみたいだから行ってみよう。好奇心かもしれないし、富を求めてかもしれない、あるいは、どうも部族の戦いに負けて居心地が悪くなったので逃げ出すということもある。日本列島で言えば、朝鮮半島と日本の間、百キロほどの途中に対馬がある、天気のいい日には対馬は釜山から見えるのです。対馬まで来れば九州が見えます。見える以上、行ってみようということはあるかもしれない。そうやって、人は見える島々をたどって広がっていったのです。

不思議なのはハワイです。ハワイの人たちは、四千キロ離れた南のタヒチやマルケサスから渡ってきたのです。ハワイは割合大きな島々ですが、あのサイズの陸地があって、そこで暮らせるということがどうしてわかったのか。ハワイで一番大きなビッグアイランドことハワイ島は四国の半分程度ですから、自立して暮らしていける一つの社会を維持できるサイズです。けれども遠くから偶然に数家族が漂着したとしても、その人数では社会を維持できません。初めからそこに行く計画で、たくさんの船を出して、文化的なものを全部持って移住しなければ、あのような繁栄の仕方はできません。今もって謎の部分はありますが、ハワイに人が渡ったというのは驚くべきことです。そのような営みが積み重ねられて太平洋は〈人間化〉されてきました。我々の暮らしにかかわる縁の深い海として認識されてきたのです。

では、日本人の場合、太平洋をどう見てきたか。実は、どちらかといえば、日本人は太平洋に背を向けてきました。先ほど話したように、日本という国は、西の方にある大陸からの文化的影響のもとに栄えてきた国です。日本人の目は、いつも大陸、つまり中国のほうを見ていた。

ただ、それ以前に、どうしてここにこんなうまい具合に、このサイズの島々が、それも南西から北東へ並ぶようにあったか。さらに、大陸との間はどうしてこんな程良い距離だったか。ちょうど良い距離というのは、船で渡れるが、そう簡単ではない。ちょっと覚悟がいる距離ということです。特に古代だとそうです。遣唐使の時代、出発前には、命がけだということを認識しています。でも行けるんですね。だから、いつだって中国からはたくさんの文物が渡ってきました。それから、人も来た。鑑真和上のように偉いお坊さんもいらした。

けれども、この距離だと、大規模な軍勢を渡らせようとすると、大変な手間と覚悟が要る。そういう意味で、日本は海によって隔てられ、守られていた。中国の王朝が元の時代、二度侵略が試みられて（文永の役・弘安の役）、いずれも失敗しました。偶然の失敗でしたが、そうそう簡単なことじゃないということを大陸側の人たちはこれで認識した。

同じ島国であるイギリスは、違います。イギリスは、ほとんどヨーロッパ大陸と歩調をそろえて歴史の歩みをたどってきました。ノルマン人に征服され、それからは何度となく英仏海峡を渡って、百年戦争とか、薔薇戦争とか、さまざまな戦争がありました。それらを見るとイギリスは、大陸から少し離れているけれど、やっぱりヨーロッパの一部でしかない。今で言えば、EUに入っているものの、ユーロは使っていないというぐらいの微妙な距離感です。それでも、海があることで救われています。ヒットラーは、結局イギリス本土侵攻をあきらめました。今の時代はともかく、海というのはかつて領土を守ってくれるものであったのです。

軍隊だけではなくて、伝染病が来ないということも大きい。例えば、ヨーロッパは、大陸で陸続きですから、ペストのような病気がはやると、あっという間に全大陸に蔓延して、人口の半分が死にました。しかし、日本では、流行病といってもそれほどではありませんでした。これも安全な土地、よき国土という印象の理由のひとつになっていると思います。

ただ、軍隊が渡ってこなかったということに対して、我々はいささか恥ずかしい留保をしなければなりません。豊臣秀吉は、軍勢を朝鮮半島に送って、さんざん乱暴を働きました。それは、我々が忘れてはいけないことです。その後、二〇世紀に入ると、中国東北部を満州と呼んで植民地にし、また朝鮮を属国にした恥ずべき歴史があります。そのことは技術がそれを可能にしたという側面があります。隔てるものとしての海の力は弱くなったのです。

日本人が、東、つまり太平洋に目を向けてこなかった別の理由は、それが広すぎるからです。まず海の向こうが見えない。また東から来た人がいない。さらに太平洋が航海に使いにくいというのも大きな理由です。日本海側は内海ですから、陸沿いに北から南へ、南から北へ航行することはそう難しくない。それから、流されても大陸に行きつける。昔から使ってきた海です。ところが、太平洋側は黒潮が流れています。黒潮は、本州に沿って北上しますけれども、その途中から東に向きを変える、そして、その先は果てしなく、アメリカまで流れている。太平洋側の航路を取っている最中に台風が来て海が荒れて、沖へ流されると帰ってこられないわけです。近代の航海の歴史に難破の話はたくさんありますが、ほとんどが太平洋側です。ですから、例えば、北海道、昔の蝦夷の産物は、日本海側を運ばれました。それを運んだ北前船は、下関から瀬戸内海に入って、大坂まで廻りました。日本料理の基本に昆布のだしがあります。あれは北海道でとれた昆布が、その航路によって大坂に運ばれて消費されたものです。そうした船は太平洋を通って何とか江戸まではたどり着きます。ただ、江戸まで来ますが、その先の三陸と北海道の間にはなかなか危なくて船を出せなかった。

どちらかといえば太平洋に対して背を向けていた日本人は、海を渡って向こうに行くという進取の気性が足りなかったんではないかという見方があります。これを言い出したのが倫理学者・和辻哲郎です。サブタイトルに「日本の悲劇」とある彼の『鎖国』（一九五〇年）は、なぜ日本は欧米のような立派な国になれなかったか、それは、鎖国した江戸の三百年の間に、文化的な発展が遅れたということを書いた論文です。ではなぜ遅れたか。ここで彼は日本には大航海時代がなかったからだとしています。一五世紀から一七世紀にかけて行われた、コロンブス、マゼラン、ヴァスコ・ダ・ガマらが世界へ向けて船を出した時代の精神、あれが日本にはなかったというのです。

大航海時代を告げるきっかけは、ポルトガルのヘンリー王です。航海王と呼ばれた彼は、船をつくっては次々外へ送り出し、地理的な探検をさせて、そのデータを自分のところへ集めて世界全体を知ろうとしました。いわば知的好奇心、経済的野心から大航海時代は始まったのです。そうして世界全体はヨーロッパ人によって「発見」されます。ただ、「発見」された側の人たちは「発見」されたとは思わず、変な人が来たというだけなのですが、ヨーロッパ側に立ってみると「発見」です。それは次に征服になり、植民地支配になり、搾取になりますが、「発見」される側から言えば、楽しいことではないし、うれしくはない。

大航海時代の精神が日本にはなかったから、日本人は島国に閉じこもって暮らすしかなかったという和辻哲郎の説に対して、それはそれで構わないのではないかという考え方もあります。それによると江戸時代の日本は、自給自足で持続可能な社会を営み、外側からほとんど何も持ち込まず、輸入品もないままに、国内で生産されるものだけで生活を維持できた。かつ、人口をある程度伸ばし、レベルの高い文化を生み、安定した社会を築いていた。それに対して、ヨーロッパ側の勢力はあまりにも攻撃的、かつ野心的に、次々と植民地をつくっては搾取していた。それに対抗すべく明治維新によって西洋化を急いだのが日本で、その矛盾の中に今も我々はいるという見方になります。江戸時代はそう悪い時代ではなかった、むしろ、我々が戻るべきは、あの自給自足と安定した経済、持続可能性ではないのかという主張もそこから出てきます。ただ、いずれにしても、太平洋というのはなかなか日本人の視野に入ってきませんでした。

しかし、自分たちの気持ちの中では海は常に意識されているのです。ぼくは北海道の内陸部で生まれましたが、そこだって海までせいぜい数十キロです。その後、大人になるまで、常に太平洋から二、三〇キロと離れたことのない場所に暮らしてきたし、いつも何かと海辺に行っては海を見るということをしてきました。沖縄の方たちの場合は、太平洋と東シナ海に囲まれて生活していますから、常に海を意識していることになります。沖縄も、大陸との距離という意味では、ちょうどよいところにあります。古代の航海技術では征服はされない、しかし行き来はある、その行き来をうまく利用して朝貢貿易を営んだ琉球王国は大いに栄えました。ですから、日本が、朝鮮半島経由で、あるいは直接的に中国を意識したように、琉球も中国を非常に意識して、現在の福建省のあたりを見ながら国を営んできた。その一方で、北のほうに日本という大きな勢力もありました。もっともその琉球にしても、やはり太平洋への意識はさほどは強くなかったかもしれません。

さて、ここから太平洋文学について考えてみようと思います。太平洋そのものが世界文学の歴史の中でどのように表現されてきたかを見た場合、最初はマゼランを始めとする太平洋を航海した「訪問者」たちによる文学から始まったということができると思います。太平洋の島々に住む人々が文学を持つのは、ヨーロッパ勢による太平洋発見のずっと後のことです。メルヴィルの『白鯨』（一八五一年）は、捕鯨船が世界中の海を回ってクジラを捕えていた時代の物語です。当時の捕鯨船は鯨油だけを持ち帰っていました。主人公たちが乗っているピークオッド号は太平洋を回って日本の沖で沈みますが、ある意味、海を主人公とするような小説とも言えます。

『宝島』で知られるスコットランド出身のスティーヴンスンは、晩年、肺病療養のため、太平洋の真ん中にあるサモア島に移り住み、幾つかの小説を書いて、結局、四年後にそこで亡くなります。彼がサモアで書いた中で一番面白いのは実は書簡なんです。サモアでの暮らしのことを、イギリスの友達に送った手紙で、『ヴァイリマ・レターズ』（一八九五年）という名で数巻にまとめられています。本にすると五、六冊分あります。それを読んで、サモアに暮らすスティーヴンスンの日々を再現するような形で小説を書いたのが、日本の作家・中島敦です。『光と風と夢』（一九四二年）は、サモアの島の暮らしが、植民地化した側、つまり、イギリス人官僚や教会関係者たちと現地の人々との軋轢の話などを混然と織り込みつつ、ロマンチックにうまく描かれています。

サマセット・モームは、若い時にと太平洋の島々を舞台に、ちょっと皮肉の効いた、ひねったいい短編をたくさん書いています。『赤毛』（一九二一年）という作品は、環礁の島が舞台です。島のある家の主人が、訪ねて行った老船長にロマンチックな昔話を始める。この世のものと思えないほどの美少年がある時いなくなったという話を延々と語るのですが、それを聞いていた醜い年老いた船長が最後に「それは私です」と言う。歳月の流れと人の容貌の変わり方を一瞬にして切り取るようなうまい話です。

こうやって例を挙げるとキリはありませんが、そうした文学の中に出てくる太平洋的なるものは、大きな海があって、そこに島があって……南の島は珊瑚礁に囲まれています、決して富の蓄積はなく豊かではないけれども、結構いい暮らしができる。そこに楽園幻想もかぶせられる。楽園は必ず遠くにあるものです。だれしも自分が住んでいるところは楽園だと思わない。行けばいいことがあるかと思って、みんながそこに行こうとする。行って、表面だけ見て、幻想をしっかり抱いたまま帰ってくる。

ただ、自分たちを律して生きていくためには、どこか遠くに幸せな土地があると思わなければ生きていけないというのも確かです。そのひとつの例が、画家のゴーギャンです。彼はフランスでは才能が認められず、貧乏生活を強いられました。そこで、土地を替えてみようと思い立ち、タヒチに渡ります。タヒチで絵をかいて、それをフランスに送りますが、やっぱりなかなか買い手がつかない。苦しい思いをしたあげく、タヒチからマルケサス諸島のドミニカというもう一つ先の島まで行って、結局、そこで亡くなります。ゴーギャンは、太平洋の島々の光と影、ゆっくりのんびりと暮らしている現地の人たちの幸せそうな姿、そういう楽園幻想を、鮮やかな色彩で描いた。彼自身は貧乏生活の中で、苦しみ、官僚や神父とけんかをし、病気になり怪我もしたが、それでもタヒチやマルケサスが幸せな土地であるということを、多分、最後まで信じていた、あるいは、そこの人々が幸せであったことを信じていた。それをヨーロッパ人が壊そうとしていたという構図を見立てていた。その点ではスティーヴンスンがサモアで書いたことと非常によく似ています。

また歴史的な事実ですが、バウンティ号の話もあります。バウンティ号はイギリス海軍の船で、そう大きな船ではありません。この船は、タヒチでブレッドフルート（パンの実）という植物の苗木をたくさん積んでカリブ海に持って行くという任務を受けます。奴隷のための食糧にするのです。艦長は、非常に優秀だったのですが、厳格きわまりなく、タヒチに行って、苗木を積んで帰る途中で部下たちに反乱を起こされます。副艦長がその船を乗っ取り、艦長たちを救命艇に乗せて海へと流し、自分たちはタヒチに戻ったのです。それで、イギリス海軍は軍艦を派遣しました。実はそのときバウンティ号に乗っていた男たちは、タヒチこそは極楽、楽園であると信じて、そこへ戻るために、軍隊として最も大きな犯罪である反乱を起こしたのです。実に面白いエピソードです。反乱者の一部は、ピトケアンという東のほうの絶海の孤島まで逃げ、隠れて暮らします。タヒチの女たちも連れて行ったので、子どもも生まれます。争いごとも起こりますが、最終的に安定して、約百年後に発見されます。そのとき一番喜んだのは言語学者でした。百年前の英語がそのまま残っていたので、聞き取り調査を行ったのです。そういうおもしろい話が太平洋にはごろごろあります。

では、日本人にとって、太平洋はいかなる文学を生んだのでしょうか。

中島敦は『光と風と夢』を書いたときに、実はまだ太平洋の島に行ったことがありませんでした。その後一九四一年に、彼は南洋庁書記官としてパラオに赴任します。当時パラオ付近は「内南洋」と呼ばれていました。内側の南洋という意味です。内南洋には、第一次世界大戦後にドイツ領から日本の委任統治領になった島々があります。パラオ、ヤップ、トラック、ポナペ、カロリン諸島、マリアナ諸島、マーシャル諸島などの島々です。マリアナで一番大きな島はサイパンです。それらの島々の一部は日本の領土になります。そこで日本語を教えるため、公立の小学校がつくられました。日本政府は、これらの島々に住む人たちを日本人にしようとしたのです。そこで行われていた日本式の教育、文化政策を調べるために中島敦はパラオに赴いたのです。彼はパラオ周辺の島々を船で回っていますが、そのときの経験をもとにいい短編を幾つか書いています。あるいは、観察記録のような文章も書いています。中島は当時の日本人には珍しく、日本以外の土地の人と文化とを見る目がありました。それが〈南洋もの〉と呼ばれる彼の作品の原動力でした。

ところが、中島作品に続く太平洋を描いた日本文学の傑作はなかなか生まれませんでした。その次に来るのは、敢えて言えば吉田満『戦艦大和ノ最期』（一九五二年）でしょう。もっとも、戦艦大和が沈んだのは沖縄と本土の間ですから、太平洋ものと言えるかどうかは微妙ですが、ともかく海が主役の、戦争を描いた優れた文学作品であることは間違いありません。日本と太平洋とのこれまで一番大きな関わりが戦争でした。真珠湾から始まって、ずっと延々と戦争の歴史があった。そういう形でしかこの大きな海と関われなかったのは日本の悲劇です。アメリカ側はこの戦争を「太平洋戦争」と呼びました。

吉田満の『戦艦大和ノ最期』は、戦争が終わって比較的早い段階で書かれました。後には大岡昇平の『レイテ戦記』（一九七一年）も登場します。この作品は、帝国海軍の連合艦隊がフィリピンのレイテ島を奪還しようと試みて失敗した過程が、緻密に調べ上げられています。自らも戦争に行った大岡昇平にすれば、負けたこともさることながら、参謀本部の非常にまずい戦略のために多くの仲間が死んでしまった。その鎮魂のためには、何が起こったかということを一つ一つ明らかにすることしかなかったのではないでしょうか。ある意味、大きな鎮魂の碑をつくるようなつもりで『レイテ戦記』を書いたのではないか。分厚い文庫本で三冊になる作品です。この二作が我々の太平洋文学だとしたら、これはいささか悲しいことかもしれません。

少しぼく自身の話をしましょう。

二十歳代後半のある時、思い立ってミクロネシアの島々を回ってみる旅に出ました。終戦までは日本領土で内南洋と呼ばれ、その後は国連の信託統治領という形でほぼアメリカの管理下に入った島々ですね。カロリン、マーシャル、マリアナをまとめてミクロネシアと呼ばれます。

太平洋の島々は、ポリネシア、メラネシア、ミクロネシアの三つに大きく分けられます。ポリネシアは、タヒチ、マルケサスなどの南半球の島々から、ずっと北にある人種的、言語的につながっているハワイまで入ります。ニューギニア周辺のフィジーとかはメラネシアです。メラというのは、メラニン色素でおわかりになるように黒いという意味で、黒い島々というのがその由来です。実際住んでいる人々の肌の色はとても黒いんです。それに対して、太平洋の比較的に北にあり、小さい島々が集まっているのがミクロネシアです。

ぼくは、その中のポナペという島にまず行きました。グアムから飛行機で三時間ぐらいですが、何ていいところだろうと思いました。これはゴーギャンの楽園幻想につながるかもしれません。というのは、ぼくは、大体、ひねくれた性格で、青年期にあまり楽しくない思いでいたので、日本の外へ出て、こんなにのんびり暮らしていけることを知ったのは衝撃でした。受験勉強とか、会社での出世とか、お金絡みのあれこれとかをいったん脇に置いて、ぼーっとして暮らしても構わないということを目の当たりにして、自分の考え方を一新したところから文学を始めたわけです。それが幻想であるということを承知の上で、それをどう扱うか、どう考えていくか……結局、延々と今までずっと考えてきたような気がします。

ポナペに行った後、最初に書いたのは小説ではなく詩でした。太平洋の島々をさまよう男を主人公にしたような詩を一冊分書いて、『塩の道』(一九七八年)という題で出しました。その後、子どもを主人公にした短編を書こうと思ったのですが、きっかけになったのは、ポナペで見たある光景でした。もう使われなくなった古い小さな港で、下は三、四歳から上は一五、一六歳までの子どもたちが、十数人ほど一緒になって遊んでいました。当然泳げる子と泳げない子がいます。海は、まだ小さくて泳げない子には危ない。しかし、そうした子どもたちを年長の子たちが面倒を見ながら自分たちも楽しんでいる。実に愉快そうに午後いっぱいお日様を浴びて遊んでいる。

それは一九七三年ごろのことでしたが、もう日本では年の違う子が一緒に遊ぶという光景は概してなくなっていました。みな学校が終わったら塾に行ったり、学校に残って勉強したり、あるいは家に帰ってテレビを見たり。その辺の原っぱとか広場でわいわい遊び回るという姿をもう見られなくなっていたのです。ぼく自身は、大きい子と小さい子が一緒に遊ぶ、昔の子どもたちの姿を知っています。例えば缶けりをやろうとすると、ルールが分からない子は見るだけですよね。そういうオブザーバー的な年少の子どもを「おみそ」と言っていました。「おまえ、まだ小さいからおみそ」と言われた子どもは、遊びを見ていて、そのうちだんだんルールを覚えてくる。そうしたことを一種、子どもだけの楽園のようなものとして覚えていたので、ポナペという島でかつての楽園に再会したような気になったのです。そしてこの島の、言ってみれば幸福が書けるかなという思いになり、短編を幾つか書いて『南の島のティオ』（一九九二年）という本にまとめました。それから始まった私の文学は、日本の作家としては珍しく、日本列島に背を向け、太平洋のほうに出て行って小説を書くことを随分長い間続けてきました。

『マシアス・ギリの失脚』（一九九三年）は、架空の島を舞台に、その国の大統領がさまざまな政治的謀略の中で、いろいろなことをしたり、考えたり、あるいは落とし穴に落ちたりするという長編小説です。このように見ると、確かにぼくは、自分が太平洋文学的な作家であることを意識しているんです。さらに最近は、『カデナ』（二〇〇九年）という小説を書きました。『カデナ』は、ご存じのとおりの嘉手納基地の名を片仮名にした題名です。この中の主人公の一人は、サイパン島で戦争中にさんざんな目に遭って沖縄に引き揚げてきたという設定になっていますが、太平洋的なるものをたっぷり持っている男性ということになります。

海というのは、不思議なもので、隔てると同時につなげるものもある。大陸と日本列島の関係が一番いい例です、隔てていると同時につないでいる。人が海を渡るのは大変ですが、船があれば渡ることはできる。人間の文化の形成にも大きな力を及ぼす。海が人の心に及ぼす影響というのを自覚して、向こうに行くか、ここにとどまるか、向こうに行けば何があるか。そそられるものと恐怖心との両方で人の心は揺さぶられるはずなのです。

それなのに、なぜ日本人は太平洋を意識しなくなったのか。恐らくそれは日本という国が農業でやってきた国だからでしょう。漁業はあり、漁民もいました。けれども国家の形態としては、ともかく稲作が重要でした。天皇は稲作の一番上に立つ人です。天皇家の行事である新嘗祭は秋の稲の収穫祭ですが、必ず天皇自身も春からつくってきた小さな田で米を刈り取ります。田で稲をつくることを中心に据えて国家がつくられました。それほど稲というのは魅力のある穀物だったというわけです。穀物がつくれる、つまり農業力の強い、経済的に強い力を持っている国から文明は始まる。近代国家はいずれもそうです。

そうした中、漁民は中心から脇のほうに押しやられていました。ではいったい漁民的なるものはどうなったのか。漁民的な狩猟採集経済というのは、自然が用意してくれるものを出かけて行って獲ってくるというものです。そのメンタリティは、農業の場合と全然違います。農業では、一定の場所、つまり田んぼなり畑なりに苗を植える、種をまくという投資から始めて後は一年のサイクルでそれが回転していきます。したがって、どちらかと言えば作物の量は安定し、経済も安定する。もちろんその年々で出来不出来はあるので、豊作祈願のようなものも行われます。

狩猟採集は、農業より不安定です。獲れないときは獲れない。仕方ないとあきらめる。ただ、その代わり獲れるときはたくさん獲れて、うれしい悲鳴を上げる。多分、陸上で狩猟採集経済がなくなったのはずいぶん早い段階で、みんな田んぼや畑にしてしまい、そちらに力を注ぐようになる。そうするとわざわざ山まで行って鹿を獲るなどといったことは、ずっと少なくなる。しかし、海辺では、船を出せばおいしい魚は獲れる。ただ、その漁獲量は時々で変化がある。漁業のほうが自然任せの部分が多い。自然任せというのは、自分が自然によって生かされていることを嫌でも認識せざるを得ないことなのです。

また、漁業の場合、畑や田んぼと違って、船一隻、網一枚、釣り棹一本でやっていけます。畑は持って逃げるわけにいきません。畑と田んぼで農民になった途端に、今度は国という制度の中に組み込まれます。逃げ出せない、逃げ出してはいけない。行った先には自分の田はないわけですから暮らしていけない。それに対して、海で暮らす人たちのほうは自由です。海のこと、太平洋のことを考えるときに大切なのは、この自由という感じです。船一隻あればどこまででも行ける。実際、琉球の人々は、貿易をしながら中国にも渡ったし、ずっと南のベトナムやマレー半島までも行きました。そして、向こうに住みついて、奥さんができて、子どもがたくさん生まれて、そのまま向こうで果てたという人だって少なくない。それだけ移動しやすかったということです。

ごく最近まで日本でもその傾向はありました。二〇一一年に、星野博美さんの『コンニャク屋漂流記』という非常に面白い本が出ました。星野さんは、もともと東京の生まれですが、一代、二代前は千葉県の外房の漁師でした。そこから始まって、先祖代々がどういう人々であったかを調べ始めたら、次から次へと面白い話が出てきて、よくこんなにおかしな人たちが先祖にたくさんいたものだというほどです。それを辿っていくうちに、外房に住みついた漁師である一族は、もともとは紀伊半島に住んでいたことが分かります。つまり、紀伊から外房まで距離としては離れていますが、海ではつながっている。魚がとれる条件によって、あっちのほうが有利だとなったら、さっさと動いてきてしまう。そういう自由な感じが漁民たちにはあった。勝浦と白浜という地名は紀伊半島にも外房にもありますが、それは要するに地名まで持って来たということらしいのです。

沖縄の海人にしても、行く先々で、どんな浜にも住みついて、そこで獲れるものが売れれば売って暮らしていく。サバニ（琉球の伝統的漁船）一つであとは勝手気ままという雰囲気は、やっぱりごく最近まで残っていたと思います。しかし、自由というのは、国家の論理でいくと好ましいものではない。

３・11の津波で、三陸で漁船が数多く壊れ、流されてしまいました。船がなければ漁民は何もできません。では、どうするか。今、国がお金を、七、八割出すから、船をつくりなさいという制度ができつつあります。その際は漁業組合を経由して申し込んでくださいということになります。漁民一人が手を挙げても船はもらえない、組合を通じないともらえないのです。

戦後、日本の農業は、協同組合が仕切ってきました。それによって、上から下への命令の伝わり方、あるいはマーケットの管理の仕方など、全部、国が扱いやすいようにしてきました。海は自由なはずなのに、同じようにその海にも漁業組合をつくって、農民的に囲い込もうとする。ことに漁業権という権利は不可解です。どこに行っても魚をとるのは自由であるはずなのに、魚をとる権利は地場の人たちのものになる。つまり漁業そのものが農業的になってきています。最近は養殖も盛んですから、農業に近づいているのかもしれません。そういう意味では、海の自由はずいぶん奪われてしまいました。

人類学者・鶴見良行さんは、東南アジアからインドネシアあたりを歩き回り、それから太平洋の島々にも行って、その後に経済や歴史を見ながら自分なりの考えを表明した、すばらしい学者でした。鶴見さんの『海道の社会史　東南アジア多島海の人びと』という本の中に、セレベス（スラウェシ）で住民たちが王様に契約を迫るという場面が出てきます。具体的には

「謹んで申し上げる申し上げる。よくお聴きいただきたい。
我等は貴君を敬い、統治者に就任していただくためにここに参集した。
貴君は我等の財産と健康を守らねばならない。
実りある水田を雀から守らねばならない。
貴君は、我等を悪人どもから守らねばならない。
我等を害う神託を告げてはならない。
さすれば、我等は貴君のお召しに応じる」

なぜ、そのようなことができるかというと、「嫌ならぼくらはほかへ行っちゃうよ」と言えるからです。海辺の民にはそれができる。農業は、そうはいかない。つまり、王様がいて、王様の周辺に兵隊がいたら、もうできません。なぜなら畑は運べないからです。逃散《ちょうさん》は犯罪とされました。

今、我々は、太平洋の一番強い力を嫌というほど感じています。津波ですね。また、沖縄には頻繁に台風が来ます。台風もまさに太平洋の力の激烈なひとつの姿であって、受けとめざるを得ないし、襲来したら耐えるしかない。自然の力というのはそういうもので、向こうから一方的にやって来ます。何の斟酌もしてくれない。しかし、それと同時に、恩恵でもありうる。台風は、大風が吹き荒れますが、貴重な水をもたらしてもくれる。台風に合わせた人間の生き方や文化も沖縄で生まれました。

例えば、戦後沖縄の家々はいち早くコンクリートになりました。風に対してはずいぶん強くなりました。沖縄では、ぼくが住んでいた十年の間でも、台風で人が亡くなることは本当に少なかったと思います。

では、今回の三陸の津波についてはどう考えたらいいのでしょうか。これまでに何十年かに一回は津波が、何百年かに一回は大きな津波が来ました。二〇一一年と同じ大きさの津波を探すと約八百年前までさかのぼります。八百年は、歴史として長いと考えるか、短いと考えるか。いつ来るかわからないが、八百年たっても来る可能性があると考えるべきでしたが、そうはできなかった。一九六〇年のチリ津波のときにも、結構大きな被害が出ていました。太平洋の一番向こう側にあるチリで起こった地震で生じた津波は、約二十二時間でこちらまで届いた。まだ警報システムのない時代なので、はるか遠くで起こった地震の情報もなくて、いきなり襲ってきた感じだったのでしょう。大勢の人が亡くなりました。ぼくがこのところよく訪れている大船渡でも五十五人が亡くなりました。今回は千人です。そういう意味で太平洋は恐ろしい。津波を起こす大きな力を持っています。

太平洋は恐ろしいだけなのでしょうか。

日本列島は太平洋がつくった陸地です。もう少し正確に言えば、地殻の大きなプレートが、太平洋の真ん中のハワイのあたりから、次第に北へ移動してきて、大陸の手前で深い方に沈み込んでいく。大陸の手前にあってプレートが沈み込むところで、その動きによって下から押し上げられてできたのが日本列島の島々です。

大陸からちょうどいい距離にある日本列島は南北に細くて長い。気候にバラエティがあって、いろいろな作物がつくれ、それから風景に変化がある。それを我々は享受してきました。桜前線も、北へ上るのを追いかけて楽しむわけです。季節の変化も豊かです。ほかの土地もぼくは幾つか知っていますが、自然がバラエティに富むという点では、日本は一番だと思います。だから、ここにいると、永遠の真理とは何かなどを考える前に、目の前で咲いた花を愛で、月を楽しみ、雪が降ればきれいだと思って短い詩なぞを書いて暮らす。そうしていると人生は過ぎていく。それでいいじゃないか。何もぎりぎりと哲学や宗教の真理を追い求めることはない。そうした時々の流れに身を任せた生き方を我々はしてきたのです。仏教で言えば、すべて移りゆくという無常観のようなもの、永遠なるものはない、無限もない、それにあわせて人は暮らしていけばいいというような思想でやってきました。

日本列島は、プレートテクトニクスのために、津波が来るだけじゃなくて、津波のもとの地震も起こる。火山も噴火します。それに台風も来る。非常に災害が多い。けれども、それに見合う恵みも自然は与えてくれる。太平洋が与えてくれる部分もある。それが日本人の精神を形成したとしたら、最初にお話ししたように、自然がその土地の人間の性格をつくることになる。その意味で、我々は、日本列島という土地の自然によって表現された作品であると言うこともできます。太平洋がそのまま舞台として、あるいは主人公となる文学作品は日本には少ないかもしれませんが、我々のものの考え方全部にこの島々で暮らしてきたことはしっかり滲み通っている。そのことが、太平洋に属する自分たちであるという意識につながっているとぼくは思うのです。

三陸では、津波で何もかもすっかりなくなり、次の町をどこへつくるかを議論しています。住民会議を傍聴すると津波は本当にこりごりだから、今度こそ高いところに全部町を移しましょうという声はもちろん挙がります。もともと今回流されたあたりは、何十年か前に津波で流されて、その地域には家をつくらないといったん決めたのではなかったか。ただついつい便利だからといって、次第に海に寄って行って同じ目にまた遭う。だから今度こそ高いところに移ろうという声は当然出ます。しかし、船で海へ出て漁をしている人たちの中には、「津波はしょうがない。たまには来るもんだし、だいいち海から離れたら面倒くさくて、漁に行けない。また海辺でいい」と言う人もいるのです。
そこまで達観できるのか、そういう自然観を持っているのかと、ぼくは一種の感動を覚えました。もちろんできる限りの対策は立てる、次の津波のときに流されないように家を頑丈にする。あるいはすぐ近くに避難するための高い場所を用意する。しかし、自分は海と一緒に生きているのだから、何百年かに一回の津波は仕方がないと思って受けとめる。そういう考え方もあるということを知りました。それはまさに、自然の人の精神に及ぼす影響の最たるものだと思いました。

〈質疑応答〉

——沖縄での講演ということで、『カデナ』についてお聞かせください。『カデナ』のような沖縄を舞台にした長編を、沖縄を離れた後に、フランスで書かれたのはなぜですか？
池澤　ぼくは沖縄に一九九四年から十年住んでいましたが、最後まで「島ナイチャー（内地から沖縄に移住した人）」でした。もちろん百年いてもウチナーンチュになれるはずもありません。それが自分のポジションだと思っていました。だからウチナーンチュの心の動きをそのまま書くというのは自分にはできない。どうもよく分からないところもありました。ぼくの中の沖縄というのは、文学の対象として見れば、現実に近いところではなくて、一歩離れたところにつくった文学の中での沖縄なのです。

ウチナーンチュの心の動きを書くんだったら、又吉栄喜のほうが数倍上手い。こちらには目の届かないところを丁寧に全部書いている。あるいは、沖縄の憤りについては目取真俊のほうがずっと力がある。崎山多美には舌を巻く。そういう沖縄の作家がたくさんいるわけです。真似をしても仕方がない。沖縄のおばあがどういう考えで、どう振る舞って、どう喋るか。そうしたことは書けない。ぼくにとっての沖縄というのは、やや抽象的で現実から少し浮いていいます。ただその分勝手なことができ、ファンタジー的な要素を入れられます。沖縄にいる間にここを舞台にした話を書こうとしても、それはちょっと違うぞと、うまく筆が動かなかった。遠くフランスまで行き、そこから思い出す沖縄が実に小説にちょうどいい舞台になった。『カデナ』はそうして書いた作品だと思うのです。離れたほうが書きやすかったのでしょう。

大体、ぼくは自分が住んでいる土地を舞台にして書くのは得意じゃないんです。日本人の誰かが、世界のどこかに行って、そこで何かをするというパターンの話がぼくの作品には多く、移動する先が小説の舞台になります。子どものころからよく知っている場所とか、長く住み着いているような場所は、舞台にはなかなかなりません。移動する人間がいつも主人公だから、『カデナ』の場合も、自分自身が動いてしまった後のほうが書きやすかった、そんな事情だったと思いますね。

――沖縄での作家としての暮らしはどうでしたか。

池澤　普通です（笑）。住んでいたのは、最初、一九九四年から九九年までは那覇で、その後の五年は、知念村（現南城市知念）です。作家というのは、要するに、原稿を書けばいいわけです。それを新聞や雑誌で活字にしてもらい、原稿料をいただく。沖縄ではずいぶん動き回りました。航空会社の機内誌の取材でも多くの島々に行きました。もともと沖縄が好きでよく旅行して、沖縄ファンになって引っ越してきたわけですから。沖縄にいた十年間は、半分は帰りそびれた観光客、残る半分は自発的な特派員で、沖縄事情を内地の新聞や雑誌に書くという類の仕事もしていました。

――かつて普天間基地を辺野古ではなく鹿児島県馬毛島に移したらどうかという提案をされました。その真意は。

池澤　その話は、沖縄に住んでいた頃、十何年か前に、普天間問題について少し挑発しようと思い、連載していた「週刊朝日」のコラムで書きました。馬毛島は種子島の西方数十キロのところにある島ですが、ぼくが見つけたんです。見つけたというのは、今はなくなりましたが当時毎年出ていた『シマダス』という日本の離島全部のガイドブックで島を一つずつ見ていたら、「あれ、こんな島がある」と、結構大きな、縦長で、滑走路も十分つくれる平らな島を見つけたのです。しかも、種子島の近くだけれども、騒音が届かないぐらいは離れている。おまけに、持ち主が一つの会社だったので買い取るのが容易である。何といっても住民は一人もいない無人島で。普天間がちょうど入るサイズなのです。しかも岩国と嘉手納から等距離である。こんないい場所がなぜ候補にならないのか。本当にそこに移せというよりは、そういうほかの案だって出てきてもいいのではないかという問題提起を込めて書いたのです。
するると、種子島の方から反対する内容の手紙が来ました。よく分かります。平和な島にそんなものを持ってこられたら困る、その通りです。けれども少なくとも、普天間基地のように周囲にあれだけの学校があって、人家が密集している現状より安全でしょう。多くの基地を抱えている沖縄の外へ出したいという沖縄の人の気持ちもわかります。では、馬毛島ではいけない理由を官僚たちは示してください、アメリカに提案したことはあるんですかという気持ちでした。結果的には、種子島の皆さんを怒らせただけで、防衛庁は何も言ってきませんでした。ここ何年か代替地の地名が出ては消えています。出ても何か理由をつけて無理だと言うのでしょう。理想は国外ですが、普天間問題に揺さぶりをかけるために、ともかく具体的な地名を一つ出してみたのです。ぼくは今、北海道に住んでいますが、道内の原野というのも真剣に検討していいとも思っています。

——池澤さんは、アイヌや沖縄の人々のアイデンティティの問題をどう見ていますか。

池澤　最近、世界人権会議などで沖縄問題を先住権問題としてとらえる動きが出てきています。先住民は世界各地で非常に強い権利として捉えられるようになりました。これまで虐げられた人々が、それを覆すことができるようになってきました。ただ、日本は未だ遅れていてアイヌの人たちも、もっと主張をしないかと思っているくらいです。同じように、琉球人、沖縄人を先住民として見れば、その権利はかくも歴然と侵害されているわけですから。基地問題にも、その論法は十分使えると考える運動家もいます。

では、その場合、先住民としての琉球人、沖縄人はどこにいるかということになります。民族の問題というのは、百パーセント自覚の問題だとぼくは考えています。自分は琉球人であると名乗る人がいたら、その人は琉球人です。その中には、先ほどの太平洋に属する自分があるように、一人の人格の中にさまざまなものが属性として入っています。自分は琉球人である、アイヌであるという人がいたら、その人はその民族なのです。

だから、「日本は単一民族国家だ」と言ってはいけない。自分は違うという人が一人でもいたらそうではないのです。その人の人格を否定することになるわけだから。そのように決めないと人種問題というのは動きません。今、北海道ではアイヌ文化の見直しが進んでいます。アイヌの人たちが意識を高め、誇りを持ってアイヌであると言えるような取り組みです。自然とすぐ隣り合ったところで持続可能な豊かな文化をつくりだしてきた、これだけの高尚な文明を持っているといった意識を持つことで、アイヌ民族の誇りを改めて思い出す。それによって、「自分はアイヌなんだ」という人が出てくれば、顔つきによらず、血の混じり方や比率によらず、その人はアイヌです。

琉球の場合もそうです。日本列島の先住民として最初からここにいるのに、後から来たヤマトンチュが基地を持ってきた。これは、先住民の地域であるがゆえに差別が行われているという主張は、日米関係、あるいは日、米、沖縄の三者の関係が膠着している状況に、世界的な視点を持ち込むことにほかなりません。この論法はなかなか効果的なのではないでしょうか。その基本には、自分は日本国民であると同時に沖縄人である、琉球人である、あるいは「レキオ」と呼ばれた誇りある海洋民族の子孫であるという思いを持っていただきたい。これは強い力になると思います。ぼくは、沖縄を離れて、今、北海道にいて、辺野古についても普天間についてもあまり積極的に動いていませんが、気持ちの上では頑張れと思っています。

――福永作品に対する池澤さんの感想は。

池澤　今のご質問にあった福永武彦という作家は、たまたまぼくの父にあたります（笑）。それとも福永という作家の息子が、父親を横目で見ながら小説を書いているのか……。小説を読むのはまあ楽しいが、書くのは大変そうで難しそうだと、ぐずぐずしているうちに、結局、父親が生きている間は、どうも煙ったくて小説を書くことはしていません。亡くなってからおずおずと書き始めたので、ぼくは小説家としてのスタートが大変遅かったのですが、今にして思えば福永武彦は立派な作家でしたね（笑）。

けれどもぼくと父の傾向は全く違います。ぼくは、ひたすら外へ出て行って、世界中をうろついて、地域ごとの人の違い、あるいは違う人たちとの出会いを書いてきました。けれどもぼくの父は自分の魂の中に入り込んで、心の中の夢とか救いとか、あるいは孤独のこととか、それを救うものとしての愛とか、そういうテーマを書いています。何たって気恥ずかしいでしょう、いい歳したオジさんが愛と孤独なんて言っているのは。しかし、最近になってぼくはしみじみ感じるのですが、福永は二十代から三十代半ばにかけて、肺病でサナトリウムに入っていました。幼いときに母親と死別して以来、さまざまな人間関係を失い、あるいは人に捨てられ、そして病床で長く呻吟して、まさに孤独そのものを嫌というほど味わった上で作家になった人です。

ぼくは、最近彼の日記を見つけ出して『福永武彦戦後日記』(二〇一一年)という本にしました。それを読んでもよく分かるのですが、三十何歳かまでの間にあれほどの喪失を体験してしまうと、そこで全部の小説の材料をもらって、それを一生のテーマとして小説で書いていかざるを得ない。あとは技術的にいろいろ凝るのが好きな人でしたから、それこそフーガの技法を使うなどしていました。一生のテーマというのは、作家の場合、福永のように決まることもあるということを、ここ一、二年でしみじみと考えています。

『福永武彦戦後日記』と福永の作品との関係については、ぼく自身はそんなに丁寧に研究するつもりはありません。これから皆さんが読んで、読み解いていくのだろうなというふうには思っています。詳しく福永論をやっていると自分の仕事ができなくなるので、今は親しいところにいる一人のファンぐらいの立場に留めています。

——電子書籍についてどうお考えですか。またグローバル化する世界で幅を利かせている英語にどう向き合えばいいのでしょうか。

池澤　電子本の端末のキンドルを、ぼくは比較的早い段階で買いました。インターネットにつなぐと、電波で本がやってきて、紙の本を読むように、ページを次々くりながら読める。キンドル一つに千五百から二千冊の本の内容が入るので、図書館を持ち歩くようなものです。値段も普通の紙の本から少し安くしてある。

ただ、紙に比べて何か物足りない。便利だけれども、本を読んでいるという感じと少し違うような気がする。実はいちばん何に使っているかというと、例えば、シェークスピアのあそこのところ、ハムレットのあそこの場面、あのせりふを調べるようなときに、ぱっと見るようにしています。シェークスピア全集は、すべての戯曲・詩も全部入って二ドル。もう著作権がないので、ほとんどただみたいな金額です。聖書の旧約聖書、新約聖書も全部入って一ドル九十八セントとか。あるいは新刊書を本が届く前に読んだり、分厚いアメリカの小説の新刊本を十ドルくらいで買って読んだりしています。

そういう使い方も悪くないけれども、それだけで済むかというと、どうもそうでもない。紙の本へのノスタルジーもやはり強くある。傍にあれば、ちょっとした時間に気軽にぱっと読める。紙の本が要らなくなるわけじゃない、少なくとも今は、という微妙な時期です。

自分の本も電子出版で出しています。日本語で書かれていますが、ｉＰａｄなんかで読めるので、海外で買ってくださる方が多くいます。世界中どこにいても一瞬で買えて読めますので、そういう便利さはあります。日本ではなかなか増えていませんが、アメリカでは確実に伸びています。アメリカでは、電子と紙の書籍の両方セットでなければ契約してくれない出版社が出てきています。このような状況ですから、今後も変化していくんでしょうが、紙の本はなくなりはしないとぼくは思います。フェイスブックも役に立つけど、鉛筆でノートに書く日記だってちゃんと残っていくと思います。その合間で、これから先はどうなるのかなと、少し流行を追ったり、もとに戻ったりするという時代が続くんじゃないでしょうか。その先はもうわからない。十年前にｉＰａｄが今あることを誰も想像できなかったですし。

それから、こんなに何もかもが英語になってしまっていいのかという反発はあります。もちろん英語は大事ですし、役には立ちます。しかし、決してそう上手くできた言葉ではありません。覚えにくいし、例外が多すぎる。発音にも規則性がありません。力関係なので今更しかたがない、もし合理的に選べるのだったら英語以外がよかった、とぶつぶつ言いながら勉強しましょう（笑）。

――池澤さんはエッセイで、ご自身の文学が、太平洋にも東南アジアにも属することに加えて、旧植民地の文学にも属すると書いていらっしゃいます。けれども、旧植民地の文学者は、文学はまず民族文学だと主張するのではないでしょうか。

池澤　民族は自覚である、自分で手を挙げた人がそれに属するというのは、個人の話です。旧植民地文学に属する云々などと言ったのは、ある段階まではと言っていいのでしょうか、あるいは作家自身の自覚によっては、その点をまずもって文学の使命としなければいけない。

例えば、大城立裕さんは、アメリカに占領された戦後沖縄の現実に対する働きかけとして文学を始められました。一人ひとりの運命の物語、あるいは人と人の出会いや、そこから生まれる人生を物語として書く作家は数多くいますが大城さんは違います。沖縄そのものの運命を背負ってこられた。沖縄はかつて占領されていた、あるいは今も占領されている。日本、あるいは薩摩の琉球に対する政策は植民地政策であった。その点では北海道でも同じです。文学的に才能豊かな大城さんは、そうしたことを自分の文学的使命として自覚してきた作家です。そのような大文字の民族問題を背負う作家の姿勢についてぼくは言いたかったのです。貧困の問題や戦争犯罪の問題など社会的に大きなテーマを引き受けるのと同じように、民族や植民地の問題を引き受ける作家はいるのです。ただ、このようなスタンスは一人一人違います。沖縄の作家でも、又吉栄喜さんの場合はそれほど強くなく、目取真俊さんはずっと強いかもしれない。

――池澤さんは旧植民地の文学にどのように関わっているのでしょうか。

池澤　自分が持っている属性もたくさんありますから、その中のどれを強調するかということになります。例えば、ぼくは、『カデナ』では、太平洋に属する自分とその旧植民地である沖縄の現状を重ねることを意識して書いたと思います。『マシアス・ギリの失脚』は、太平洋ですね。アイヌの人たちが出てくる『静かな大地』（二〇〇三年）の場合は、旧植民地である北海道のことを強く意識しました。何をもってその時々の作品の主題とするかを毎回選んでいます。

初出「すばる 9月特大号」集英社　二〇一二年

しーぶん／掌編

オトーシの効き目

おっしゃるとおりですね。たしかに那覇はずいぶん変わりましたよ。天久《あめく》の新都心ができて、モノレールが開通して、ぴかぴかのビルも増えた。私が沖縄に来てもう二十年ですけど、最近はなんだか違うところのように思える。町ではなく都市になってしまった。

でもね、この町にはまだ不思議なところがあるんです。細い路地をたどっていくと目の前に小さな森が現れる。市街地の真ん中なのに、すごく小さいのに、緑が濃く茂っていて、なんていうのかな、霊威があるんですね、その森に。

首里には観光スポットがたくさんあるでしょう。お城とか、昔の琉球王のお墓とか。観光で行けば入場料を払う。でも、切符を買うところに「御願《ウガン》の方は無料です」と書いてある。

御願って、お参りです。拝み。信仰目的の老女たちから行政はお金を取らない。最初にそれを見た時は感動しました。

まさか、内地に帰るなんてもう考えられないですよ。人には誰でも性に合った土地というのがあるんじゃないのかな。それがここだったんですね、私の場合は。今は家族がいて、妻の親族に混じって暮らしています。すっかり溶け込んだ。

でもね、そんなにすらすらじゃなかったんですよ。赴任して、この土地に慣れて、好きな相手ができて一緒になった……そんなふうにまっすぐではなかった。

好きになった相手は新垣《あらかき》アヤメという名でした。恋人の仲になりました。最初はほんとうに楽しい日々だった。でもそれが長くは続かなくて、いろいろ行き違いがあって、最後は別れた。彼女は私を捨てて内地へ行ってしまいました。

那覇に三重城《みーぐしく》というところがあります。

海に面した崖の上です。ロワジール・ホテルの裏あたり。ここはね、離島から本島に来た人たちの通信基地なんです。自分の島の神に御願したい時にここから御願する。その遠隔御願をオトーシと言いますけど、お通しなんでしょうね、たぶん。宮古や八重山の人たちがここで自分の島の方を向いてお祈りする。それが生まれ島《んまりじま》の神々に通じるんです。

私はどうしても新垣アヤメを思い切れなかった。アヤメが内地で幸福になれないのは内地から来た自分にはよくわかる。

三年すぎても諦めきれず、私はアヤメを呼び戻そうと思いました。自分には生涯たった一人あの女しかいない。そう思ってユタのところに行きました。ユタとは、つまり霊能者ですね。

人の魂を読める。先祖や神々の思いも読める。アヤメを呼び戻すにはどうすればいいか相談したら、三重城で祈れと言われました。自分なりのオトーシをしてみろと。「この子は戻るよ」と言われて元気が出ました。三重城ではどっちを向いて御願すればいいのか迷いました。アヤメは東京にいるけれど、東京の方を向くと海が背になる。なんかおかしい。海側の対岸の先にアヤメが東京へ出発した那覇空港がありましたから、そっちを向いて祈ればいいと勝手に決めました。

それで、結局のところアヤメは帰ってきたのです。内地で一緒になった男と別れて、二人の間にできた子を連れて、沖縄へ、つまり私のところに帰ってきた。今は私の子も生まれて、四人で仲よく暮らしていますよ。

三重城の御願は効き目がありましたね。那覇は今でもそういう町なんです。

初出　「週刊新潮」二〇〇八年四月二四日号

マヅルおじいの買い物

比嘉真鶴《ひがマヅル》おじいは山の中に一人で住んでいる。長年連れ添ったおばあに先立たれ、二人の娘は結婚してそれぞれ内地と那覇に行った。同居しようと優しく言ってくれるがおじいは村がいちばんと言って、山の家で暮らしている。

収入は年金が月に一万五千円。それだけ。野菜は自分で作っているし、魚は友人が釣ったのを届けてくれる。米と肉は下の共同売店で買う。あとはわずかな光熱費を払って、残りは遊びにきた孫に小遣いとしてやってしまう。医者に行かず、デイケアにもゲートボールにも参加しないが、いたって元気。

ある晩、小用に立ったマヅルおじいは便所の窓から見慣れない光を見た。谷の先、役場よりももっと先の方にとても派手な明かりがある。

「何かな」とおじいはつぶやいた。もともと好奇心が強いたちだった。

翌日、味噌を買いに下の共同売店まで行った時、おじいはその明かりのことを聞いてみた。

「おじい、それはね、きっとコンビニの看板よ」と売店の娘は答えた。「いろんなものを売っている便利な店ってこと。日本中どこにでもあるさ。それが村にもできたってわけ」

「そうか、一度行ってみるか」

「物好きだねえ、マヅルおじいは。老人向きのものは何もないよ。若い人のものばかり」

「この村に若い者などおらんぞ」

「だからよ」と娘は元気な声で答える。「うちはぜんぜん商売敵とは思ってないわけさ」

その翌日、マヅルおじいはコンビニまで行ってみることにした。夜中に見た明かりの方角からして役場よりだいぶ先、たぶん村で一軒のガソリンスタンドがつぶれた跡地だろうと見当をつける。ぶらぶら行って片道三十分というところか。

もう初夏だから日射しが強い。おじいは黒いこうもり傘を日傘代わりに差し、急な山道を下りて国道に出、県営住宅の前を通り、小学校の前を通り、役場の前を通って歩いた。途中で七人の顔見知りに会って立ち話をした。三十分のはずの道のりはそのために一時間になった。

コンビニはおじいが思ったとおり、郵便局の向かい側、もとのガソリンスタンドの場所にあった。どこかから持ってきた大きなガラス箱を空き地に置いたようにぴかぴかしている。表には公衆電話とか、ジュースの自販機とか、ごみ箱とか並んでいて、その前が広い駐車場になっている。

おじいは勇を鼓して入り口に立った。おじいが思ったとおりそれは自動ドアだった。開いた。中に入る。

「いらっしゃいませー！」

店員の女の子が二人声を揃えて叫んだ。それにひるまず、おじいははっきり目的があるかのように店内を歩く。

何か一つくらい買うものが見つかるだろうと思ったのだが、そこに並んだ品はどれもつややかなプラスチックの包装で、英語が書いてあって、何に使うものかもわからない。食べ物らしいものもあるが、食べかたがわからない。

店員の目を気にしながらおじいは店内を五回まわった。だいぶ焦りはじめた六回目、ようやく買うものが一つ見つかった。

三百五十円の爪切り。家にあるのは古くて切れ味が鈍り、爪をむしるような切りかたになる。パチッと気持ちよく切れるのが欲しかったところだ。

爪切りを買い、まだまだ若いぞと思いながら、マヅルおじいは店を出て家の方に歩きはじめた。

初出　「週刊新潮」二〇〇一年六月二八日号

一人寝

琉歌というのがあってね、こちらには。音律が八八八六。和歌に似ているけれど少し違う。一例を挙げればこんなふう――「一人寝の枕　浮舟になちゆて　夢にこぎ渡る　無蔵がお側」。この中で本土の人が知らない言葉は無蔵かな。「んぞ」って発音して、男から見ての恋人のこと（逆は里とか里前っていう）。歌意はむずかしくないよ。恋人に会えないと嘆く男が、一人寝の枕を舟に見たてて、夢の中であなたの側まで漕いでゆきたいと願う。「お側」という以上、女の方が位が上なんだね。底には、涙の海を漕ぎ渡ると大袈裟な比喩が敷いてあるのかな。おおらかというか、手放しというか。読み手は小橋川朝昇という人。今は都を遠く離れて、こういうものを読んで楽しむ日々だよ。ここはかつては王国だったから、こんな高級な遊びがたくさんある。この歌を琉球語の発音で詠むと（ゆっくり辿ってみて）、「フィチュイニヌ　マクラ、ウチフニニ　ナチュティ、イミニ　クジワタル、ンゾガ　ウスバ」。優雅な抑揚がつくんだけど。それは紙には書けない。ではまた。

初出「るしおる35」書肆山田　一九九八年十一月

解説

沖縄のユイムンと池澤夏樹

宮里　千里

アメリカの施政権下にあって無国籍感が漂っていたオキナワの時代、ウチナーンチュたちの飲む酒はウイスキーが多かった。ベトナム戦争のころ、明日の命の保障はなく、ひたすら女とマリファナと酒に溺れるしかないアミリカーの新兵たち。彼ら相手に、どうせウイスキーの味もわからないだろうと欺き、安酒を高級銘柄の瓶に詰めて売りとばした「No.10」という酒があった。当時、泡盛のレベルは「No.11」くらいのものだったのだろう。

オリオンビールだって、沖縄内で占めるシェアは5〜6%とかの低さだったはずだ。そういう時代を経て、沖縄の泡盛が見直されてきた。泡盛メーカーの努力も大きかったが、ひたすら「泡盛は素晴らしい」と旗を振り続けた人がいた。

沖縄泡盛古酒の興隆に多大な功績を遺した土屋實幸さんの葬儀があった。沖縄高校野球界の名伯楽・栽弘義沖縄水産高校監督の葬儀と並ぶくらいに、稀に見る参列者と供花の数であった。

葬儀会場を埋め尽くす供花の中に、ある作家の名を見つけた。

土屋さんが経営する那覇栄町の「うりずん」の二階の小さな部屋では、店主も加わっての月に一度の模合が行われた。メンバーには写真家がいて、編集者がいて、ライターがいて、織物に携わる人がいて、画家もスタイリストもいて、そして唯一のサラリーマンであった私みたいな者もいた。あっ、もう一人、ウチナーンチュになりたくてなりきれない感じのヤマトンチュの作家もいた。それが七、八年も続いた。そこでは沖縄の日常や島々の祭祀、酒や食べ物の話、基地の話や選挙の話なども含めて、とにかく情報交換市みたいに夜が更けるまで語られた。

作家が十年間を暮らしていた沖縄からは、米軍が世界各地へ戦争行為のためにクウェートやアフガニスタンやイラクに、アフリカの各地まで「出撃」していく。そこでの戦争がもたらしたものは、ひたすら子どもたちも含めての犠牲者を次々と生み出し、憎しみの連鎖を世界中へ爆弾同様にばらまいていた。それはいまも変わらない。作家はそういう沖縄から世界各地へ飛び出した。出かけた先からも、戻ってきてからも、それらの情報が文字となって全国に届けられるのだ、模合仲間にも様々な情報がもたらされた。

沖縄は海に囲まれていて他国から侵略されやすい、と考える偏狭勢力がいて、「沖縄のどこかの島が中国に取られれば目を覚ますはずだ」という永遠のポッテカスーもいて驚かされるのだが、どっこい、沖縄は海で閉ざされているのではなく、海でもって外国と繋がっていると思考してきた民族である。過去に沖縄へ攻めて来たのは、アジア太平洋諸国への蹂躙の最終しっぺ返しとしての沖縄戦における米軍は別にして、明確に侵略目的を持った薩摩の琉球侵攻をはじめとする琉球処分の数々なのである。沖縄にとっての脅威は常に「北の脅威」であった。これが歴史の事実である。

侵略者は他所からやってくるのだが、同じく他所からやってくるものにマレビトという存在がある。

本書に描かれている沖縄についての内容だが、著者は久高島を見ながら沖縄の爽やかな、時には重い空気を吸いつつ自宅での執筆が多かったはずだ。それ以外にも外国のホテルだったり、あるいは移動する機内もあったことだろう。池澤夏樹は常に移動し続ける作家である。じっくり落ち着いて沖縄に住んでいるように思えた時期でさえも、頻繁に地球上のどこかと沖縄とを行き来していたのでは。それゆえに、『沖縄への短い帰還』は沖縄とアマクマを行チ戻ヤーしながら、文章の中でも世界と沖縄を移動しながら我々を世界へと沖縄へと誘う。

池澤夏樹は行きつ戻りつしながら、沖縄にたくさんの「ユイムン」をもたらした。ユイムンは、何もスクだけとは限らない。流木もユイムンとして貴重な資源だった。最近の沖縄の海はコンクリートだらけになってしまったが、かつては兼久（金久）という地名が各地に見られるように砂浜に巻かれた島だ。砂だって神が与え給うたユイムンであった。作家は沖縄からも多くのチトゥを持って行ったのかもしれないが、それ以上の量り知れないほどのユイムンを持ってきてくれた。

池澤夏樹を現代のマレビトであるなどと言ったら、持ち上げすぎたかもしれないから、今度は少し落としてみようかな。

この本の中でも「太平洋に属する自分」ということで沖縄キリスト教学院大学での講演が収められている。そのとき我が家は家族全員で講演会場へ行った。少し時間があったので、真喜志好一さん設計のキャンパス高台の駐車場から周囲の絶景を眺めていた。そこへ講演者家族がレンタカーでやってきた。おそらくは「来客用」の場所に駐車するのだろうなと見ていたら、窮屈そうな「一般」へ車を停めた。そして壁へ車の側面をガリガリーさせていた。何を言いたいのかと言うと、池澤さんらしいと思ったのである。普通に、自分を特別視しない「一般」という意識がよく表れていた。まぁ、そのことで事故ってはいたけど。

講演直前に軽いながらも事故を起こしていたが、いつものように静かな口調で語り出した。3・11震災から約一年が経過していたのだが、そのときは育ての親ともいうべき叔母夫婦を仙台から札幌まで緊急避難させ、それとは別に東北へのボランティアで被災地とを行き来していて、それらのことはすべて自らが運転しての行為であった（あれっ、そういうことって江頭2：50とよく似ているなぁ）。その結果、随分と腰を痛めたらしく、実際に腰の手術まで加わって、本当に辛そうであった。辛そうではあったが、語りは、そのまま本になる展開である。

『ハワイイ』のハワイのこと、『南の島のティオ』や『マシアス・ギリの失脚』の旧南洋諸島あたりのこと、そして『カデナ』の沖縄のこと、それから東北体験など、環太平洋の中に一人の人間が存在することの意味が語られ、それが文字になっている。

池澤さん、なんだか最近の沖縄ではユイマールー精神も淋しくなってきたし、ここら辺で、新しい血でも入れなくっちゃー。そもそも伝統というのは、排斥する事ではなく、何とか保存会みたいにひたすら守り抜く事でもないはずで、新しく創造するという事だと思うんだよね。池澤さん、また沖縄へ戻って来て模合をやりましょうよ。

（宮里小書店店主、エッセイスト）

池澤夏樹　いけざわ　なつき

1945 年、北海道帯広市生まれ。作家、詩人、評論家。1975 年から 3 年間ギリシャに滞在。1994 年から沖縄（那覇、知念）に 10 年間住み、2004 年からフランスに滞在し、現在は札幌在住。

沖縄への短い帰還

2016 年 5 月 25 日　初版第一刷発行

著　者　池澤　夏樹

発行者　宮城　正勝

発行所　㈲ ボーダーインク
沖縄県那覇市与儀 226-3
http://www.borderink.com
tel 098-835-2777　fax 098-835-2840

印刷所　㈱東洋企画印刷

ISBN978-4-89982-302-5 printed in OKINAWA Japan